MW01235586

Biblioteca J. J. Benítez
Investigación

J. J. Benítez
El testamento de san Juan

Planeta

Este libro no podrá ser reproducido,
ni total ni parcialmente, sin el previo
permiso escrito del editor.
Todos los derechos reservados.

© J. J. Benítez, 1988
© Editorial Planeta, S. A., 2004
   Avinguda Diagonal 662, 6.ª planta. 08034 Barcelona (España)

Diseño de la cubierta: adaptación de la idea original de Compañía de Diseño
Ilustración de la cubierta: detalle de «San Juan Evangelista en Patmos»,
de Diego de Aguilar, Convento de Santa Clara, Toledo (foto © Index)
Fotografía del autor: © José Antonio S. de Lamadrid
Primera edición en esta presentación en Colección Booket: marzo de 2003
Segunda edición: marzo de 2004
Tercera edición: agosto de 2004

Depósito legal: B. 37.010-2004
ISBN: 84-08-04676-4
Impresión y encuadernación: Litografía Rosés, S. A.
Printed in Spain - Impreso en España

Biografía

J. J. Benítez (56 años). Casi 30 de investigación.
Más de 100 veces la vuelta al mundo. Está a punto
de alcanzar su libro número 40. Cuatro hijos.
Dos perros. Dos amores (Blanca y la mar).
Apenas cinco amigos de verdad. Y un JEFE:
Jesús de Nazaret.

ÍNDICE

El presente documento no es fruto de mi imaginación. Las crudas afirmaciones que en él se vierten proceden de una revelación, otorgada al mundo hace medio siglo y custodiada hasta hoy por la denominada «Fundación Urantia». Con mi agradecimiento a dicha Fundación, por haberme permitido beber en sus —para mí— sagradas fuentes. La Iglesia conoce esta revelación pero, obviamente, la ha silenciado y rechazado, de igual modo que los «instalados en el poder» sólo bendicen y hacen suyo aquello que les beneficia.

1 Yo, Juan, a las siete Señoras elegidas y a sus hijos, a quienes amo, según la verdad del Engendrado de Dios.

Yo, Juan de Zebedeo, a quien el Justo llamó «hijo del trueno», nacido en Betsaida, después de haber vivido cien años, sabiendo que mi hora es llegada, os escribo desde Éfeso, hijos míos, en el sexto año del gobierno del emperador César Nerva Trajano Augusto, cuyo último y reciente triunfo le ha valido el título de Dácico.

Yo, el peor de los pecadores

Hijos míos, es mi última hora. A no tardar seré reclamado a la presencia del Verdadero. Bien sabéis que todos mis viejos hermanos y compañeros en la verdad han muerto. Yo mismo soy un cadáver, que sobrevive por la gracia del Padre y los cuidados de mi nieta, consagrada a este despojo humano desde hace veinte años. Pero ni la bondad ni los desvelos de mi familia y de mis amantísimos hijos de esta Señora elegida pueden cambiar el rumbo de lo que fue planeado por el Altísimo. Él me llama, pero ni siquiera puedo acudir a los servicios, como no sea postrado en una silla. Es, pues, el momento de tomar papel y tinta y confesar mis errores. Ya fue escrito por mi fiel y amado discípulo Nathan: «Dios es luz, en él no hay tiniebla alguna. Si decimos que estamos en comunión con él, y caminamos en tinieblas, mentimos y no obramos la verdad.» Pues bien, vosotros, hijos míos, debéis ser misericordiosos para con este anciano que, a pesar de sus palabras y apariencia, ha cometido el más abominable de los pecados:

7

caminar en las tinieblas y, lo que es más escandaloso, dejar que otros cayeran en el error.

Yo dicté a Nathan

No hace aún dos años —coincidiendo con la guerra con los dacios— que mi buen e ilustre Nathan, inmerecido amigo de este Presbítero, concluyó la redacción de lo que vosotros, hijos míos, habéis dado en llamar el *Evangelio de Juan*. Mi deber ahora es preveniros. Fui yo quien dictó a Nathan. Sólo yo, por tanto, debo cargar con la culpa de quien, habiendo conocido la verdad, la oculta, disimula y falsea. Éste es mi gran pecado, hijos míos, y desde aquí, vencido y deseoso de volver a la luz, ruego al Santo y a vosotros perdón y misericordia. Entonces, mientras dirigía la pluma de Nathan, rememorando algunas de las cosas que hizo y que dijo Jesús, tuve la ocasión de huir de las tinieblas que otros, y yo mismo, hemos consentido y alimentado, aunque bien saben los cielos que sólo nos guió la mejor de las voluntades. Pero el Maligno tiene sus propios planes y este indigno siervo del Justo no puede ni quiere justificarse. Queridos: no os escribo para añadir oscuridad a la oscuridad, sino para que la palabra del Hijo brille en vuestos amantísimos corazones, tal y como nos fue confiada y no como los torpes siervos del Señor acordamos predicar. No os cause angustia ni zozobra cuanto me dispongo a confesaros. Ahora sí camino en la luz y la luz sólo es causa de alegría. Vuestro espíritu, repuesto de la sorpresa, sabrá comprender, rectificar y proseguir en el verdadero mensaje que nos dejó la Palabra. No debo ocultarlo por más tiempo: la verdad ha sido sepultada. Y yo, conscientemente, al igual que otros hermanos en Cristo, he contribuido con mi silencio y cobardía a sellar su tumba. Unos y otros, desde el momento mismo de la partida de este mundo del Salvador, hemos permitido que su doctrina fuera maquillada, olvidando y apagando la antorcha de su luz infinita. No es este que conocéis el mensaje que nos legó Nuestro Señor. Hemos caído en graves errores. Y yo, Juan de Zebedeo, como último de los supervivientes del grupo de los íntimos del Justo, estoy obligado a rectificar, en beneficio de la verdad. Sólo entonces descansaré en paz.

Primer error: el retorno del Maestro

2 Bien sabéis, mis hijos queridos, que han transcurrido setenta y tres años desde la muerte por cruz y la gloriosa resurrección del Verdadero. Desde entonces, todos, vosotros y yo mismo, hemos esperado su regreso. Y la fe en esa segunda venida sigue viva entre las siete Señoras elegidas. Es hora ya de despertar a la realidad. Éste, como veréis, fue uno de nuestros primeros y lamentables errores. No supimos interpretar sus palabras. Confiamos de todo corazón en su inminente retorno a la carne y ello nos hizo imprudentes. Habéis escuchado de labios del buen Pedro que el fin de todas las cosas está cercano. Pero Simón y cuantos compartimos esta esperanza nos equivocamos. Éste, aun siendo un asunto de menor rango, vino a envenenar desde un principio las que debían ser filiales relaciones entre los embajadores del reino, tal y como el propio Señor calificó a sus íntimos. Y nuestras disensiones —que siempre supimos ocultaros— fueron distanciando a los unos de los otros. En verdad os digo, queridos, que esas posturas irreconciliables entre los que vosotros llamáis discípulos de Jesucristo se remontan, incluso, a mucho antes de la partida del Justo. Jamás supisteis de ellas, pero es llegado el momento de revelarlas, destapando así la verdad. En vida de él, algunos de los ordenados por sus propias manos nos dejamos arrastrar por la envidia y la murmuración. Yo mismo fui reprendido por el Maestro en repetidas oportunidades. Pero mi vanidad ha sido tal que, lejos de enmendarme, he llegado a proclamarme —y así reza en el evangelio que veneráis con tanto celo y amor— como el discípulo que Jesús amaba, desmereciendo así a Aquel que nos ama a todos por igual. Pero olvidaré por el momento aquellas antiguas e infantiles disidencias para ocuparme de lo más grave: lo que en verdad os concierne, hijos míos.

La primera ruptura

Nuestras vergonzosas y hasta hoy secretas maquinaciones —que sólo servirían para quebrar el amor que nos debíamos mutuamente— empezaron en realidad en el histórico momento en que él, tal y como prometió, nos regaló el Espíritu de Verdad. Esto, como bien sabéis, ocurrió en Jerusalén, durante la fiesta de Pentecostés.

A raíz de aquel sagrado suceso, Simón Pedro —pleno de entusiasmo y de amor por el Maestro— rompió el prudente silencio que nos rodeaba, lanzándose a las calles de la Ciudad Santa, a los caminos y a las aldeas de Israel, proclamando la salvífica realidad de la resurrección de Jesús. Justamente ahí nacería el más terrible de nuestros errores. No os alarméis. Pronto lo comprenderéis. El Señor lo había repetido una y otra vez: «Éste es mi mensaje: el Padre Universal es Padre de todos los humanos y, en consecuencia, los hombres sois hermanos.» Esta sencilla y gloriosa verdad resume y justifica el sentido de la vida de Jesús. Pero nosotros, encabezados por Pedro, lo olvidamos. Aquel supremo poder llegado del cielo en Pentecostés nos hizo resurgir de las cenizas del miedo y de la incertidumbre. La gracia del Espíritu limpió nuestros corazones y nos proporcionó el valor para proclamar la buena nueva. Pero, queridos hijos míos, ciegos de alegría y necesitados de una absurda reivindicación del buen nombre de Cristo y de su grupo apostólico, Simón tomó la iniciativa, aireando la única noticia que en aquellos momentos de éxtasis nos importaba: la resurrección del Justo. No intentaré justificarme ni justificar a cuantos así emprendimos la misión de divulgar el nuevo evangelio. Vosotros, hermanos, y los que vengan en el futuro, seréis nuestros jueces. Pero que nadie os engañe. Este nuevo evangelio no precisa de muchas palabras, ni tampoco de excesivos ritos o conveniencias. Fuimos nosotros quienes, involuntariamente, en tales momentos de euforia, caímos en el imperdonable error de sustituir el único mensaje del evangelio del reino por sucesos limitados y concretos relacionados con la vida del Salvador. Estábamos ebrios de gloria. El Cristo había resucitado de entre los muertos. Muchos le vimos y compartimos su palabra. Eso era lo único que importaba. Las fuerzas que buscaban su perdición, y la nuestra, habían resultado aplastadas por la verdad de su divina presencia. El Maestro —debéis comprenderlo— estaba con nosotros. No había muerto para siempre. Y un sentimiento de triunfo, de seguridad y de poder nos embriagó, borrando todo lo demás. Consumidos por el éxtasis salimos al mundo y enronquecimos, proclamando lo que ya sabéis; lo que entonces cegaba nuestra débil condición de mortales: que Jesús estaba con los suyos y que nosotros éramos sus elegidos. Su triunfo, en consecuencia, también era el nuestro. ¿Quién, en tan señaladas fechas, podía meditar sobre otro asunto que no fuera el de su resurrección? Nos sentimos transportados a otro mundo; a una existencia plena de alegría y de esperanza. La llegada del Espíritu de Verdad fue tempestuosa, como profetizó el Justo. Y todos rememoramos sus palabras. Mas, como os confesaba, hijos míos, aquel momentáneo brillo del triunfo sobre nuestros enemigos nos cegó. Simón Pedro, arrollando voluntades, tomó la iniciativa, predicando lo que acabo de revelaros. Y otros muchos le seguimos, identificándonos y haciéndonos cómplices de lo que sólo era una parte de la verdad. Con el tiempo, Pedro se convertiría en el fundador de una nueva religión —en la que vosotros y yo descansamos— que (no puedo seguir ignorándolo) nació deforme. Lejos de testimoniar la única y sola verdad, ha ofrecido a las siete Señoras elegidas una pálida sombra de lo que es el mensaje divino. Porque sombra es lo que habéis recibido y no la luz. Nuestro cristianismo, tal y como se ha desarrollado en estos tiempos, enseña que Dios es el Padre del Señor Jesucristo. Esta certeza, unida a la experiencia de una comunión, por la fe, con el Cristo resucitado, es todo nuestro bagaje. ¡Mermado bagaje, a decir verdad, si lo comparamos con el gran mensaje que olvidamos!: la paternidad de Dios sobre toda la Humanidad y la filial relación de sus hijos. Somos culpables. Reconozcámoslo, aunque sólo sea por una vez y aunque esto atraiga las críticas de los que veneran a los que ya han muerto. Nos equivocamos. Simón Pedro el primero. Y yo, Juan, con él. Pero, si os escribo y revelo estas cosas, es porque aún estáis a tiempo de rectificar. Hemos formalizado una religión «a propósito» de Jesús, en torno a su persona, a sus milagros y señales y a muchas de sus enseñanzas, olvidando la única que importa y por la que él vivió y murió: que nos amemos —creyentes y no creyentes— en la fe y en la seguridad de que Dios nos ha sido revelado como Padre Universal, no sólo de la Palabra, sino también de todos nosotros, indigna carne mortal.

Como os venía refiriendo, hijos míos, a no tardar, ésta fue causa de nuevas y profundas disensiones en el seno del flamante colegio apostólico. Disipados los primeros vapores del triunfo (apenas transcurrido un mes desde Pentecostés), algunos hermanos —movidos sin duda por la gracia del Espíritu— nos recordaron lo peligroso y erróneo de tal comportamiento. Recuerdo la amargura de Bartolomé y sus encendidos debates con Simón Pedro y con cuantos nos empeñábamos en seguir predicando única y exclusivamente alrededor de la figura del Maestro Resucitado, renegando del auténtico sentido de su encarnación. El desacuerdo entre los íntimos fue tal que, inevitablemente, se produjo la gran ruptura. Siempre se os ocultó la verdadera razón de la partida de Natanael a las tierras orientales de Filadelfia. Ésta que ahora os confieso fue la única motivación de su repentina y precipitada marcha de Jerusalén. Supe que permaneció un año con Abner y Lázaro, dirigiéndose después a las naciones situadas más allá de Mesopotamia, donde predicó el evangelio del reino, tal y como él lo entendía. Esta grave diferencia de criterios, que jamás fue reconocida públicamente, mermó nuestras fuerzas, reduciendo a seis el grupo inicial de los doce que tanto veneráis. Y es por esto por lo que también os escribo: para que vuestro amor hacia los doce embajadores sea fruto de la luz y no de la ciega confusión que nosotros mismos hemos propiciado. La fuerza de la resurrección nubló nuestros sentidos y Simón Pedro, su hermano Andrés, Felipe, Mateo Leví, mi hermano Santiago y este agonizante Presbítero que ahora solicita vuestra compasión se conjuraron para extender la buena nueva de la vuelta a la vida del Maestro, haciendo oídos sordos a todo lo demás. Que el Señor, en su infinita misericordia, sepa perdonarnos...

El Espíritu de Verdad: su significado

Consumada la gran ruptura —de la que nunca nos recuperaríamos—, el ardor y elocuencia de Pedro hicieron el resto. Y nosotros, temerosos a veces y sorprendidos siempre ante el arrollador poder de su verbo sobre la figura de Jesús, asistimos con vanidad y torpe satisfacción humana a un casi milagroso estallido del número de creyentes en el Hijo. Ese primitivo núcleo se fue haciendo más y más notable y, de nuevo, el calor del triunfo ahogó nuestras conciencias. Gentiles y judíos recibían la palabra y el bautismo y, a los pocos meses, éramos legión. Lo que hoy llamamos iglesia nació como una secta dentro del judaísmo, limitando y empobreciendo lo que ya había sido concebido pobre y limitadamente. Porque todos nosotros —y Pedro más que ninguno— permanecimos fieles a lo que tanto había combatido el Señor: a las asfixiantes e inútiles normas y rituales de la Ley. Lo sabéis por nuestros labios y cartas: no fuimos capaces de renunciar a las ataduras de las creencias y del sofocante ceremonial de nuestros padres porque, sencillamente, habíamos perdido ese único y verdadero sentido del mensaje crístico. Como veis, queridos hijos, nuestros males proceden y procederán siempre de esa necia renuncia a la hora de proclamar la paternidad de Dios, en beneficio de una egoísta y muchas veces mezquina visión del evangelio del reino.

Pero antes de proseguir con la pública confesión de estos nuestros errores, es mi deber y deseo escribiros también sobre otro asunto, íntimamente vinculado al nacimiento de esta nueva religión que hoy llamamos cristianismo y que, de no alterar a tiempo su rumbo, sólo Dios Todopoderoso sabrá en qué puede desembocar con el paso de los tiempos... Muchos de vosotros, mis hijos devotos, me habéis interrogado a lo largo de estos años sobre el sentido de la llegada del Espíritu de Verdad. Pues bien, he aquí mi sincera opinión, no formulada para encender polémicas, sino para iluminar a cuantos ansían y buscan la paz en Nuestro Señor Jesús. El Hijo único vivió y enseñó un evangelio que libera al hombre de la más remota de las dudas: no somos hijos del Maligno, sino gloriosos hijos del Padre. Ésta fue su más preciada lección que, permitidme que insista, arrinconamos como impulsivos adolescentes, deslumbrados por una efímera gloria. Él nos ha elevado a la dignidad de hijos de un Dios, disipando así las tinieblas y la incertidumbre que pesaban sobre nuestro origen y, lo que es más importante, sobre nuestro futuro. ¡Hijos queridos!, ¿es que puede haber mayor honor y alegría que saberse hijos del Todopoderoso?

Y como prometió en vida, no hemos quedado huérfanos. Al dejar este mundo, el Maestro envió en su lugar al Espíritu, destinado a morar en todos y cada uno de los hombres, reafirmando así su mensaje, generación tras generación. No caigamos de nuevo en el error de autoproclamarnos depositarios exclusivos de esa gracia. El Espíritu no elige. Se reparte y derrama por un igual entre los mortales —creyentes o no—, de igual modo que la luz del sol beneficia al mundo sin regateos ni distinciones. De este modo, cada pueblo, cada nación, cada sociedad y cada tribu humanos posee y poseerá el verdadero mensaje de Jesucristo, puesto al día según las siempre nuevas y renovadoras necesidades espirituales de cada momento y de cada ser humano. Quede bien claro, hijos míos, que la primera y más importante misión del Espíritu consiste en personalizar la Verdad. Sólo la inteligente comprensión de esa Verdad nos dará paso y nos permitirá poseer la más pura y elevada forma de libertad humana. El segundo gran beneficio de la llegada del Espíritu también ha sido experimentado por éste, vuestro hermano. Al principio, cuando él fue ejecutado, la tristeza y la desesperación se instalaron en nuestros corazones. Y a pesar de haberlo visto resucitado, su partida de este mundo nos dejó huérfanos. No sabíamos vivir sin su compañía. Pero él envió al Espíritu y esos sentimientos de abandono y orfandad se extinguieron. Es de ley pensar que, sin el Espíritu de Verdad, todos los creyentes estaríamos hoy indefensos y condenados a la soledad individual y colectiva. La presencia de este Espíritu nos ha empujado —y así será hasta el fin de los tiempos— a proclamar y extender la realidad de la llama divina del Padre que late en el alma de cada mortal. En cierto modo, el Espíritu de Verdad es, a la vez, el espíritu del Padre Universal y el del Hijo Creador. Os escribo esto, no porque desconozcáis la verdad, sino porque esa verdad os ha sido mostrada a medias. Queridos en Cristo: no caigáis en el error de confiar en vuestro intelecto para reconocer e identificar al Espíritu de Verdad, extendido ya sobre la Humanidad. Este Espíritu jamás crea una conciencia de sí mismo. Su misión es otra: consolidar y hacer visible el espíritu del Hijo. Desde el principio, Jesús lo dijo: «El Espíritu que os enviaré no hablará por sí mismo.» La prueba, por tanto, de vuestra comunión con el Espíritu de Verdad no se halla en su reconocimiento —circunstancia que jamás lograréis— sino en una creciente, clara e inconfundible conciencia de la presencia viva del Hijo en lo más profundo de vuestros corazones. Si gozáis de la luz íntima de Jesús, entonces habréis descubierto al Espíritu que mora en vosotros. Pero el Espíritu, hijos míos, está en todos. Los que aún permanecen en las tinieblas son sólo rezagados en el amor infinito y compasivo del Padre. No seamos impacientes: la fruta madura por sí misma y no por los deseos del hortelano.

El Espíritu, hijitos míos, vino para ayudar a los hombres a recordar y a comprender las enseñanzas del Maestro e iluminar nuestras vidas.

El Espíritu, hijitos míos, vino para ayudar a los creyentes a que comprobaran la sabiduría de la Palabra y el excelso valor de su vida encarnada.

El Espíritu, hijitos, vino también para recordarnos que la Palabra vive hoy y siempre en lo más profundo de cada uno de los creyentes de esta y de todas las generaciones futuras. Porque no es ésta una obra de mortales, sino de Dios. Y el Espíritu es su conductor. Él nos guía hacia la verdad última: la conciencia espiritual de que estamos abocados a la felicidad. Y si me preguntáis qué es la felicidad, sólo podré recordaros lo que ya sabéis y nos fue dado como el más antiguo de los mandamientos: hacer la voluntad del Padre.

El evangelio del rescate

Que nadie os engañe, hijos míos. Ni siquiera nosotros, los embajadores del reino. Yo mismo os he escrito que el Hijo de Dios se manifestó para deshacer las obras del Maligno. Y aun siendo así, no es ésa la gran verdad. Jesús vivió plenamente entregado a la voluntad del Padre. Pero el Padre no es colérico, sino amoroso. Equivocadamente, algunos de los que permanecimos muy cerca de él os hemos transmitido un evangelio de crudo rescate. El Cristo —ha sido dicho— vivió, murió y resucitó para enjugar la deuda humana; para arrebatarnos de las redes del Diablo. ¡No, hijos míos!, cada hombre, por el generoso hecho de haber sido creado por el Padre, recibe el inviolable patrimonio de su propia inmortalidad. El Justo no vino a rescatar, sino a recordar. Dios no mata. Dios no culpa. Dios no castiga. Somos nosotros mismos, lejos de la luz, quienes culpamos, odiamos, aniquilamos o castigamos. Pero, aun así, la gracia de la paternidad divina es un esperanzador e inherente derecho de cada mortal. Ésta es la esencia del mensaje de Jesús; un mensaje que hemos deformado y sepultado. Ahora os corresponde a vosotros recibirlo y practicarlo. Y me atrevo a deciros más, puesto que mi fin se adivina y pronto compareceré ante la justicia de quien todo lo puede: si os empeñaseis en desoír cuanto ahora os revelo (y yo sé que mi mano la guía el Espíritu), siguiendo nuestro desafortunado ejemplo y marginando el gran mensaje del Maestro, otros, después que vosotros, serán igualmente iluminados por ese Espíritu y estas verdades, ocultas hasta hoy, acerca de que la paternidad de Dios y la fraternidad entre los hombres terminarán por emerger, transformando las civilizaciones. Os lo advierto, amantísimos hijos en Cristo: nada hay más cierto e indestructible que el amor del Padre, que la sabiduría de la Palabra encarnada y que la fuerza del Espíritu. La acción de este último es como el amanecer: ¿quién podría detenerlo? Nosotros mismos debemos reconocer su salvífico poder. A pesar de haber equivocado el camino, su fuerza nos colmó de tal suerte que, a partir de Pentecostés, cada uno de los embajadores del reino hizo más progresos espirituales en un mes que en los cuatro años de íntima asociación con el Justo. Es, pues, mi obligación preveniros. Algún día, por encima incluso de las Señoras elegidas, la Humanidad despertará a la luz y hará suyo el gran mensaje de Jesús de Nazaret. Hijos míos, también vosotros habéis sido bautizados en espíritu. Obrad, por tanto, no de boca ni de palabra, sino con las obras que inspira a un hombre el saberse hijo del Padre de los Cielos. Más aún: trabajad en esa verdad, aceptando de por vida la voluntad de quien os ha creado y vive en vosotros, como la candela en la lucerna.

Los frutos del Espíritu interior

3 Queridos, ha sido escrito: no os fiéis de cualquier espíritu, sino examinad si los espíritus vienen de Dios. Ahora sabéis que todos los espíritus proceden y encierran a Dios. Aquellos que se empeñan en la iniquidad sólo están ciegos. Vosotros debéis abrir sus ojos al Espíritu que mora en ellos. Basta con ofrecerles la verdad que él nos dejó; será suficiente con retirar el velo de sus ojos para que descubran que su origen, como el nuestro, no está en la carne o en el barro, sino en el Padre Universal. El resto es cosa del gran instructor; del Espíritu interior que descendió en Pentecostés. Y de la misma forma que me veis ahora rectificar sobre lo escrito en relación al examen de los espíritus que vienen de Dios, también me dispongo a hacerlo sobre otro asunto, estrechamente vinculado a esa histórica presencia del Espíritu de Verdad. Lo habéis leído e, incluso, oído de labios de los propios embajadores del reino. Sin embargo, yo os declaro solemnemente que muchas de esas extrañas y milagrosas señales y enseñanzas que han sido asociadas a Pentecostés sólo fueron consecuencia de nuestro desbordado fervor y sentimiento de triunfo sobre las castas sacerdotales judías que habían pretendido aniquilarle y aniquilarnos. El descenso del Espíritu, hijos míos, no necesita de campanillas, incienso o vientos tempestuosos. Debéis comprender y perdonar a quienes así han narrado y propalado la venida del instructor. Yo, Juan de Zebedeo, fui testigo de aquella asamblea en la morada del difunto Elías Marcos y digo verdad al referir que nada externo nos conmovió. Nadie vio con los ojos de la carne las lenguas de fuego que algunos pretenden, ni tampoco fuimos sobresaltados por el huracán o milagrosamente bendecidos por el don de lenguas. Aquel momento fue mucho más intenso y profundo de lo que la tradición os ha aportado. El Espíritu llegó tempestuosamente, sí, pero con el poder de la revelación interior: la más demoledora de cuantas pueda concebir el intelecto humano. Poco después del mediodía, los ciento veinte creyentes allí reunidos notamos una singular presencia en mitad de la sala. Os lo repito: nadie vio nada sobrenatural. Mas la fuerza del Espíritu se apoderó de cada corazón, colmándonos de una alegría, de una seguridad y de una confianza como jamás haya sentido mortal alguno. Era el instructor prometido por Jesús. Y Pedro, movido por el Espíritu, se alzó, confesando en público lo que cada uno ya adivinaba para sí: que aquel renacimiento espiritual sólo podía ser obra de la tercera persona de la Deidad. E impulsados por esa fuerza, la asamblea se dirigió al Templo, donde anunciamos a judíos y gentiles cuanto ya sabéis. Y fue nuestro ardor, y no el don de lenguas, lo que abrió las puertas del triunfo y de la nueva era. Lástima que tan formidable y noble impulso sólo fuera aprovechado por los embajadores para predicar única y exclusivamente acerca de la Resurrección y de la vida encarnada del Maestro, desatendiendo la maravillosa esencia de su mensaje universal... Mirad, hijos míos, que no me canso de repetirlo. Mirad que podéis creer que es mucho lo andado desde Pentecostés y, sin embargo, al desvelaros estos trágicos errores, es fácil intuir que apenas si hemos ceñido nuestros lomos y dispuesto la impedimenta.

Ahora empezáis a reconocer que equivocamos el camino. Yo mismo, al escribiros acerca del Seductor, he llegado a decir: «Todo el que se excede y no permanece en la doctrina de Cristo, no posee a Dios. El que permanece en la doctrina, ése posee al Padre y al Hijo. Si alguno viene a vosotros y no es portador de esa doctrina, no le recibáis en casa ni le saludéis, pues el que le saluda se hace solidario de sus malas obras.» Ahora, hijos míos, me asusto ante mi propia necedad. Somos nosotros —aquellos que un día fuimos ordenados por la gracia del divino Jesús— los primeros que deberíamos proclamarnos seductores y anticristos, puesto que no hemos permanecido en su doctrina, sino en la nuestra. Más aún: ningún mortal, por la incuestionable verdad de ser hijo del Padre Universal puede ser tachado en justicia de seductor o engendro del Maligno. Todos poseemos a Dios. Dejadme que vuelva sobre mis pasos y que rectifique, puesto que aún estoy a tiempo. Todos —creyentes y paganos— llevamos la luz de la Divinidad. Sólo por eso merecen nuestro respeto y amor y sólo por ello debemos acogerlos y saludarlos. Que conozcan un día su auténtico origen y destino es cosa nuestra, sí, pero, sobre todo, del Espíritu de Verdad que se ha derramado para todos y cada uno de los hombres. Como os he mencionado, la principal misión de este Espíritu consiste en iluminar a la Humanidad sobre el amor del Padre y la misericordia del Hijo. En consecuencia, ¿quiénes somos nosotros para premiar, castigar o juzgar? Hagamos bien nuestro trabajo, proclamando la verdad y dejemos al gran Instructor el cómo y el cuándo de cada revelación personal. Esos frutos del Espíritu llegan siempre. Pero en cada ser humano son distintos, de acuerdo con sus circunstancias, personalidad y deseo de perfección. En mi ya dilatada existencia, queridos hijos, he aprendido a ser paciente. La verdad del mensaje del Justo se mueve por sí misma; nunca por las prisas del hombre. No olvidéis que él vive ahora, desde Pentecostés, en cada uno de nosotros y lo hace en forma de espíritu instructor, revelándose en la experiencia individual de cada ser humano. Recordadlo siempre. Recordad que es él, no nosotros, el portador de toda gracia y misericordia.

Y puesto que me propongo legaros mi último testimonio, justo será que, antes de continuar con otras no menos importantes revelaciones, salga también al encuentro de una grave duda, suscitada entre algunos de los amantísimos hijos de ésta, mi querida Señora de Éfeso. Os preguntáis, no sin razón, si la verdad y la rectitud pueden vencer algún día en un mundo como el nuestro, desarmado por la iniquidad, la calumnia, la mentira y la envidia. ¿Es que la fe y el amor triunfarán sobre la maldad? La respuesta, aunque proceda de este despreciable despojo humano, es afirmativa. Y no es únicamente la voz de la experiencia la que os habla, sino, sobre todo, la de ese espíritu instructor que me honró con su divina presencia. Son la vida, muerte y resurrección del Maestro las mejores pruebas de cuanto os escribo. La señal y demostración eternas de que la verdad, la bondad y la fe prevalecerán y serán justificadas por toda la eternidad. Sabéis que, al pie de la cruz, alguien se mofó de Jesús, diciendo: «Veamos si Dios le libra.» Ahí tenéis la más clara de las respuestas. El día de la crucifixión amaneció oscuro. Pero el de la resurrección fue radiante y más, si cabe, el de Pentecostés. Habéis conocido muchas religiones. Pues bien, yo os digo que aquellas que buscan afanosamente liberar al hombre de las cargas propias de la vida son religiones nacidas en la desesperanza. Fijaros, hijos queridos, que sólo buscan y ansían el aniquilamiento, bien por el sueño, el descanso o la muerte. Ésas no son religiones de vida. La de Jesucristo glorioso es una religión que enaltece la vida, llenándonos de fe, esperanza y amor. En esto sabemos que le conocemos. No os aflijáis, por tanto, ante el turbio presente de este mundo en crisis. La verdad ya ha germinado. Dejadla que crezca. Una y otra vez os lamentáis ante los duros reveses del destino. Y yo os pregunto: ¿no padeció el Justo golpes más severos que los vuestros? Yo fui testigo de excepción: el Maestro hizo frente a las dudas, a la iniquidad y al desprecio con un arma indestructible: la fe en la voluntad de su Padre. Jesús no rehuyó jamás las contrariedades de la vida. Las afrontó y dominó, incluyendo el amargo cáliz de su muerte. Y mirad que nunca le vimos refugiarse en la religión para liberarse de la vida y de sus ataduras. Os lo repito: la religión del Engendrado de Dios no huye de la vida, por más que creamos en otra existencia futura y eterna. La religión que él practicó —y a la que me referiré en breve con mayor atención— rezuma paz y alegría porque supone el descubrimiento de una nueva existencia espiritual. Una forma de ser y de concebir la vida que la ennoblece. No confundáis la religión del Cristo con la adormidera de falsos dioses. Toda religión que narcotiza al pueblo es religión humana, no divina. En ello, justamente, distinguimos la religión de la Palabra: en que su deseo de progreso espiritual es fuente inagotable. Ésta es la gran palanca que mueve y moverá al mundo. Sólo las almas que conocen la verdad —mejor aún: que la buscan— están capacitadas para conducir al resto de los mortales. Sólo ésos pueden ostentar con orgullo el título de progresistas y dinámicos.

Ahora es Dios quien busca al hombre

Ha sido escrito que quien confiesa al Hijo, posee también al Padre. Y yo añado, mis dulces hijos, que quien proclama al Justo Jesucristo ya ha sido tocado por el Espíritu de Verdad. Y la libertad se instalará en su corazón. Desde Pentecostés, Jesús ha roto con las fronteras y con las limitaciones humanas. Su bandera azul y blanca es la bandera de la libertad. Pero nosotros, los que tuvimos el privilegio de servirle en vida, no hemos sabido servirle en espíritu. La llegada del Instructor —que no fue otra cosa, como ya hice mención, que un divino regalo del Maestro a cada mortal— tenía una misión que los íntimos no supimos intuir en tan histórico momento. He aquí otro de los graves errores que, hasta hoy, tampoco hemos sido capaces de reconocer. Este Espíritu de Verdad se esparció con el fin de animar a los creyentes a trabajar más intensa e ilusionadamente en la proclamación del evangelio del reino. Mas nosotros —torpes y ciegos— entendimos que semejante experiencia formaba parte del propio evangelio y la deformación del mensaje primigenio de Jesús acusó un nuevo y duro golpe. Durante años, a causa de esta ceguera espiritual, todos vosotros habéis aprendido y aceptado que el Espíritu de Verdad descendió única y exclusivamente en beneficio de los once embajadores del reino. No fue así. Los ciento veinte hombres y mujeres reunidos aquel día en el hogar de los Marcos recibimos, todos, la luz del Espíritu. Pero el Santo Instructor hizo otro tanto con el resto de los mortales: creyentes o paganos. Y cada alma recibió los talentos justos, de acuerdo con su amor a la verdad y su propia aptitud para comprender las realidades espirituales. Ésta es la auténtica religión: la que libera a los hombres de las presiones sacerdotales o de las castas, hallando su manifestación más pura en lo más sagrado del propio hombre: su corazón.

Hijos míos, ¡cuántos y cuán graves errores estáis soportando a causa de la soberbia y debilidad humanas? ¿Por qué no supimos manifestar con sencillez y verdad lo que en realidad supuso la venida del Espíritu Instructor? Lejos de lo que habéis leído y escuchado, la irrupción del Espíritu de Verdad en Pentecostés traía consigo un tesoro: una religión ni antigua ni nueva, ni conservadora ni reformadora. Una religión en la que nadie podía dominar: ni los viejos ni los jóvenes. Una religión cimentada en el mensaje que algunos de los íntimos esquivamos intencionadamente. De haberlo seguido, de haber sido fieles al evangelio del Justo, el trabajo de expansión del Espíritu Instructor sería hoy una realidad diferente, mucho más universal y espléndida. Sin darnos cuenta, la acogida dispensada en aquella mañana de Pentecostés a nuestros ardorosos sermones, por parte de hombres que representaban a razas y religiones tan dispares, fue ya, hermanos míos, una vivísima señal del carácter universal de la religión de Jesús. Pero nosotros no supimos entenderlo así. No os extrañe, hermanos, si el mundo os aborrece. Hemos adulterado un mensaje, empobreciéndolo con nuestra miopía. Lo que nació destinado a todos los hombres malvive ahora en siete comunidades que se autoproclaman elegidas por el Hijo único. ¡Puede concebirse mayor desatino! El Espíritu de Verdad me dicta que el evangelio del reino no puede ni debe identificarse nunca con raza, cultura o idioma concretos. Pero, ¿qué hicimos nosotros, los elegidos? Yo os lo diré: desde el mismísimo día de Pentecostés nos empeñamos en encarcelar el evangelio, limitándolo y sojuzgándolo a las tradiciones y normas judías. Todos los neófitos se vieron obligados a aceptar nuestras condiciones. Y la universalidad del mensaje crístico —puesto de manifiesto por el Espíritu de Verdad— fue abortada desde el primer momento. ¿Comprendéis ahora mi angustia y tormentosos remordimientos? ¿Quiénes éramos nosotros para rectificar los sagrados planes del Instructor? Y a pesar de ello, lo hicimos. Sabéis, incluso, que Pablo de Tarso padeció multitud de dificultades con sus hermanos de Jerusalén, precisamente porque se negaba a aceptar que los gentiles pagaran el tributo del sometimiento a las leyes judaicas. En verdad os digo, hermanos, que ninguna religión que se tenga por revelada podrá extenderse por el mundo si cae en el grave equívoco de dejarse impregnar por una cultura nacional o si hace suyas prácticas raciales, económicas o sociales establecidas con anterioridad. Os escribo todo esto para que mi alma descanse en paz y no se consuma en el fuego de los remordimientos del que, conociendo la verdad, optó por esconderla, incluso a un paso de la muerte. Si decimos: «el Espíritu Instructor fue cosa nuestra», nos engañamos. La proclamación de Pentecostés, os lo he dicho, tuvo un destino universal. Al tiempo que el Espíritu descendía sobre los ciento veinte lo hacía igualmente sobre los campos y ciudades, rompiendo con las formas, rituales, templos y costumbres de todos los tiempos y naciones. Queridos hermanos: desde ese día, ya no es necesario buscar el desierto para recibir la gracia y la luz del Espíritu de Verdad. Él llenó el mundo. Impregnó la naturaleza y a nosotros, hijos del Padre, nos dio nuevas armas para extender la buena nueva. Unas armas —escuchadme con atención— que nada tienen que ver con el poder terrenal de los hombres. Desde Pentecostés, la religión de Jesús rompió para siempre con las fuerzas físicas que conocéis. Los nuevos educadores de la Humanidad —vosotros, hijos míos, y cuantos puedan sucedernos— deben comprender que esas armas del Instructor son siempre de naturaleza espiritual: las únicas indestructibles. La conquista y proclamación del nuevo orden, de esta religión del Justo, debe ser indulgente; respetando conciencias y creencias y sin desmentir a nadie. Marcharéis por el mundo con un único bagaje: el del amor y la buena voluntad. Sólo con el bien podréis vencer al mal. Apartad de vosotros la fácil inclinación a juzgar y condenar. Respondiendo al mal con el mal retrocederéis a las viejas costumbres de nuestros padres, que ignoraban el venturoso mensaje crístico de la paternidad de Dios. Si todos los seres humanos somos hermanos, ¿por qué maldecir, menospreciar o buscar la destrucción de quienes llevan nuestra misma sangre espiritual? ¿O es que sois capaces de prescindir de vuestros hijos, padres y esposos o esposas porque más de una vez equivoquen sus palabras o hechos? A la luz del Espíritu de Verdad, vuestros hijos y los gentiles de tierras remotas son una misma cosa: el fruto del amor del Padre. Id por el mundo con el afán de triunfar, pero hacedlo con la moneda del amor. El odio se desmorona ante una sonrisa amorosa; ante un silencio comprensivo y ante una respuesta favorable, que no humille o lastime. Hermanos: el que odia es desgraciado. No suméis nuevas angustias a su atormentado corazón. Muy al contrario: escuchad sus razonamientos y, aunque resulten áridos e inaceptables para vosotros, tratad de hacerlos vuestros. Siempre hay un punto de verdad en la verdad de los demás. Mirad que os escribe un arrepentido. Mirad que no busco ya la vanidad de los honores, ni la recompensa temporal de la admiración de los hombres. Soy un hombre que ha vivido en la mentira y que muere proclamando la verdad.

El Maestro nos enseñó que su religión jamás es pasiva. La buena nueva es toda una aventura personal. Aquellos que la hagan suya podrán enfrentarse al miedo y a las tinieblas de las dudas. Para eso está la fe viva y valiente en la verdad. Debéis ser hombres inquietos, siempre atentos, no a vuestras propias necesidades, sino a las de los demás. La misericordia y el amor harán el resto. Nunca os encadenéis a ritos y ceremoniales que no hayan nacido del amor. La religión que él nos enseñó no precisa de techos, cánones ni jerarquías. Vive en el espíritu humano como el jugo que nutre a las plantas. Es ese espíritu que mora en cada uno de nosotros su único y verdadero templo. Y a nosotros, individualmente, nos corresponde despertar y hacer despertar a los demás a esta esperanzadora luz. Pero, permitidme que insista: removed los cimientos espirituales de vuestros hermanos con el ejemplo y las buenas obras; nunca con el reproche y la condena. La Verdad no es patrimonio de los que le conocimos. La Verdad es él y, desde Pentecostés, él se ha instalado sin regateos en los más humildes y en los poderosos. Queridos hijos, ¡qué importante resulta esta sencilla realidad! Todos estamos tocados por el dedo amantísimo del Padre. Incluso los idólatras, los sanguinarios y los que os persiguen. Es hora ya de mirar a Dios cara a cara y no como al Eterno de los Ejércitos. Es llegada la hora de proclamar su paternidad sobre todos nosotros, olvidando el equivocado concepto de un Jehová colérico y justiciero. Siempre temimos al Todopoderoso porque, sencillamente, no le conocíamos. Jesús de Nazaret nos ha descubierto y desvelado la auténtica faz del Padre: un Dios tan amoroso que, no sólo nos concede la inmortalidad, sino que, además, es capaz de instalarse en lo más íntimo de cada mortal. Mirad que digo verdad porque no soy yo quien escribe. Es él quien conduce mi pluma. Y yo os manifiesto que la sombra radiante del Padre Universal viaja hasta el corazón de cada niño, cuando éste adopta su primera decisión moral. No sólo hemos sido creados directamente por el Padre: además, forma un todo con la carne y el espíritu que nos sostienen. Escuchad, pues, su voz. Basta con mirar hacia adentro. Basta con guardar silencio. Basta con ponerse en sus manos, tal y como el Maestro nos enseñó. Hasta la llegada del Santo Instructor los hombres se perdieron en oscuras y difíciles búsquedas del gran Dios. Desde Pentecostés —merced a la acción del Espíritu—, esa búsqueda continúa, pero iluminada por el mensaje del Justo: ahora es Dios quien busca al hombre. Y lo hace, como os digo, desde dentro y no desde temibles y justicieros tabernáculos.

Vosotros mismos, a lo largo de estos setenta años, habéis sido testigos del gran cambio experimentado en muchos de los creyentes. La fuerza del Espíritu de Verdad es tal que los hombres son capaces hoy de perdonar toda suerte de injurias personales y de soportar en silencio las más abominables injusticias. Sabéis de hermanos en Cristo que han arrostrado peligros en nombre y en beneficio de la fe y que han desafiado el dolor y la muerte, respondiendo a la cólera y el odio con el amor y la tolerancia. Ésta es la gran lección que él nos legó y que yo, a pesar de mis pecados, me atrevo a solicitar de vosotros. Poco a poco, con el paso de los tiempos, sobre la cruel faz de este mundo sólo quedará un ganador: Jesús de Nazaret, el Justo, el Hijo único y Engendrado de Dios. Y ese triunfo se producirá, no por la dialéctica o el poder de los hombres, sino por el Espíritu, capaz de iluminar todas las mentes con el gran principio crístico: Dios es nuestro padre. En consecuencia, si todos somos hermanos, ¿qué sentido tiene guerrear?, ¿qué gana la Humanidad con la tiranía de unos hermanos sobre otros?, ¿qué justificación puede mantener el odio?, ¿es que existe algo más rentable y beneficioso que la mutua confianza y la solidaridad?

Pero los íntimos hemos sido los primeros en incumplir este hermoso y lógico principio. No os hemos hablado del Padre y del mensaje de fraternidad. Al menos, no lo hicimos como él nos aconsejó: dando absoluta prioridad a la paternidad de Dios.

Las mujeres: otro error que debemos reparar

Al olvidar la esencia del mensaje de Jesucristo y predicar tan sólo en torno a su persona, milagros y resurrección, caímos en un pozo sin fondo, habitado por el peor de los devoradores: el error. Permitidme que, en nombre de esa justicia que procede del Justo, os abra de nuevo mi cansado corazón y confiese otro grave pecado, alimentado sin piedad por cuantos nos llamamos hijos del Todopoderoso y que está desembocando en una penosa realidad que, vosotros, mis queridos hijos, debéis reparar y rectificar sin demora. Conocéis sobradamente cuál ha sido la condición y estado de la mujer en la comunidad que nos ha tocado vivir. Aún hoy, a pesar de la luz derramada en Pentecostés, permanece ajena, esclavizada y relegada en virtud de mezquinos y siempre equivocados conceptos religiosos, económicos y sociales. Nosotros, los embajadores del reino, asistimos en vida de Jesús —con grande escándalo por nuestra parte— a la audaz y abierta reivindicación que el propio Maestro hizo de los derechos de las mujeres. Sabéis, aunque muchos de nosotros lo hayamos ocultado, que él permitió y alentó la presencia, junto a los doce, de otro nutrido grupo de hebreas, que compartió las enseñanzas, alegrías y tristezas de la predicación y de la vida pública del rabí. Simón Pedro y algunos de nosotros fuimos amonestados por Jesús al pretender ignorarlas o despreciarlas. A pesar de ello, escrito está por el gran Saulo: «La mujer oiga la instrucción en silencio, con toda sumisión. No permito que la mujer enseñe ni que domine al hombre. Que se mantenga en silencio. Porque Adán fue formado primero y Eva en segundo lugar.» Pues bien, yo os digo que Pablo y que todos cuantos así hemos hablado y obrado no somos dignos de hacer nuestra la palabra de Jesucristo. A partir de Pentecostés, en el reino del Padre no puede haber primeros y segundos. En la fraternidad que hemos heredado, la mujer no es menos ni más que el hombre, sino igual. Recordad que entre aquellos ciento veinte discípulos que recibimos el don del Espíritu, una buena parte eran mujeres. Y el Instructor descendió sin excepciones, llenando de gracia, por un igual, a varones y hembras. Los fariseos pueden seguir dando gracias al Cielo por no haber nacido mujer, leproso o gentil. Pero, entre nosotros y en el nuevo reino, semejante actitud no tiene justificación. La mujer es reflejo del hombre, habéis leído en las cartas de Pablo. También ha sido escrito que la mujer debe cubrirse cuando ora ante Dios y que su cabellera le ha sido dada a modo de velo. Torpes palabras, a mi entender, que sólo demuestran estrechez de espíritu y un forzoso olvido de las enseñanzas del Maestro. Es el Padre quien crea, con idéntica libertad y amor, a mujeres y hombres. La mujer no procede del hombre, ni éste de aquélla. Ambos nacen, al unísono, del amor del Padre. Si la presencia del Espíritu de Verdad ha marcado un nuevo tiempo y la alegría de una religión sin barreras ni discriminaciones, ¿por qué este empeño en separar y menospreciar a nuestras hermanas? Yo os lo diré: estamos viviendo una parte del nuevo evangelio, olvidando el todo. Queridos: observad que mis palabras, una y otra vez, fluyen impregnadas por un repetitivo lamento. Al no respetar el mensaje primigenio de Cristo, los errores se suceden en cascada. Estamos equivocando el camino. Los hombres no podemos pretender el monopolio del servicio religioso. Ellas, nuestras hermanas, han sido igualmente bendecidas por el Espíritu. Ellas pueden y deben proclamar la buena nueva al mundo. Ellas han sabido del Maestro, con idéntica intensidad que los hombres (más incluso que nosotros, que le abandonamos desde las tristes horas del prendimiento en Getsemaní). Ellas tienen el derecho y la obligación de dirigirse a las asambleas y de participar en las ceremonias. Tanto unos como otras somos ramas de un mismo árbol. Todos recibimos idéntica luz, idéntica lluvia e idéntico viento. Permaneced alerta y rectificad vuestra actitud. De proseguir en esta ciega discriminación y necia superioridad hacia las mujeres, la iglesia que ahora nace añadirá oscuridad a la oscuridad y, algún día, el mundo la juzgará con idéntica medida.

Y de la misma forma que llamo vuestra atención acerca del peligroso error que se cierne sobre todos aquellos que marginan a la mujer, es mi deber salir al paso de otra no menos lamentable y errónea creencia, que va ganando terreno en los corazones de muchos de los creyentes de las siete Señoras elegidas. Al principio fue una muy humana y lógica admiración. Ahora, año tras año, ha empezado a transformarse en motivo de veneración y de casi enfermiza adoración. Es posible que muchos de vosotros, hijos queridos, toméis estas palabras como inevitable consecuencia de una senilidad centenaria. Mas yo os repito que mi mente permanece clara y serena y mi mano sigue los dictados del Espíritu. Y guiado por el amor que os profeso os recuerdo que no es bueno santificar ni rendir culto a nadie que no sea Dios. He visto con mis propios ojos cómo muchas de las comunidades de creyentes veneran a la familia terrenal de Jesús, habiendo poco menos que divinizado a María, su madre. Sabed que María y uno de los hermanos del Maestro formaban parte de aquel grupo de ciento veinte discípulos que fue colmado por el Espíritu de Verdad. Pero ellos no recibieron más que el resto. Ningún don especial le fue otorgado a la familia humana del Justo. No hay, por tanto, familias santas. Sólo el Padre es santo. El recuerdo y el respeto hacia la memoria de los que nos han precedido son prácticas elogiables y beneficiosas. Mas no caigáis en la tentación de santificar a los que tuvieron algo que ver con el Maestro. Os lo repito: nadie es santo. Sabéis que no son palabras mías, sino del propio Engendrado de Dios.

Vuestro natural desconocimiento de la personalidad de la madre de Jesús, de las circunstancias que la rodearon y el inevitable paso del tiempo están forjando en las comunidades de creyentes una imagen tan distorsionada de María que me asusta pensar hasta dónde puede llegar este cúmulo de despropósitos y de falsas noticias. Este Presbítero que os escribe sí conoció a la madre del Señor. Y aunque lo que me dispongo a relataros pueda pareceros duro e irrespetuoso, entiendo que así me someto y os someto a la verdad. No habla con sinceridad quien asegura que la esposa de José fue un permanente y valioso respaldo espiritual en la misión de su primogénito. Al igual que ocurriera con nosotros, sus íntimos asociados, su madre tampoco comprendió en vida la excelsa misión del Maestro. Sólo después de su muerte y resurrección, y merced a la luz del Espíritu, empezó a intuir quién era en verdad y por qué había encarnado en su vientre. Y su tristeza fue tal que, tras la partida de Jesús, decidió retirarse a la Galilea, muriendo al año, víctima de la melancolía y de la desolación. María, como muchos de nosotros y de sus parientes, había forjado en su mente una idea terrenal y revolucionaria de su hijo. Jesucristo era el ansiado Mesías de las Escrituras. Un Mesías libertador, que pondría fin a la dominación de Roma, elevando a la nación judía al rango y a la posición que siempre mereció. A pesar de las explicaciones y del notorio rechazo del Justo hacia tales pretensiones, su madre —de carácter terco y obstinado— vivió empeñada en dicho ideal. Y esta nada grata situación sería motivo de choques y enfrentamientos entre ambos y de más de una lágrima. La familia de José y María trazó ambiciosos planes para Jesús. Ya desde su misteriosa concepción, el anuncio del ángel de Dios a María y a su pariente de la Judea, Isabel, fue tomado como un signo premonitorio. Y ambas mujeres, con el incondicional apoyo de Zacarías y las reservas de José, se reunieron en diferentes oportunidades, dibujando en sus corazones el futuro del libertador y de su brazo derecho, Juan, más tarde llamado el Anunciador. Queridos, abrid los ojos a la realidad. El Maestro fue un incomprendido, incluso para los suyos en la carne. Él amó profundamente a su familia, pero no fue capaz de hacerles ver cuál era en verdad su destino. María no podía entender las filiales relaciones de su primogénito con el Padre de los cielos. Aquella actitud de Jesucristo, refiriéndose a Dios como su Padre, le valió serias reprimendas y la incomprensión y el repudio de cuantos le conocían. Y su madre no fue una excepción. María no era una mujer sumisa, ni tan espiritual y devota de su hijo como muchos de vosotros pretendéis. Habría sido muy de desear que, entre los testimonios escritos y orales que hoy circulan por las comunidades de creyentes acerca de la vida y enseñanzas del Maestro, alguien se hubiera atrevido a contar ese, para muchos, oscuro capítulo de la existencia terrenal del Señor. Pero también en esto hemos sido cobardes e interesados. Por desgracia, yo, Juan, soy el último de los supervivientes de aquel sagrado tiempo y, aunque me empeñara en semejante tarea, presiento que ni siquiera llegaría a iniciarla. Os aseguro, hijos míos, que al olvidar los treinta primeros años de la vida del Justo hemos oscurecido —¡y de qué forma!— muchas de las razones y de los orígenes de sus enseñanzas y de su singular comportamiento a lo largo de su predicación pública. La Historia, implacable, nos juzgará por ello. Y lo hará con razón y sabiduría. Sabéis de sobra que la trayectoria de cualquier ser humano es indivisible. Forma un todo, desde su más lejana infancia hasta el momento de la muerte. ¿Por qué, entonces, os preguntaréis con lógica, no os ha sido ofrecida también esa parte de la vida del Maestro? Podría justificarme y justificar a cuantos así han actuado, alegando falta de tiempo o, lo que sería peor, una carencia de información. Nada de esto es cierto. Muchos de los íntimos y cercanos a Jesús conocíamos de antiguo sus años de juventud. Y una vez más, de mutuo acuerdo, estimamos que no convenía ensombrecer con debilidades y servidumbres humanas la imagen de una familia que veló por la Palabra. ¡Necios y ciegos! ¿Es que la figura del Santo podría ser empañada por hombre mortal alguno? Muy al contrario, el fiel conocimiento de la verdad hubiera engrandecido, si cabe, su condición humana, situando y centrando a cuantos le acompañaron en vida en su justo y legítimo lugar, sin falsos pudores ni tapujos. Como veis, amados en Cristo, tengo motivos para la desazón y para proseguir con esta carta-testamento que, así lo deseo, sólo nace al amparo de la verdad.

Jesús no era el Mesías que todos esperaban

4 Y puesto que ya lo he mencionado, dejadme ahora que me extienda sobre esa falsa imagen que todos, incluyendo a este Presbítero, llegamos a formarnos sobre Jesús de Nazaret y su nuevo reino. Esto sí os ha sido transmitido con lealtad y rigor: cuando el Maestro fue hecho prisionero y ajusticiado, sus íntimos, sin excepciones, creímos morir de tristeza y desesperación. Sencillamente, huimos, perdiendo toda esperanza. Y sus consejos y recomendaciones se disiparon en aquellas jornadas de aparente fracaso individual y colectivo. De algo, sin embargo, nos sirvió tan cruel y amarga experiencia. El Maestro —se dijo entonces—

fue un profeta rico en palabras y prodigios ante Dios y su pueblo, pero en modo alguno podía ser el Mesías libertador. En el fugaz transcurso de una noche y de una mañana, el acariciado trono de David se derrumbó con estrépito y nosotros con él. Todos los embajadores —aunque no queramos reconocerlo— creíamos en la inminente restauración del reino de Israel sobre la Tierra. Para nosotros sólo era un reino terrenal. Fue menester, como os digo, que fuera sepultado y resucitase de entre los muertos para comprender que no le habíamos comprendido. Su presencia nos devolvió la esperanza, abriéndonos los ojos a un reino espiritual y a un Cristo Dios. Antes de partir, él nos sacó hasta las faldas del monte de los Olivos, recomendándonos que permaneciéramos en Jerusalén hasta ser dotados del poder del Espíritu y asegurándonos que pronto regresaría. Esa promesa sería fuente de graves trastornos, de no pocas confusiones y de actitudes extremas que aún hoy padecéis. Y el Espíritu descendió sobre el mundo y la buena nueva, aunque empobrecida y manipulada, fue proclamada con fuerza y arrojo. Realmente conviene reconocer que éramos discípulos de un Maestro vivo y triunfante y no de un líder muerto y olvidado. El rabí se había instalado en nuestros corazones. Era una presencia real y vivificante. Pero, mis queridos hijos, arrastrados por el fervor, tomamos la promesa de regreso del Señor como algo inminente. Era lógico —así lo creímos entonces— que Jesús retornara en breve para concluir la excelsa misión de instaurar el reino. En realidad, sólo había acudido al Padre con el fin de preparar nuestros respectivos tronos. ¿Cómo es posible concebir pensamientos tan pueriles? Sin embargo, así fue y así ha sido durante años. Vosotros lo sabéis bien, puesto que permanece escrito e, incluso, en vuestra sencillez, lo calificáis de Palabra de Dios. Simón Pedro, Santiago y Pablo, entre otros, se han encargado de recordar a las siete Señoras elegidas que la venida de Jesucristo está próxima; que esos días postreros serán difíciles; que el Juez está ya a las puertas; que el fin de todas las cosas está cercano y que, como yo mismo he referido, son muchos los anticristos que han aparecido y que, consecuentemente, es llegada la última hora. ¡Vanas palabras! ¡Vanas ilusiones que sólo han originado catástrofes y rencillas!

Quien os escribe en estos últimos días de su vida no lo hace con amargura ni desaliento. Sólo con la serenidad de tan dilatada experiencia. Y día tras día, rebosante de amor y de triunfo, aquella incipiente comunidad de fieles seguidores del Maestro se refugió en el Templo de Jerusalén, orando, predicando y proclamando que la Parusía había sido anunciada. Y esta ciega esperanza nos arrastró a un nuevo error: el plan y las riquezas fueron puestos al servicio de la asamblea. Quien más tenía, más ofrecía. Y el pueblo entero ensalzó el bello gesto de unos hombres y mujeres que, a la espera del retorno de su Señor, fueron capaces de desprenderse de tierras, dineros y patrimonios, en beneficio de los más pobres y necesitados. Aquella masa inicial de creyentes tenía un solo corazón, una sola voz y un único objetivo: compartirlo todo y esperar en paz la inminente llegada del Hijo. Nosotros, buena parte de los íntimos, fuimos los directos responsables de este enfebrecido movimiento. Enronquecimos ante las multitudes, proclamando los hechos de la vida, muerte y resurrección del Maestro, atemorizando a las gentes ante la pronta segunda venida del Verdadero. Y el evangelio del reino —no me canso de insistir en ello— fue sustituido por un evangelio sobre y a propósito de Jesús. El Cristo empezaba a ser el credo, centro y final de la nueva y deformada religión que empezaba a germinar en Jerusalén. Él había resucitado. Estaba vivo. Había vencido al Maligno. Muchos le habíamos visto y escuchado sus palabras. Nos había regalado su Espíritu. No tardaría en regresar. Estas realidades y nuestro profundo amor por el Señor provocaron el nacimiento de una doctrina en la que Dios era el Padre de Jesucristo, olvidando el antiguo y auténtico mensaje: que Dios es el Padre de todos los hombres. Ciertamente, aunque estas primeras comunidades se presentaron ante los pueblos como una elogiable manifestación de amor fraterno y de buena voluntad, habían nacido viciadas. Debo ser sincero una vez más: aquel amor desinteresado entre los miembros de lo que —con el tiempo— sería llamada iglesia surgió como consecuencia de una ardiente pasión por Jesús, pero nunca por el reconocimiento del gran principio que él había revelado: la fraternidad entre los mortales.

De esta forma, no de otra, hijos queridos, germinó en

Israel la comunidad de hermanos que os ha precedido. En efecto, nos llamábamos hermanos y hermanas. Nuestro saludo era el beso de la paz. Nos reuníamos en público, partíamos el pan como él nos había enseñado. Orábamos y celebrábamos la cena del recuerdo, bautizando al principio en el nombre de Jesucristo. Sólo veinte años más tarde se empezó a bautizar en el nombre del Padre, del Hijo y del Espíritu de Verdad. En realidad, nada pedíamos a los conversos: sólo la ceremonia simbólica del bautismo. La organización administrativa que ahora conocéis y padecéis llegaría después, cuando los hombres —llevados por su natural inclinación y sepultado para siempre el mensaje de Jesús— resolvieron jerarquizar el amor. En aquel tiempo sólo éramos la fraternidad de Cristo, sin jefes y sin más disciplina que un intenso celo hacia la memoria del Señor.

Era un secreto a voces que el Maestro retornaría a Jerusalén antes de que pasase aquella generación. Y movidos por esta sólida convicción nos lanzamos a otra lamentable aventura: el reparto de todos nuestros bienes. Jesús jamás había propiciado un gesto semejante. Sin embargo, seguros de su retorno y de que seríamos recompensados con creces, pobres y ricos pusieron sus pertenencias al servicio de la comunidad. Los resultados finales de esta bienintencionada experiencia de amor fraterno fueron calamitosos. Las semanas y los meses pasaron y los fondos de la fraternidad se agotaron. Jesús no daba señales de vida. No regresaba. Y la impaciencia hizo presa en los hermanos; en especial, en los que más habían donado. Muchas familias se vieron de pronto en la ruina, con sus haciendas hipotecadas y sus hijas entregadas a la esclavitud. Los choques, rencillas y deserciones menudearon y la situación se hizo tan dramática que los creyentes de Antioquía se vieron en la triste necesidad de efectuar colectas con el fin de paliar el hambre de sus hermanos de Jerusalén. Así concluiría una de las primeras y más amargas iniciativas del recién estrenado colegio apostólico de Jesús.

Las primeras persecuciones

A pesar de esta crítica situación —a la que nadie ha querido referirse hasta el momento, bien por pudor o porque se ha perdido en el olvido—, las comunidades de creyentes siguieron creciendo y extendiéndose dentro y fuera del Imperio. Ello acarrearía un nuevo y triste problema. Ante el vigoroso impulso de nuestras asambleas, los saduceos se alzaron indignados, propugnando la destrucción de lo que calificaron como «semilla de un orden blasfemo». La permanente insistencia en nuestros discursos acerca de la resurrección del Maestro y de la vida eterna que nos aguarda a todos después de la muerte hirió su necia teología, movilizando a las castas sacerdotales. Los fariseos, por su parte, reaccionaron con moderación, dado que nuestras costumbres y ritos no se habían apartado de la Ley mosaica. Aun así, el poder de los saduceos se dejó sentir y muchos de los dirigentes de las comunidades de creyentes asentadas en Israel fueron encarcelados y perseguidos. Sólo la providencial intervención del rabino Gamaniel vino a sofocar lo que parecía el primer gran desastre de los seguidores de Jesús. Dirigiéndose a los saduceos, les advirtió: «Absteneos de tocar a estos hombres. Dejadles en paz. Si su trabajo proviene de los hombres, él solo morirá. Pero, si procede de Dios, nunca podréis destruirlo.»

La persecución cesó y las comunidades vivieron un corto pero intenso período de paz en el que el evangelio «a propósito» de Jesús se extendió sin mayores dificultades y con extrema rapidez.

La gran ruptura con el judaísmo

Nuestro gran pecado —el olvido del verdadero mensaje de Jesús de Nazaret a la Humanidad— no tardaría en revolverse contra nosotros mismos. Durante aquellos seis primeros años, a pesar del fracaso del reparto de los bienes y de los primeros encarcelamientos, ni los íntimos de Jesús, ni tampoco los hermanos que empezaban a despuntar como líderes en las diferentes comunidades, quisimos escuchar las voces de los más sensatos, que nos recordaban insistentemente el error de nuestros planteamientos. Y todo continuó su curso hasta que en el año 790 de la fundación de Roma (seis después de la muerte y resurrección del Señor), un preclaro grupo de creyentes griegos procedentes de Alejandría se trasladó a Jerusalén. Eran alumnos de Rodan y, merced a su valor y sabiduría, hicieron grandes conversiones entre los helenistas de la Ciudad Santa. Entre aquellos se encontraba Esteban. Pues bien, ha sido escrito que, tras la lapidación de Esteban, se desencadenó una furiosa persecución contra los fieles creyentes en Cristo. Dicen verdad quienes así cuentan. Sin embargo, las auténticas motivaciones de esta segunda persecución no fueron confesadas. Esteban y el resto de los griegos llegados de Alejandría no compartían nuestra forma de hacer, siempre amparada bajo las normas y rituales judíos. Más de una vez se enfrentaron a Simón Pedro y a los discípulos que nos empeñábamos en predicar única y fundamentalmente en torno a la figura del Señor, renegando del gran mensaje de fondo. Y fieles a su filosofía, los griegos se lanzaron a las calles de Jerusalén, denunciando esta servidumbre de los creyentes en Cristo a la religión mosaica y proclamando el gran principio de la paternidad universal de Dios y la consecuente fraternidad entre los mortales. Aquello fue un escándalo para propios y extraños. Sin embargo, debemos reconocer que la razón les asistía. En uno de esos fogosos discursos, como ya sabéis, Esteban resultó lapidado y los saduceos, implacables, reiniciaron los encarcelamientos y persecuciones. Nunca vi tanto desconcierto y desolación entre los hermanos. Los más huyeron a las montañas y los que nos ocultamos en la Ciudad Santa, transcurridos algunos días, celebramos una asamblea que, hijos queridos, resultaría tristemente histórica. Esteban había sido el primer mártir de la nueva religión. Todos lo reconocimos. No obstante, ninguno de los presentes tuvo el valor de aceptar que él y el resto de los griegos estaban en la verdad y que nosotros habíamos errado en la filosofía del reino. Y en vez de recapacitar y rectificar el rumbo, nuestros esfuerzos se centraron en la búsqueda de una fórmula que nos permitiera salir de la crisis. Y los sagrados pilares del mensaje del Maestro fueron definitivamente arruinados y abandonados, en beneficio de la supervivencia y de lo que ya todos llamábamos la religión de Jesús. Las discusiones parecían no tener fin. Pero, al mes de la muerte de Esteban, la asamblea alcanzó a comprender que sólo quedaba una alternativa: había que separarse de los no creyentes. Y la fraternidad de Cristo dejó de ser una secta incrustada en el judaísmo, para erigirse en la iglesia del Resucitado. Pedro fue el encargado de organizarla y Santiago, el hermano de Jesús, resultó designado como su primer jefe. Habían transcurrido seis años desde la muerte del Justo.

Recordad que, hace años, yo, Juan, Presbítero de Éfeso, escribía que muchos seductores habían salido al mundo. Yo soy uno de ellos. Y lo soy, no porque haya atacado y renegado de Jesucristo, sino por mi silencio. Hora es, pues, de romper esa complicidad. A decir verdad, cuanto habéis leído y oído en torno a la designación divina de Simón Pedro para ocupar el primado de las Señoras elegidas sólo responde a la voluntad de los hombres y a los intereses de cuantos, en aquel tiempo, participamos y consentimos en tales maquinaciones, más propias de débiles mortales que de la sabiduría del Engendrado de Dios. Sé que cuanto os estoy refiriendo es duro de creer y más difícil aún de aceptar. Pero yo sé que la verdad brota de mi espíritu y que el Todopoderoso sostiene mi mano. No os escandalicéis por tanto ante lo leído y lo que aún resta por confesar. Las siete iglesias que hoy se extienden por el orbe no surgieron por expreso deseo de Jesús de Nazaret, sino por la debilidad de sus embajadores, ansiosos de poder algunos y desconfiados los más. Sólo cuando los creyentes empezaron a ser legión, olvidado ya el gran mensaje crístico, nos embarcamos en la humana aventura de consolidar y fortificar entre muros, ritos y normas lo que había nacido libre, como máxima expresión de la búsqueda de la perfección espiritual. Y permitidme que siga abriendo mi corazón y que confiese en público lo que hace años consume mi espíritu. Quizás debamos rogar para que el Maestro no retorne jamás. Porque, de hacerlo, quizás su cólera incendie primero a los suyos, que no supieron guardar y hacer guardar su excelso mensaje. Los que le conocimos en vida sabemos que el Maestro jamás sujetó su voluntad a las cadenas del rigorismo de la ley mosaica, ni aceptó pasar por el ojo de las organizaciones que ponen freno a la maravillosa potestad de la libertad espiritual. Y nosotros, que nos autoproclamamos su iglesia, hemos caído en el mismo desvarío de los que le condenaron y ejecutaron. Mirad que nadie os engañe con falsas justificaciones. Si el Maestro hubiera deseado una iglesia, él mismo se habría puesto al frente de los miles de hombres y mujeres que le siguieron. No era una iglesia lo que Jesucristo ansiaba y pregonaba. Su misión era y es infinitamente más noble, universal y sencilla: hacer ver a los mortales que estamos irremisiblemente ligados por los lazos de la fraternidad. Que Dios es nuestro Padre, a todos los efectos. Esto, hijos míos, se inscribe en el alma a través del Espíritu de Verdad; no por el poder de los hombres. Ni siquiera por la siempre falsa santidad de una iglesia que lleva el nombre del Resucitado. Yo mismo, y otros antes que yo, hemos escrito en favor de la naturaleza divina del primado y de las iglesias a las que pertenecéis. Todo obedeció a puras razones e intereses humanos. Era menester justificarnos y lo hicimos. El mal está hecho. Ahora sois vosotros quienes debéis rectificar y retomar el auténtico evangelio del reino. En ello empeño este mi último aliento.

Una dolorosa e inevitable diáspora

Pero aún tengo mucho que escribiros y el tiempo apremia. Formalmente constituida la iglesia de Jesucristo, las persecuciones de las castas sacerdotales se multiplicaron, dando lugar a una dolorosa e inevitable diáspora. Empujados por las circunstancias, decenas de fieles creyentes se propagaron por Gaza y Tiro, camino de Antioquía y, desde allí, hacia la Macedonia, Roma y todos los confines del Imperio. Y con ellos viajó la nueva religión. Y habéis conocido asimismo que, entre esos forzados peregrinos, se hallaba una parte importante de los doce. A la vista de la tradición es lógico presumir que hombres como Mateo Leví, Simón el Zelote, Natanael y otros partieron hacia tierras lejanas, obligados en buena medida por la amenaza de los encarcelamientos. No es ésta toda la verdad. Lamentablemente, en esta continua ceremonia de la confusión a que os hemos sometido, la auténtica razón de la marcha de estos embajadores del reino os ha sido esquilmada. Como podréis deducir por vosotros mismos, la difusión de dicha razón no podía interesar a los que formábamos parte de la recién estrenada iglesia. Y, una vez más, fue deformada de mutuo acuerdo. Esa razón —que movió a algunos de nuestros hermanos a separarse del primitivo colegio apostólico— no fue otra que la que ya os he apuntado y repito sin cesar: con gran visión y lealtad optaron por proclamar el evangelio, tal y como él nos había enseñado, fundamentando su doctrina en el mensaje de la paternidad de Dios y la fraternidad de los hombres. El resto —iglesias, ritos, leyes y la predicación «a propósito» de Jesús— no les interesaba. Y ante la imposibilidad de una reconciliación, optaron por una discreta y silenciosa retirada de Jerusalén. A los ojos de la comunidad, fueron las persecuciones y el celo por llevar la palabra de Dios a otros pueblos lo que motivó el éxodo de discípulos como Mateo, Simón el Zelote, Bartolomé y Tomás. Nosotros, los que elegimos el camino de la iglesia, sí conocíamos la verdad. Pero, cobardes e interesados, la ocultamos.

Y ahora, si me lo permitís, quisiera dedicar un amoroso recuerdo a cada uno de estos hermanos. Todos, supongo, muertos hace años. Con ello cumplo igualmente el sagrado deber de informaros acerca de los lugares a los que les condujo la fuerza del Espíritu Instructor.

Andrés, el hermano de Pedro

A pesar de haber ostentado en vida del Maestro la jefatura de los doce y de haberlo hecho con tanta dignidad como eficacia, Andrés supo pasar a un segundo discreto plano tras la muerte y resurrección del Justo. A partir de Pentecostés aceptó de buen grado que los hermanos creyentes le designaran como el hermano de Simón Pedro, perdiendo así su antigua y bien merecida autoridad. A él se debió, en gran medida, la eficaz organización de la naciente iglesia que presidió Pedro. No os descubro ningún secreto si os confieso que parte de mi evangelio, así como otros que circulan entre los fieles de las Señoras elegidas, se han sustentado en las notas y recuerdos que llegara a escribir Andrés en torno a las enseñanzas, sucesos y pensamientos de Jesucristo. Lamentablemente, tras su muerte, hermanos que no merecen este título han manipulado, sesgado y corregido estos escritos originales de Andrés, convirtiéndolos en una vida del Maestro que poco o nada tiene que ver con la realidad. Sé que, tras una intensa predicación por tierras de Armenia, Asia Menor y Macedonia, Andrés fue detenido y crucificado en Patras. Y cuentan sus amigos que aquel valiente discípulo tardó dos días en morir.

Nadie puede dudar de la gran valía de Simón Pedro. Desde Pentecostés, incluso antes, él nos alentó a proclamar la buena nueva. No es posible negar su valor y fe en el Maestro. Como ya os anuncié, fue Pedro quien en verdad cimentó la nueva iglesia, mucho antes, incluso, de que Pablo se convirtiera en la gran antorcha iluminadora. Él alcanzaría el primado porque, tácitamente, todos delegamos en su coraje y excelente verbo. Sin embargo, es hora ya de desvelar sus errores, que tanta oscuridad han propiciado y siguen propiciando. Desde el principio —también lo sabéis—, Simón se empeñó en convencer a los judíos de la naturaleza mesiánica de Jesús. Para él no había la menor duda: el Maestro fue el auténtico Mesías, el legítimo sucesor del trono de David. Y hasta el momento de su muerte, en su mente se confundieron esos tres conceptos: Jesucristo como Mesías Libertador, Jesucristo como Redentor y Jesucristo como Hijo del Hombre, revelando a Dios. Ninguno de nosotros fue capaz de clarificar su fogosa e irreflexiva voluntad. Tras abandonar Jerusalén, Simón Pedro viajó incansablemente —desde Corinto a Mesopotamia—, llevando su ministerio a todas las iglesias, incluso a las fundadas por Pablo. A él se debe esa otra vida de Jesús, narrada por Marcos treinta y ocho años después de la muerte del Justo. Con excepción de las anotaciones de Andrés, fue Juan Marcos quien puso por escrito la primera, más corta y sencilla de las historias en torno a las señales y vida pública del Maestro. En ella, como sabéis, hemos bebido todos los demás. Y aunque no ignoráis que Marcos vivió también algunas de las escenas narradas en su evangelio, lo justo es proclamar que, en verdad, este evangelio debería llevar el nombre de Simón Pedro. Él fue su inductor e inspirador. Siendo joven, Juan Marcos se unió a Pedro y, posteriormente, a Pablo. Y aunque todos sabíamos de la resistencia de Jesús a poner por escrito sus enseñanzas, Marcos terminó por acceder a los requerimientos de Simón Pedro y de la iglesia de Roma. Los hermanos necesitaban de un testimonio escrito y, con la ayuda de Pedro, el joven Marcos fue ordenando un primer borrador. Aprobado éste por el propio Simón Pedro, Marcos iniciaría su definitiva redacción poco después de la crucifixión de su amigo y maestro. Este evangelio fue concluido treinta y ocho años después de la muerte y resurrección de Jesucristo. Por desgracia, la quinta y última parte de este evangelio se perdió y otras manos insensatas cubrieron dicha laguna con añadidos y postizos que ninguno de los íntimos del Maestro podríamos reconocer.

Otras enseñanzas de Pedro serían recogidas años después en los escritos de Lucas. Sin embargo, toda su fuerza y vigoroso estilo quedaron reflejados en la primera de sus cartas, dirigida a los que viven en la Dispersión. Hoy, muerto Pedro y tras las tendenciosas e injustas correcciones introducidas por uno de los discípulos de Pablo en dicha epístola, el primitivo mensaje de Simón ha quedado desvirtuado. Su imagen, sin embargo, perdurará en la memoria de los creyentes, al igual que la de su amantísima esposa, entregada a las fieras en la arena de Roma el mismo día de la martirización de su esposo.

Natanael desapareció

Poco os puede decir este Presbítero de Éfeso del bueno y añorado Bartolomé. Fue uno de los irreductibles defensores del auténtico mensaje del Maestro. Y a pesar de su ternura y excelente buen humor, el que antaño supo velar por la seguridad de todas nuestras familias, terminaría por enfrentarse con firmeza a Pedro y a los que le secundamos. La muerte de su padre, poco después de Pentecostés, le animó a abandonar definitivamente Jerusalén, encaminando sus pasos a las tierras del Tigris y del Éufrates. Mis últimas noticias —de esto hace ya más de treinta años— le hacían por las lejanas fronteras de la India donde, supongo, habrá muerto. Natanael, por fortuna para él, nunca quiso enrolarse en jerarquías ni estructuras. Predicó y llevó el legado de Jesús hasta el Oriente, sin atarse a las humanas disciplinas de iglesias o leyes. Junto al Zelote y a Mateo Leví, fue todo un ejemplo de integridad y valentía. El Justo lo habrá acogido en su seno.

Mateo Leví y su discípulo Isador

Sé por su buen amigo y discípulo, Isador, que el publicano de Dios encontró la muerte en Lysimachia (Tracia), a causa de las intrigas de algunos judíos, que conspiraron y le delataron a los romanos. Tampoco Mateo se sintió complacido con la idea de predicar un evangelio basado tan sólo en la figura del Maestro. Y antes de caer en el pecado de escándalo, su proverbial humildad y tolerancia le impulsaron a salir de Jerusalén, llevando la Palabra hasta el norte. Fue visto en Siria, Capadocia, Galatia y Tracia donde, según su fiel Isador, fue ejecutado. Entre las Señoras elegidas de Asia existe la creencia generalizada de que el evangelio que lleva el nombre de Mateo es obra de puño y letra de Leví, el publicano. La verdad es otra. Aunque las notas y recuerdos sobre la vida del Engendrado de Dios, que sirvieron de piedra angular para la confección de tal evangelio fueron, en efecto, labor directa de Mateo Leví, la redacción en griego es cosa de su alumno, Isador que, modestamente, silenció su identidad. Mateo escribió sus notas poco después de la crucifixión del Señor. Quizás los hermanos más viejos recuerden cómo aquellos escritos en arameo de Leví fueron copiados y distribuidos diez años después de la muerte de Jesús y poco antes del autoexilio del publicano. Hoy, después de tanto tiempo, ha sido imposible la localización de una sola de las copias en arameo de tan precioso y justo manuscrito. Nos quedan, eso sí, y debemos dar gracias al Cielo por ello, los rollos de Isador, escritos en la ciudad de Pella al cumplirse el año cuarenta y uno desde la partida de Jesucristo. Isador, como posiblemente sabéis, escapó con vida del cerco de Tito a Jerusalén, llevando consigo las notas del publicano y las cuatro quintas partes del también llamado evangelio de Marcos. Con todo ello dispuso y redactó lo que en la actualidad conocéis como el evangelio de Mateo.

Simón Zelote, el fogoso nacionalista

Mi recuerdo tiene que ser igualmente entrañable para Simón, a quien todos llamábamos el Zelote. ¡Cuán difícil fue la vida de este honrado y en ocasiones irreflexivo nacionalista y patriota judío! El Maestro le amó como al resto, pero fracasó en su intento por convencerle de que el nuevo reino nada tenía que ver con sus ideales y esperanzas políticos. La muerte del Señor le apartó de nosotros. Vivió alejado de todo y de todos durante algunos años hasta que, enterado de la formación de la iglesia de Jesucristo, se presentó de improviso en Jerusalén y, con su habitual sinceridad, nos reprochó lo que calificó de traición al mensaje. Simón Pedro jamás simpatizó en exceso con el Zelote y la discusión fue amarga e inútil. Por último, desalentado ante el comportamiento de sus viejos compañeros, le vimos partir hacia Alejandría, predicando «a su manera» la paternidad universal de Dios. Algunos creyentes griegos le acompañaron años más tarde por el Nilo. Y en solitario remontó el gran río, adentrándose en el corazón de África. Hace muchos años que no sé nada de él. Ninguno de los hermanos ha sabido darme razón. Pero el corazón me dicta que sus restos reposan allí donde fue conducido por la fuerza del Espíritu Instructor: en las difíciles selvas que se pierden al sur de la Nubia.

Judas y Santiago de Alfeo

Fueron la sencillez y así se les recordará. Pocos hombres han servido al Maestro con tanta entrega y renuncia como los gemelos de Alfeo. Ellos sabían de su escaso verbo y, conscientes de que su misión había concluido con la marcha del Justo, no reclamaron honores ni jerarquías. Después de Pentecostés, con la misma discreción con que habían vivido aquellos cuatro años al lado de Jesús, así se retiraron de nuevo a las orillas del mar de Tiberíades, afanándose en algo tan importante —o más—, queridos hijos, que la predicación del nuevo reino: el diario ejemplo del trabajo bien hecho. Judas y Jacobo murieron junto a su lancha y sus redes.

Tomás Dídimo, el gran pensador

Mis noticias sobre el hermano Tomás se pierden en la isla de Malta. Os escribe un anciano que, a pesar de sus pecados y debilidades, jamás dejó de amar a sus amigos y compañeros. De todos fui recibiendo puntuales cartas y testimonios hasta que la muerte, como en el caso de Dídimo, les ha ido sumiendo en el silencio. Tomás nos dejó poco después de Pentecostés. Este notable pensador, de cuyas dudas aprendimos todos, luchó también en favor de la reunificación espiritual del primitivo colegio apostólico. Pero, al no lograrlo, eligió el camino del apostolado individual. Durante años viajó por el norte de África, Chipre, Sicilia y Creta, bautizando en el nombre de Jesús. Los tentáculos del Maligno, encarnado en la Bestia romana, le alcanzaron cuando predicaba en Malta y allí mismo fue sentenciado y ejecutado. Pronto me reuniré con él. A pesar de mis esfuerzos no me ha sido posible conocer los escritos que estaba preparando en torno a las enseñanzas del Maestro. Dios Todopoderoso quiera que ese diario llegue a manos limpias y generosas.

Felipe, el intendente

Mi recuerdo amoroso también para el curioso Felipe, a quien conocía desde mi juventud en Betsaida. Murió igualmente martirizado, tal y como se os ha contado, víctima del odio y de la ceguera de los mismos judíos que nos encarcelaron y persiguieron desde Pentecostés. Sabida era su eficacia como intendente. Ese mismo sentido práctico resultó de gran utilidad en la reorganización de los embajadores del reino. Muchas de las normas de la nueva iglesia fueron obra suya. Felipe partió en seguida, lleno de celo, hacia las tierras de Samaria, proclamando el evangelio entre los impuros. Su esposa, como ocurriera con Pedro, fue otra digna propagadora de la verdad, permaneciendo con gran valor y audacia al pie de la cruz en la que fue ejecutado el viejo y entrañable intendente. Y cuando las fuerzas de su marido empezaron a debilitarse, ella proclamó a voz en grito la buena nueva, hasta que la ira de los judíos se lanzó contra su persona, lapidándola. Os supongo enterados, hijos míos, de la gran labor realizada por Lea, la hija mayor de Felipe, que llegaría a ser la célebre profetisa de Hierápolis.

Santiago Zebedeo, mi querido hermano

No seré yo, Juan de Zebedeo, quien ensalce mi propia sangre. Santiago, mi hermano, fue un hombre atormentado, deseoso de paz y de amor. No fue largo ni ancho en vanidades. Más bien parco y silencioso en sus apreciaciones, aunque siempre justo y, como bien sabéis, queridos hijos, leal al Maestro hasta el punto de saber apurar el cáliz del sufrimiento. Catorce años después de la crucifixión de Jesús, Santiago corrió su misma suerte, enfrentándose al martirio con la entereza que había caracterizado su vida. Hasta tal punto estoy en la verdad que su acusador, al comprobar la fuerza moral de mi hermano bajo la espada de Herodes Agripa, cayó fulminado por la gracia del Espíritu, corriendo a unirse a los discípulos del Cristo que con tanta saña había perseguido. Yo también perdoné a sus verdugos y el Todopoderoso me concedió la gracia de rescatar a la viuda de mi hermano de la gran tribulación de su soledad, haciéndola mi esposa, de acuerdo con las sagradas leyes judías. Desde hace veinte años, una de mis nietas cuida amorosamente de este despojo humano que no se cansa de solicitar vuestro amor y perdón.

Judas Iscariote

No puedo resistir el impulso de mi agotado corazón. También debo hablaros del traidor. También Jesús de Nazaret le amó. Y también debemos hacerlo nosotros, por muy penoso y antinatural que ello nos parezca. Amados hijos: en alguna ocasión habéis llegado hasta mí, interrogándome sobre los tristes sucesos que nos tocó vivir y que precipitaron al poseído por el Maligno al fondo de la Gehena. Muchas y confusas versiones sobre la gran traición han ido llegando hasta mis oídos, fruto, seguramente, de la ignorancia y del rencor. Yo repetiré la verdad, no por el afán de ensañarme con el hermano caído —a quien el Padre (estoy seguro) ha perdonado—, sino para que vosotros sepáis a qué ateneros y jamás olvidéis las palabras del Justo en su mensaje de despedida: «... mirad que os aviso contra los peligros del aislamiento social y fraternal.»

Os escribo esto para que, en el futuro, jamás os dejéis arrastrar por la desesperación, por muy grave y funesta que pueda pareceros vuestra conducta. Antes de juzgar (y mejor será que jamás caigáis en semejante temeridad) conviene a todo hombre de bien el informarse con puntualidad y paciencia sobre aquello que tiene ante sí y que, en la mayoría de los casos, ha sido maquillado por la precipitación o la maledicencia de los hombres. Resulta sencillo condenar. Elaborar un juicio honesto y meditado, en cambio, es trabajo de gentes prudentes y consideradas. ¿Qué pudo mover a Judas, el Iscariote, a vender al Señor? Hijos míos, que nadie os engañe. Muchos hermanos de las siete iglesias han puesto por escrito que fue la codicia lo que trastornó al embajador perdido. Y yo os digo que no. Otros, que igualmente desconocen la verdad, tientan al Todopoderoso con dardos envenenados por un rencor que el propio Maestro habría abominado. Es menester conocer primero la fuerte y singular personalidad del traidor para alcanzar a comprender su verdad. No fue el oro ni la plata lo que le llevó en secreto hasta la guarida del sumo sacerdote y de los que hacía tiempo trataban de perder al Engendrado de Dios. Más aún: no creáis cuanto os dicen sobre las treinta monedas. Aunque las recibiera, aquella bolsa no fue motivo de satisfacción para Judas, sino de grave insulto y deshonor. El Iscariote vivió siempre en soledad, alimentando su alma no con los principios de la fraternidad, sino con la ponzoña del resentimiento y de la desconfianza. Y el Maestro no se libró de semejante conducta. Judas jamás le perdonó que no hubiera actuado en favor de su primer y adorado maestro: Juan, el Bautista. Desde la muerte del Anunciador, su asociación con el Cristo fue una permanente lucha en la que todos perdimos. Mil veces le fue ofrecida la mano abierta de Jesucristo y mil veces fue rechazada, consumido por un dominante sentimiento de venganza. Si Judas Iscariote hubiera aceptado nuestra amistad, al igual que lo hicieron los no menos inseguros Tomás o Bartolomé, su enfermedad habría tenido cura. Pero, lejos de confiar sus miserias a Jesús o a cuantos le rodeábamos, descansó en sí mismo y el monstruo de la envidia, de los celos, de la venganza y de la soledad terminó por devorarle. Ahora, pasados setenta años desde la muerte del Señor, estoy seguro que, sin Judas, las castas sacerdotales habrían cumplido igualmente su papel de sanguinarios ejecutores. Judas sólo fue una triste piedra en el camino. Judas fue un hombre tímido, que no supo remontar su propia inseguridad. La soledad, hijos míos, puede conducir a un grado tal de insociabilidad que, a pesar del amor de los demás, transforme al individuo en una cárcel inexpugnable, en la que nadie puede entrar ni salir. Judas, además, fue siempre un mal perdedor. Desconfiad de aquellos que jamás fueron maltratados por la vida. Su obsesión es ganar y la sabiduría —por definición— germina siempre en el sufrimiento y en el fracaso. El Iscariote no supo o no pudo aprender que las contrariedades y decepciones forman parte del devenir de los acontecimientos. Aquellos que culpan siempre a los demás de sus propias frustraciones corren el riesgo de olvidar que sólo son seres humanos. Y Judas lo olvidó. Ninguno de los íntimos supo reaccionar con valentía y nobleza en el torbellino del prendimiento y del ajusticiamiento del rabí. Sin embargo, nuestro amor por Jesús de Nazaret nos mantuvo unidos. El Iscariote padeció el gran infortunio de no saber amar. Eso, queridos en Cristo, fue lo que en verdad le perdió. ¡Amad, hijos míos, amad siempre, aunque la tristeza y los fracasos sean vuestros permanentes horizontes! Fue la falta de amor lo que le precipitó hacia la desconfianza y el resentimiento. Cuando todo estaba aparentemente perdido, él trató de justificar su fracaso individual con la deserción. Pensó que los poderosos le perdonarían y aceptarían de nuevo en el círculo del que, en el fondo, jamás había salido. Si se hubiera confiado al Maestro o a cualquiera de nosotros, si hubiera sabido aceptar su propia y natural condición de mortal, con sus defectos y limitaciones, Judas no habría probado la amarga suerte de la desesperación. Pero Dios es infinitamente misericordioso y este Presbítero tiene la certeza de que su alma ha sido perdonada y acogida en la luz. Tomad buena nota de la lección que nos proporcionó el Iscariote. Huid del aislamiento. Buscad consuelo y amistad, aunque sea entre las prostitutas y desheredados de la fortuna. De no hacerlo, vuestros errores se multiplicarán, enredándose en el corazón como una serpiente. Los solitarios como Judas beben día a día el veneno del resentimiento, rechazando toda justicia, toda caridad, toda alegría y toda opinión que no nazca de su propia oscuridad. ¿Cómo creéis que pudo sentirse un hombre de semejantes características cuando, a su vez, se vio traicionado por los sacerdotes de Caifás? Los honores y el reconocimiento público que él buscaba quedaron reducidos a oro. Pero el oro jamás puede llenar el pozo sin fondo de la frustración.

5 A pesar de nuestros errores, me pregunto cómo es posible que esta nueva iglesia de Jesucristo continúe su avance, propagándose como un océano de aceite más allá, incluso, del Imperio. Santa condición la del Espíritu Instructor, hijos queridos, que es capaz de extraer lo bueno de lo malo. Mientras la Palabra ha sido rechazada por el judaísmo, tal y como fue profetizado, otros pueblos, sedientos de amor y de esperanza, la han hecho suya. Quien dice que está en la luz y aborrece a su hermano, está aún en las tinieblas. Hace años que mi pluma escribió esta verdad y ahora me veo en la triste obligación de recordársela a mi propio pueblo. Los judíos dicen conocer y poseer a Dios, al Único, al Todopoderoso, pero nos niegan la comprensión y, aún peor, nos persiguen y asesinan en nombre de esa Suprema Bondad. Y yo os digo: cuidad de no caer en el mismo pecado. La Verdad no es como una moneda; si acaso, como un tesoro, repleto de monedas, del que cada cual retira según sus necesidades. Todos gozamos de una parte de la Verdad. Por ello, hermanos, no pretendáis monopolizar la Palabra, cayendo en las mismas tinieblas de los que os martirizan. Dejad que el Espíritu guíe vuestros pasos. No caigáis en la tentación de las prisas. Cada hombre tiene su momento y oportunidad. Nadie quedará sin su alimento espiritual. Pero mantened los ojos bien abiertos. Esta civilización pagana que os abre ahora los brazos está necesitada de algo que nosotros, desde Pentecostés, hemos menospreciado. Mirad que os enfrentáis a una civilización vieja y cansada de guerrear. Mirad que sus sabios y filósofos no han sido capaces de llenar el vacío de tantas y tan falsas religiones. Observad, queridos embajadores del reino, que las almas de estos pueblos no judíos se consumen en la insatisfacción espiritual. Ellos veneran su pasado y están orgullosos de su arte, de su ciencia y de sus conquistas. Tan sólo hay un capítulo en sus vidas que permanece virgen y necesitado de luz: ellos ignoran que son hijos —por derecho propio— del gran Padre Universal. Es éste, no otro, el mensaje que esperan de vosotros. Si os empeñáis en convertirlos a una nueva religión que olvide este sagrado principio, todo habrá sido en vano. Este peligro se cierne ya sobre muchas de las Señoras elegidas de Asia, empeñadas en proclamar las maravillas de Jesús.

No es la vida del Maestro lo que llenará sus corazones, sino el mensaje que dio sentido a esa vida.

Veo con tristeza cómo esta religión que propagáis con tanto ardor y celo ha empezado a guerrear con otras confesiones, en un absurdo y estéril empeño por dominar y prevalecer, como si la Verdad pudiera imponerse por la fuerza. Encadenados a vuestros rituales corréis el riesgo de haceros iguales a ellos. Hijos amantísimos, no prometáis la resurrección. Ése es un derecho innato en todo mortal. No procuréis un nuevo orden social o económico, porque entonces seréis identificados con tal o cual poder terrenal. El reino del Padre Universal no exige ni limita: sólo recuerda e invita. Aún estáis a tiempo: proclamad la excelsa verdad de la fraternidad entre los hombres y dejad que sea el amor del Padre el que haga el resto. La felicidad, el orden social y la libertad humana no se hallan supeditados a la religión. No confundáis el bien espiritual, fruto de la experiencia personal, con vuestra verdad. De continuar así, cegados por una verdad que nació deforme, el futuro de la recién estrenada iglesia de Jesucristo será tormentoso e incierto. Os veo abocados a cruentas batallas y, lo que es peor, a vergonzosos compromisos terrenales con otras religiones y fuerzas humanas. Algunos de vuestros jefes y más preclaros hermanos —siguiendo en parte la bienintencionada pero equivocada doctrina de Pablo— han empezado a posicionarse públicamente en todos los aspectos de la vida social y de las costumbres de los pueblos y naciones en los que han formado y asentado nuevas comunidades cristianas. Pues bien, éste es mi testimonio: huid de tales juicios. Jesús de Nazaret transmitió un aviso espiritual. Nunca dictó normas acerca de los rituales religiosos, de la educación, de la medicina, del arte, de la magia, de la ley, de la sexualidad, del gobierno de los hombres o de la política. ¿Por qué nosotros, ahora, en su nombre, vamos a pronunciarnos y a tomar posiciones en relación a realidades humanas tan particulares de cada raza o de cada cultura? La Verdad, hijos queridos, os lo he dicho, es múltiple y, consecuentemente, buena. Limitad vuestros actos y palabras a la sencilla y vital expresión y difusión de ese aviso espiritual de la fraternidad y de la paternidad de Dios. Será el Espíritu de Verdad quien haga el resto, dirigiendo cada corazón y cada comunidad hacia el auténtico y definitivo bien común. Corréis un grave peligro: este Cristianismo —como los hermanos de Antioquía han bautizado a la nueva religión de Cristo— amenaza con convertirse en todo un revolucionario y nuevo orden social (muy loable en ocasiones), pero que nada tiene que ver con los deseos del Justo. Y sé por experiencia que todo orden social lleva implícita la ruina de los anteriores y el peligro de las más nefastas tentaciones humanas: las del poder y la ambición. El Espíritu ilumina mi alma y veo una iglesia corrompida, sanguinaria y autoritaria, que, en nombre de un Dios, todo bondad y misericordia, traerá el luto, la confusión y la discordia entre los hombres. ¿Es esto lo que predicó y nos encomendó el Maestro?

No os dejéis deslumbrar por el arrollador éxito de vuestras proclamas. El Imperio necesita de cualquier ideal que sacuda las adormecidas voluntades de sus ciudadanos. Y Jesús de Nazaret, en efecto, es uno de los más hermosos y esperanzados ideales que hombre alguno pueda concebir. Pero estáis vendiendo un ideal equivocado. El propio Jesús, en vida, se encargó de corregir a cuantos quisimos imitarle: «Cada hombre tiene su propia existencia. Cada cual debe vivirla, según su momento y circunstancias.» No es bueno imitar a nadie. Ni siquiera al Justo. No alimentéis, por tanto, las hambrientas almas de los hombres con la inimitable existencia de Cristo; no prometáis la salvación eterna, porque todos estamos salvados. Alimentad mejor el espíritu humano con la única luz que invita al progreso y a la esperanza: con la realidad de la paternidad de Dios. El día que el Imperio y que todos los imperios de la Tierra sean conscientes de su origen, naturaleza e invariable destino divino, nuestra misión y la de vuestros sucesores se habrá cumplido. Aprovechad, sí, la calurosa acogida de los griegos y del resto de las naciones, pero no dejéis que el excelso mensaje crístico se consuma y desaparezca, absorbido por la poderosa y astuta filosofía helénica. Pablo de Tarso fue un excelente propagador de la nueva religión. A él se debe —bien lo sabéis— la fundación y organización de muchas de las iglesias que hoy ensalzan al Señor. Pero Pablo no conoció a Jesús e hizo de su ministerio una competición, helenizando el cristianismo. No es una carrera olímpica lo que nos enseñó el Justo, sino el amable descubrimiento de algo que permanecía olvidado: nuestra condición de hijos de un Dios.

El astuto Saulo: verdadero impulsor y artífice del cristianismo

Sabéis que he amado a Saulo. Nada oscuro podría decir de él. Sin embargo, empeñado como me encuentro en esta postrera confesión, conviene que os alerte sobre los peligros de la doctrina y de la institución humana que él alentó en vida. Todo fue hecho en beneficio de la Palabra y ello le honra. Pero, como ocurriera con nosotros en Pentecostés, su bienintencionada voluntad equivocó el sendero. El confuso e inseguro cristianismo de los primeros tiempos sufriría un golpe mortal cuando Saulo compareció en aquel histórico día frente al consejo del Areópago de Atenas. Él, Saulo, os ha dejado escrito: «Atenienses, veo que vosotros sois, por todos los conceptos, los más respetuosos de la divinidad. Pues al pasar y contemplar vuestros monumentos sagrados, he encontrado también un altar en el que estaba grabada esta inscripción: "Al Dios desconocido." Pues bien, lo que adoráis sin conocer, eso os vengo yo a anunciar.» Y Pablo, a su manera, reveló a los griegos la nueva religión. Ése fue el punto de partida de un proceso que se consolidaría con los años: la helenización del cristianismo. A ellos, a los griegos, queridos hermanos, debéis la actual expansión y el florecimiento de la iglesia fundada por Pedro y reformada por Pablo. Los griegos han enseñado el liberalismo intelectual, que conduce a la libertad política. Jesús enseñó el liberalismo espiritual, que debe llevarnos a la libertad religiosa. He ahí una coincidencia que supo aprovechar el astuto Saulo y que aceleró la asimilación de la nueva religión por parte de los sabios y pensadores griegos. La unión de ambos conceptos e ideales les hizo presagiar una sociedad nueva, plena de libertad social, política y espiritual. El oportunismo de Saulo fue prodigioso. La cultura helena, ávida siempre de un Dios único, grande e insustituible, recibió con los brazos abiertos la revolucionaria corriente religiosa de origen judío. Ellos aman la belleza. Nosotros, los judíos, la santidad. Por primera vez en la historia del mundo, belleza y santidad han formado un todo y las iglesias de Pablo florecen como la Galilea en primavera. Mas no os engañéis: carente de su verdadera esencia —el mensaje de la Paternidad Universal de Dios—, esta nueva forma de religión está pasando a formar parte de una cultura (la helena), con un enjambre de ritos y servidumbres que ahoga a quien aspira a la libertad de pensamiento. La iglesia de Jesucristo —así amordazada— se ha convertido en una expresión más de una cultura concreta que avanza o retrocede a capricho de los hombres. No era esto, hijos míos, lo que el Justo deseaba y por lo que encarnó en la Tierra. El propio Saulo —involuntariamente, sin duda— ha traicionado las palabras que pronunciara ante el consejo del Areópago: «El Dios que hizo el mundo —así fue escrito de su puño y letra— y todo lo que hay en él, que es Señor del cielo y de la tierra, no habita santuarios fabricados por mano de hombres.» Bien sabéis que hoy los templos y santuarios a la memoria de Jesús y de su Padre se levantan por doquier, constituyendo todo un símbolo eclesiástico. Decidme: si Dios habita en cada uno de los mortales, ¿qué necesidad hay de recluirlo entre muros de piedra o adobe? ¿Por qué humanizar al que no es humano, asignándole, como antaño lo hicieran nuestros padres, el papel de justiciero y vengador? Dios no resucitará primero a los que murieron en Cristo, tal y como proclamó Saulo. Para Dios no hay primeros ni segundos, sino hijos despiertos o rezagados en el amor. Y la resurrección —¿cuánto más deberé repetirlo?— no es premio ni castigo, sino una consecuencia de nuestra naturaleza de hijos del Altísimo. Fuimos creados por Dios y, en tan generoso y sublime acto, Él nos infundió la inmortalidad, de la misma manera que la noche va ligada al alba. Son muchos, como veis, los errores de Pablo. Unos errores que han prosperado, no por su torpeza o mala fe, sino por nuestra primigenia negligencia al negarnos a proclamar el gran y único mensaje. Nada hay más cierto y hermoso que ese principio de la fraternidad entre los hombres. Un principio que no precisa de templos. Un principio que debe ser cincelado en el espíritu del hombre.

No habléis del premio de la salvación

Hijos míos, me entristece escuchar la palabra salvación. Vuestros Presbíteros y yo mismo, indigno siervo del Señor, hemos arrastrado a muchos a la misma trampa. ¿Por qué habláis del premio de la salvación? ¿Es que no recordáis las enseñanzas del Maestro? Saulo escribió a los romanos: «No me avergüenzo del Evangelio, que es una fuerza de

Dios para la salvación de todo el que cree: del judío primeramente y también del griego.» ¡Vanas palabras! Jesús, el Justo, recordadlo, vino al mundo para proclamar lo contrario. No os alarméis, pues mi boca dice verdad. Jesucristo no trajo la salvación. El Engendrado de Dios se limitó a descubrir a los mortales que, por el mero hecho de ser creados, ya gozan de la salvación. Ésta es nuestra gloria y el inmenso y generoso regalo de Dios, nuestro Padre. La salvación no es un premio. La salvación, hijos míos, es un derecho. No atormentéis, por tanto, las frágiles voluntades de vuestros hermanos con la amenaza del castigo divino. Aquellos que no se comportan de acuerdo con el principio universal de la fraternidad arrastran ya en sus corazones las cadenas de la incomprensión, de la soledad, de la infelicidad y del deshonor. ¿Es que no os parece suficiente castigo? Pero incluso ésos, llegado el momento, abrirán los ojos a la luz. No puede ser de otra forma, ya que así ha sido dispuesto por el Padre desde el principio de los principios.

No es Dios quien castiga

Y también ha sido escrito: «La cólera de Dios se revela desde el cielo contra toda impiedad e injusticia de los hombres que aprisionan la verdad en la injusticia.» Mirad que quienes así os hablan no conocen a Dios. El gran Padre Universal —nuestro Padre— no es el Juez justiciero y sediento de sangre y venganza de las Escrituras. Somos los hombres quienes así lo concebimos y deseamos, movidos por nuestras debilidades y por el desconocimiento de la verdad. No es Dios quien castiga o premia, sino nosotros mismos, desde nuestra bondad o iniquidad. Somos nosotros quienes atraemos la desgracia y las tinieblas cuando, en lugar de seguir las leyes de la naturaleza, regateamos o escondemos el amor. Somos los mortales quienes propiciamos la ventura y la felicidad cuando, sencillamente, respondemos al mal y al bien con el amor.

Os lo recordé al hablaros del evangelio del rescate. Olvidad la errónea idea de un Padre vengador, que perdona a sus hijos por la redención del Justo. Ni Pablo ni los que así hemos predicado alguna vez estábamos en lo cierto. «Todos pecaron y están privados de la gloria de Dios», escribió Saulo. Mas no es así. A pesar de haber pecado, la gloria de Dios es nuestra.

La ligereza en las palabras de Saulo debe ser disculpada. Él no conoció al Cristo y las enseñanzas recibidas de labios de Simón Pedro y de otros discípulos que sí le conocimos han llegado muertas o viciadas hasta su fogosa alma. Sólo así pueden justificarse tantos y tamaños errores. Porque, ¿qué sentido tiene calificar a Jesús de «instrumento de propiciación, a quien Dios exhibió para mostrar su justicia»? El Maestro nunca fue instrumento de propiciación y menos aún en la redención del género humano. Hijos amantísimos, os lo repito: nunca hubo tal redención. Jesús no murió por los impíos. El Justo probó la muerte porque ésa fue la voluntad del Padre. Y me preguntaréis con justicia: ¿qué sentido tuvo su muerte? También lo dijo con claridad y yo me limitaré a desempolvarlo del olvido. Era menester que así fuera para que comprendiéramos que la muerte es sólo un puente que nos separa de otra realidad. Para muchos, antes de Jesucristo, la muerte era el fin. Ahora, desde Jesucristo, la muerte es un principio. Convenía, por tanto, que el Hijo del Hombre —a pesar de su divina naturaleza— nos precediera también en ese trance, devolviéndonos la esperanza. Porque esperanza es lo que nos aguarda al otro lado de esta vida. Su resurrección, de la que yo, Juan de Zebedeo, soy testigo, es esperanza. Él vive. Murió, sí, pero está vivo. Ése fue el único fin de su crucifixión. No menospreciemos la sabiduría y amor de Dios. Saulo desvaría cuando afirma que «la prueba de que Dios nos ama es que Cristo, siendo nosotros todavía pecadores, murió por nosotros». El Padre nos ama y amará siempre, con o sin Jesucristo. Y la mejor prueba de ello está en nosotros mismos, que somos su personal y amantísima creación. ¿O es que alguien, en su sano juicio, puede imaginar siquiera al hombre como un error de Dios? El Maestro murió por nosotros. Nadie puede negarlo, pero no por las razones que esgrimen vuestros jefes y educadores.

La muerte no es consecuencia del pecado

También ha sido escrito: «Por un solo hombre entró el pecado en el mundo y por el pecado la muerte, y así la muerte alcanzó a todos los hombres.» Es hora ya de desterrar estas viejas y caducas creencias. El pecado existe; lo sabéis porque os habla un pecador. Mas no os dejéis engañar: la muerte no es consecuencia del pecado, sino de la sabiduría del Padre. De la misma manera que nadie osa relacionar el nacimiento con el pecado, ¿por qué hacerlo entre muerte y pecado? Jesús de Nazaret murió y, sin embargo, jamás pecó. Mirad a vuestro alrededor. Es la sabiduría de Dios la que así ha dispuesto las cosas. Es preciso morir, como es preciso que la semilla sea enterrada. Preguntad al campesino si el trigo puede brotar de la nada. Es el hombre, en su ignorancia, quien descompone la maravillosa obra del Creador. Ser hijos de Dios —os lo he dicho— representa el inmutable don de la inmortalidad y de la resurrección. Pero, para llegar a ambos, sólo hay un camino: el sueño de la muerte. Pecadores y justos transitan por ese puente, porque así fue dispuesto por el Padre. No vengamos nosotros y cambiemos la obra de Dios, manchando la muerte con la tinta de la desesperanza. Yo anhelo la muerte, hijos queridos, porque creo en la promesa de Jesús de Nazaret. Los pecados de mis ancestros y de mis padres no pueden ensombrecer mi futuro. ¿O es que un Padre tan amante como Dios puede clamar justicia y venganza por lo que otros, antes que yo, hayan podido cometer? El pecado no entró en el mundo por culpa de Adán. El pecado, hijos amantísimos en Cristo, forma parte de la débil y limitada condición humana, siempre titubeante. Pensad que Dios, en su infinita sabiduría, nos hizo criaturas mortales, inseguras y susceptibles de perfección. Él sabe y conoce esas limitaciones y las acepta como un padre terrenal comprende y perdona los errores de sus hijos. Esta nueva y tortuosa iglesia de Jesucristo está cayendo en graves errores. Uno de los más nefastos y lamentables es atribuir la muerte y la condenación de la Humanidad al posible error de uno solo de sus mortales. ¡Despertad a la luz! No juzguéis a Dios con la vara de vuestra propia ceguera. Todo está escrito desde el principio de los principios. Y nuestro futuro es glorioso. Rechazad sin temor el viejo y equivocado proverbio: «El salario del pecado es la muerte.» El salario del pecado es la amargura, la tristeza o la desolación, pero nunca la muerte. Conviene que evitéis el pecado, que obréis siempre en justicia, amando a vuestros semejantes, incluso cuando os sea negada esa justicia. Pero

no huyáis del pecado por temor a la muerte porque entonces vuestro pecado será aún mayor.

No es Jesucristo el cimiento

Comprendo que mis palabras sean motivo de confusión.
Todo os ha sido anunciado por los embajadores del reino,
siempre en base a un único cimiento: Jesucristo. Pero yo
os aseguro que ese cimiento no es el verdadero cimiento.
No debimos construir sobre la figura del Maestro, sino
sobre su mensaje; ese en el que tanto insisto y cuyo desconocimiento es la raíz de todos los males que nos aque-
jan. No construyáis sobre la figura del Inimitable. Hacedlo
lo sobre el aviso espiritual que trajo al mundo. Hacedlo
sin demoras sobre el principio de la fraternidad.

El Imperio no entiende la palabra reino

Si Pedro primero y Pablo después hubieran sido fieles al
gran mensaje crístico de la fraternidad y de la paternidad
de Dios, la sangre no hubiera sido derramada en los cir-
cos de Roma. El pueblo romano carece del sentimiento de
la belleza, tan propio de los griegos. Pero son gentes hon-
radas, que han sabido gobernarse a sí mismos. Si los primeros embajadores de la iglesia de Jesucristo hubieran sabido separar el concepto de reino espiritual de reino terrenal, la desconfianza de los tribunos y emperadores no se
habría cebado sobre los cristianos. Ellos han respetado y
acogido siempre con agrado y benevolencia todas las manifestaciones religiosas que no han puesto en peligro la integridad de su estado. ¿Cómo no iban a aceptar el mensaje de un Dios Padre de todos los hombres, cuya benéfica
acción sólo incumbe al reino del espíritu? Pero, una vez
más, equivocamos la senda, tratando de instaurar un nuevo
orden social —en nombre de Jesús Resucitado—, donde ya
existía uno y fuertemente consolidado. ¿No veis, hermanos,
que, a pesar de sus muchos defectos, el pueblo romano es
un pueblo honrado? ¿No comprendéis que jamás aceptarán una religión que esconda la menor señal de rivalidad
política? ¿Qué pensabais conseguir con la utópica abolición
de la esclavitud y de todos los cultos idolátricos? No es

ése el camino de la luz. Predicad el principio espiritual de un Dios Padre de todos los mortales y ellos mismos —por la gracia del Espíritu Instructor— terminarán por cambiar sus equivocados esquemas sociales. El fruto de este error está a la vista: sangre, persecuciones y odio. Sed astutos como serpientes. Los estoicos, con su pasión por la vida y por la naturaleza, os abrirán el camino. Es posible que algún día, a no tardar, siempre de la inteligente mano de los griegos, Roma acepte el cristianismo como su propia cultura moral. Sin embargo, si no volvéis a las fuentes, si no predicáis el gran mensaje, esa posible futura institucionalización del cristianismo por parte del Imperio sólo acarreará nuevos y tenebrosos males. La iglesia de Jesucristo habrá alcanzado entonces la paz y el poder. Los cristianos del futuro aceptarán el Imperio y éste, a su vez, hará suyo el cristianismo. Unos y otros habrán caído en un nuevo y peligroso error. ¿No comprendéis que el resto de los pueblos del mundo os identificarán con la tiranía, las riquezas y el poder? No podéis ser emblema de gobernantes o sistemas políticos. Vuestra misión es otra. Vuestro trabajo es abrir los ojos de los hombres a una sencilla y sublime verdad: que todos —todos, queridos hermanos— somos hijos del gran Dios. Si os convertís en una iglesia o religión de Estado, vuestra esterilidad espiritual será irreversible. Nadie os reconocerá entonces como aquellos hombres audaces que salieron al mundo a pregonar la fraternidad.

Como aliada de la política o exponente de unas muy concretas formas e ideas de una determinada cultura, esa iglesia de Jesucristo (y cualquiera otra) estará condenada a compartir el natural declive del poder o de la civilización que encarne. En estos años que me ha tocado vivir he visto cómo la auténtica religión de Jesús se ha visto involuntariamente intoxicada por los errores de los más cercanos al Maestro, convirtiéndola en lo que hoy llamamos Cristianismo; es decir, una religión «a propósito» de Jesús. He visto igualmente cómo sucesivos errores, de la mano de Pedro y Pablo, han limitado aún más nuestras posibilidades, sepultando el mensaje crístico bajo normas inflexibles y rígidas. He visto nacer una iglesia humana —que se tiene por santa y divina—, que pacta con el poder; que acepta la helenización y que puja hoy por acceder al Imperio. ¿Qué futuro nos aguarda? Yo os lo anuncio: la esterilidad espiritual y la decadencia. La iglesia del mañana será poderosa, pero extraña y lejana a los hombres. Habrá hecho suya una Verdad que es patrimonio universal. La religión, hijos queridos, es la revelación al hombre de su destino divino y eterno. Todo lo demás no es religión. La verdadera religión es una experiencia siempre personal y espiritual que nunca debe ser identificada con otras formas superiores de la actividad humana. No confundáis, pues, la verdadera religión con el amor por la belleza o con el reconocimiento ético de las obligaciones sociales o políticas. Ni siquiera el sentido de la moralidad humana puede ser confundido con la religión y, mucho menos, con la verdadera religión. Ésta tiene un solo fin: encontrar los valores que evocan la fe, la confianza y la seguridad. El resultado de todo ello es la adoración. La verdadera religión —la de Jesús— descubre los valores supremos y el alma, sólo entonces, es capaz de contrastarlos con los valores relativos del pensamiento. Ningún sistema social, ni ahora ni en el futuro, podrá ser duradero, a menos que se sustente en una moralidad basada en esas grandes realidades espirituales. Examinad los reinos y los imperios. Examinad a los hombres que los sostienen. ¿Son felices? ¿Cuántos de esos sistemas sociales, políticos y económicos del mundo han resistido el desgaste de los siglos? Todos caen porque ninguno ha descubierto aún que la mayor felicidad de sus súbditos no reside en el poder, en la salud o en el bienestar, sino en saber llenar la permanente insatisfacción espiritual del alma. Un hombre que descubre su origen y prometedor destino como hijo del Padre Universal lo tiene y lo da todo. Mirad que el Espíritu vuelve a mostraros el camino.

Hacer la voluntad del Padre: he ahí el secreto

Quisiera ahora hablaros de él, del Justo. Y lo haré como un empedernido pecador que, a pesar de sus debilidades, reconoce la Luz allí donde brilla. Muchas veces le oí hablar del Padre. Ésa fue su gran fuerza. Jesús de Nazaret, como cualquiera de nosotros, conoció también la amargura y tuvo que enfrentarse a las contrariedades de la vida. Pero jamás flaqueó. ¿Sabéis por qué? Él conocía la bondad y la infinita misericordia del Padre. Era una seguridad que nacía del corazón. Muchos de vosotros la llamaríais fe. Lo repitió hasta la saciedad, pero nosotros apenas si le comprendimos: «Hacer la voluntad de mi Padre; ése es mi alimento.» Éste es el secreto, hijos amados en Cristo. ¡Dichoso aquel que lo logre! ¡Dichoso aquel que sepa abandonarse en las manos del Padre! Nada le será imposible. Nada le será negado. Nada quedará oculto a su curiosidad.

El Jesús humano supo conjugar en su corazón a un Dios santo, justo y poderoso con la idea de un Dios-Padre, igualmente bueno, bello y misericordioso. Fue, a un tiempo, el Santo de Israel y el Padre celestial, vivo y amante. Por primera vez, alguien se atrevía a mostrar a los mortales a un Dios-Padre, conocedor de todas y cada una de sus criaturas. Ésta fue su gran revelación; su gran éxito; su gran mensaje. El Yavé del desierto, de la sangre y de la cólera ha quedado atrás. Ahora sólo cuenta la idea de un Padre que nos conoce, ama y sostiene. Y ese Dios-Padre —¡oh increíble verdad!— habita en nosotros, como una chispa eterna.

Una confianza suprema en el Padre

Mas no confundáis esa ciega confianza en el Padre con una huida de la cotidiana realidad. Jesús de Nazaret, como hombre, trabajó y peleó hasta el agotamiento. Y sólo recurrió a su fe en Dios como el gran recurso para emerger de entre las preocupaciones y fortalecerse ante el fantasma de la soledad y de la desesperación. Su confianza en el Padre no fue nunca una fácil e ilusoria compensación frente a las vicisitudes de la vida. Él sabía del amor del Padre y, simplemente, en mitad de las contrariedades, se ponía en sus manos. Y todos, a su alrededor, nos vimos contagiados de esta fe triunfante. Jamás hombre alguno hizo de Dios una experiencia y una realidad tan vivas como las demostradas por el Hijo del Hombre. Ésta, hijos míos, es la religión de Jesús, tantas veces mencionada en esta postrera carta: hacer la voluntad del Padre. Una religión con un único fundamento: una intensa relación espiritual de los hombres con un Dios-Padre. Pablo y otros eminentes hermanos de la iglesia de Jesucristo han formulado toda una teología sobre la fe. Pero yo os digo que la fe del Maestro era algo vivo, personal, espontáneo y, sobre todo, espiritual. No era un respeto a la tradición, ni tampoco una creación o un espejismo de su intelecto. Era una profunda convicción. Tan arraigada se hallaba en su alma esta suprema confianza en la voluntad del Padre que, incluso en los momentos de aparente fracaso, se mantuvo sereno, desarmando a los que pretendían perderle. ¡Ah, hermanos, qué distintas habrían sido nuestras vidas de haber disfrutado de esa misma confianza en el gran Padre! Seguid mi consejo: cuando las fuerzas o la inteligencia os abandonen, cuando todo se presente oscuro y sin horizonte, cuando vuestros errores o los errores de los demás os hayan aplastado en el lodo, cuando nada de este mundo os importe, cuando la soledad sea vuestra única compañía, entonces, hijos míos, levantad la vista y hablad con el Padre. Él lo tiene todo previsto. Él escucha y sabe. Él dispone y dispone siempre lo mejor para cada uno de sus hijos. Las miserias, las ruinas y el dolor de este mundo no son gratuitos. Han sido trazados para fortalecernos. Confiar en la voluntad del Padre debe ser vuestro único lema.

Huid del fanatismo

La historia está llena de ejemplos. Muchos profetas e iluminados han manifestado su fe en los dioses y también en el gran Dios. Pero han caído en el fanatismo. Entre nuestros hermanos —a qué ocultarlo—, esa fe exagerada y ciega, carente de sentido común y de equilibrio, ha supuesto en ocasiones dolor, luto innecesario y una intransigencia que jamás predicó el Justo. No dejéis que vuestras vidas se vean condicionadas por el fanatismo religioso. Jesús de Nazaret echó mano de su fe y de su confianza en la voluntad del Padre, pero siempre lo hizo con serenidad e inteligencia, sin permitir que dicha fe (a pesar de su ardor) eclipsara o se impusiera a los razonamientos de su intelecto. No sometáis la inteligencia a la fe. Ambas son compatibles. Razonad primero. Y si vuestra mente no alcanza a distinguir la verdad, descansad entonces en la fe, pero hacedlo sin estridencias y con la humildad y paciencia de quien sabe que, algún día, hallará la respuesta a sus dudas. Muchas de las incertidumbres y misterios que rodean al hombre mortal no pueden tener cumplida satisfacción en este mundo. Esperad al otro. El Maestro sabía coordinar su poderosa fe con las sabias apreciaciones de su vida cotidiana. Su fe, su esperanza espiritual y su devoción moral fueron unidas —maravillosamente asociadas— a un agudo e inteligente sentido práctico de la vida.

Buscad primero el reino de Dios

¿Cuántas veces lo escuchamos de sus labios? «Buscad primero el reino de Dios.» Este Presbítero que agoniza recuerda con especial emoción el Padrenuestro que enseñara a sus discípulos. El Maestro gustaba de repetirlo, poniendo siempre un especial énfasis en la expresión «que venga tu reino y hágase tu voluntad». Hijos amantísimos: debo escribiros también sobre algo que muchos de los creyentes de la nueva iglesia de Jesucristo parecen haber confundido. Desde hace décadas, infinidad de hermanos nuestros —deseosos de entregarse por completo a Dios— se han retirado a los desiertos y a las montañas y viven en la soledad, dedicados a la penitencia y a la contemplación del gran Dios. Son tomados por hombres y mujeres santos, tocados por el dedo de la Providencia. Yo os digo que no es ése el mejor camino para encontrar el reino del Padre Celestial. Ese reino espiritual está, sobre todo, en los propios hombres que nos rodean. Son sus miserias, alegrías y dudas las que en verdad configuran el reino. Permaneced junto a ellos, renunciando a vosotros mismos. Ésa es la gran búsqueda. Trabajad duro, con la vista y el corazón puestos en la práctica y proclamación del gran mensaje de fraternidad. Sólo así cumpliréis el deseo del Hijo del Hombre. Sólo así se entra en el reino del Padre. Sólo así se encuentra. Y una vez que lo hayáis encontrado, será el amor del Padre quien os abastezca de lo necesario. No oréis para pedir por vuestra salud o la de los demás. No levantéis el corazón hacia los cielos, suplicando bienes o privilegios materiales. La oración no está hecha para eso. Rogad primero para que Dios ilumine vuestras conciencias y os haga partícipes de los misterios espirituales. Es más: me atrevo a escribir que la oración sólo está hecha para dar gracias. ¿Qué otra cosa podemos ofrecer a Dios? Gracias, en especial, por habernos creado. Ese acto de sublime amor —que jamás podrá ser compensado— lleva implícito nuestro desarrollo intelectual, físico y espiritual. Él vela por cada uno de nosotros desde lo más íntimo de nosotros mismos. Nunca lo olvidéis, hijos queridos.

Nunca oréis por obligación

Y si os hablo de la oración, no puedo omitir lo que él también nos enseñó y que, no obstante, sus íntimos olvidamos con frecuencia, más pendientes de nuestra voluntad que de la voluntad del Padre. Jesús de Nazaret nunca oró por obligación. Para él, la oración era una expresión sincera de su comportamiento espiritual; una consecuencia de su amor hacia el Padre. El Maestro le dio a la oración un profundo sentido de acción de gracias. Jamás le oímos pedir para él. La oración fue una exaltación del intelecto, en íntima asociación con Dios; un reforzamiento de las tendencias humanas superiores; una consagración del impulso; una rendición incondicional a la voluntad de Dios; una sublime afirmación en la confianza humana en la Divinidad; una revelación del valor y la proclamación de su descubrimiento; una confesión de devoción suprema y una técnica, en suma, para contrarrestar las dificultades, movilizando a los poderes del alma para resistir el egoísmo y el pecado. Su ininterrumpida comunión con Dios fue consecuencia de este nuevo estilo de oración al que todos estamos llamados. No os limitéis a orar en los templos, tal y como algunos pretenden. La oración en las iglesias de piedra es tan válida como la que nace en el campo, al amor de la lumbre o en el fragor de la tormenta, pero nunca superior. ¿O es que la sonrisa de un hijo a su padre es más virtuosa y de agradecer porque haya sido dibujada bajo el terrado de la casa que en la fuente o a orilla del camino? Los templos, si olvidáis el auténtico mensaje sobre la paternidad de Dios, terminarán por transformarse en cárceles del alma, donde sólo los tibios y mediocres encontrarán consuelo a sus eternas dudas. No busquéis a Dios en la penumbra de esas casas donde habitan epíscopos, diáconos o presbíteros. Ellos parecen ignorar que la chispa divina, directamente desgajada del Padre, está dentro de cada uno de nosotros. Saulo vuelve a errar cuando escribe: «Ante todo recomiendo que se hagan plegarias, oraciones, súplicas y acciones de gracias por todos los hombres;

por los reyes y por todos los constituidos en autoridad, para que podamos vivir una vida tranquila y apacible con toda piedad y dignidad.» La oración no es un trueque. Dios no concede mayor bienestar porque nuestras oraciones sean más numerosas, intensas o clamorosas. Quien así piensa y escribe no ha comprendido el mensaje de Jesús. El amor del Padre hacia sus hijos es tal que no necesitamos de la súplica. Él otorga la vida, y cuanto conlleva, mucho antes de que nosotros percibamos esa necesidad. Es posible que a vuestros padres terrenales tengáis que recordarles sus obligaciones y rogarles este o aquel favor. Esto no ocurre con el Padre de los cielos. Os lo repito: buscad primero su reino. El resto vendrá por añadidura, como una lógica consecuencia de ese infinito amor.

Jesús fue como un niño

La fe y confianza de Jesucristo en su Padre fueron siempre serenas y meditadas. Aun así, su comportamiento respecto a Dios me recordó siempre el de un niño que confía y se entrega ciegamente en los brazos de sus progenitores. Vosotros, los que tenéis hijos, sabéis cuánta verdad encierran mis palabras. Jesús de Nazaret amaba a su Padre y, en Él, a la Naturaleza. Era, os lo repito, como un niño que se siente seguro en el calor de su entorno familiar. El Universo era su casa. Todo le era familiar. Amaba la brisa, los animales y las estrellas porque todo ello es fruto del amor del Padre. Recordad sus palabras: «Si el Padre vela por las aves del cielo, ¿cómo no va a hacerlo por vosotros, sus hijos?» Fue esta seguridad implacable lo que le hacía valiente y audaz. Ciertamente, nadie le vio retroceder jamás ante un peligro o una amenaza. Y no porque el Maestro no fuera capaz de experimentar el miedo. Él era hombre. En las trágicas horas de su pasión y muerte, yo le vi temblar y encogerse ante el dolor y la humillación. Pero, decidme: ¿quién es el verdadero héroe? ¿Aquel que, aun sintiendo el miedo, resiste y se enfrenta a la adversidad o al peligro, o el que jamás conoció ese sentimiento? El Justo supo dominar siempre su temor porque jamás perdió la confianza en el Padre Celestial. En la calma o en la agitación, entre sus amigos o enemigos, él se sintió acompañado. Su vida, sus actos y pensamientos estaban en las manos del Todopoderoso. Él lo sabía y, al igual que el infante idolatra a su padre, así se abandonó a los designios de la voluntad divina. Hijos míos: si alcanzáis a comprender y a llevar a efecto cuanto os digo, el mundo se maravillará ante vuestra templanza. Es por todo esto por lo que él dijo: «A menos que no os hagáis como niños no entraréis en el reino de los cielos.» Para Jesús era mucho más importante que nosotros, sus discípulos, creyéramos en esa paternidad de Dios que en él mismo. Él no deseaba ni pretendía que le imitáramos, pero sí que compartiéramos y que hiciéramos nuestra su forma de creer y de confiar en el Padre. Con eso habría sido suficiente. Con eso, carísimos hijos en Cristo, los errores de los embajadores no habrían sido tan graves.

«Sígueme»

Ésta es mi conclusión. Cuando el Maestro nos invitó a seguirle, sus palabras encerraban un significado que sólo ahora, con la ayuda del Espíritu Instructor, he empezado a comprender. Jesús de Nazaret no buscaba una ciega adhesión a sus enseñanzas o a su persona. Aquella orden —«sígueme»— era mucho más. Él pidió que creyéramos como él creía; que hiciéramos la voluntad del Padre, tal y como él lo hacía. «Sígueme en mi confianza en Dios. Sígueme en mi total entrega a su divina voluntad.» Ésta es la justificación de su gran mandamiento.

No os alejéis del Jesús humano

En estos años turbulentos he visto con creciente alarma cómo vuestros instructores y algunos de los ya fallecidos embajadores elevaban a Jesús de Nazaret a un trono inasequible para el humilde mortal. Cristo, en efecto, es la Palabra y el Hijo de Dios vivo, creador del Universo que nos acoge y supremo poder. Es Dios y como a tal debemos reconocerle. Pero me inquieta que los creyentes, mal instruidos por quienes se dicen vuestros jefes, olviden y se distancien del Jesucristo humano. Él se hizo hombre. Vivió como tal y nosotros le pertenecemos, de igual forma que él nos pertenece. No permitáis que la teología de unos pocos ensombrezca y borre de vuestros corazones la admirable naturaleza y calidad humanas del Justo. Saulo le llamó Sumo Sacerdote. Pero Saulo no le conoció. Aun siendo el hombre más religioso que jamás haya nacido en este mundo, las muchedumbres le siguieron y escucharon admiradas porque hablaba y enseñaba, no como un sacerdote, sino como un laico. ¡Ah, qué gran contradicción! La nueva iglesia de Jesucristo se afana en jerarquizarse, designando grados entre sus jefes y sembrando la semilla del sacerdocio en todas y cada una de las comunidades. ¿Es que no comprendéis que el máximo instructor religioso de todos los tiempos, y en cuyo nombre se levantan esos templos, era en verdad un laico? Si vosotros, fieles creyentes, permitís que otros os distancien del Jesús humano, ¿qué os quedará? Entronizad al Engendrado de Dios en la lejanía de los cielos y el paso del tiempo y de las épocas se volverá contra vosotros. Y llegará el día en que Jesús sólo será una entelequia o un divino misterio. No es eso lo que os conviene. Sin olvidar su naturaleza divina, haced vuestra su condición de hombre. Jesús lloró como vosotros. Jesús se alegró y disfrutó de la vida, de idéntica forma a como vosotros estáis obligados a hacerlo. Es en el conocimiento de su lado humano donde os sentiréis plenamente identificados con sus dudas y tribulaciones. En eso sois como él. Dejad la teología para los que pretenden la penetración de lo impenetrable. Yo os anuncio, hijos míos, que toda religión que se separe del Jesús humano vagará perdida y en continua lucha. En verdad os digo que las readaptaciones sociales, las transformaciones económicas y las revisiones religiosas de toda civilización sufrirían un cambio radical si la religión viva de Jesucristo sustituyera a la teológica en torno y a propósito de Jesús. No tratéis de imitarle, pero no olvidéis tampoco que fue uno más entre los hombres. Él fue hombre en primer lugar. Después, en el transcurso de su vida encarnada, lenta y progresivamente, adquirió la conciencia de su verdadero origen, naturaleza y destino divinos. Jesús se elevó a la Divinidad desde el imperfecto escalón de la mortalidad humana. Nunca lo olvidéis. A nosotros nos toca, pues, emprender el mismo camino. Pero nunca podríamos hacerlo —tal y como algunos pretenden— en sentido inverso: desde la inasequible Divinidad. Seamos más humildes, hijos queridos. Reconozcamos nuestra condición de débiles mortales y no entremos a definir los misterios de Dios. Dejad eso para la revelación del Espíritu Instructor.

La religión del Maestro y el cristianismo de Saulo

Por todo cuanto llevo escrito y revelado en esta especie de testamento, yo, Juan de Zebedeo, Presbítero de Éfeso, me veo abocado a reconocer que la iglesia de la que formo parte es una farsa. Tras la fiebre de Pentecostés (ya os lo dije), Simón Pedro nos arrastró a la inauguración de una nueva religión, basada en un Cristo resucitado y glorioso. Más tarde, el apóstol Pablo transformaría este dudoso evangelio en el Cristianismo: una religión a la que incorporaría sus propios pensamientos teológicos. He aquí un segundo y dramático error. Si el evangelio del reino se basaba en la experiencia religiosa personal del Maestro, el cristianismo se ha manifestado como la casi exclusiva experiencia religiosa personal de Saulo. ¿Comprendéis ahora mi angustia? ¿Qué será de vosotros y de los futuros creyentes si no rectificáis a tiempo? Cuanto se ha escrito en torno a la vida y a las enseñanzas de Jesús forma un admirable documento cristiano, aunque apenas si tiene algo que ver con la verdadera religión del Nazareno. Incluso el que llamáis evangelio de Lucas no es otra cosa que un fiel reflejo de los pensamientos y deseos de Pablo. Sabéis tan bien como yo que Lucas, el médico de Antioquía, fue un gentil, convertido al Cristianismo por el fogoso Saulo. Esto sucedía diecisiete años después de la muerte del rabí de Galilea. A partir de ese momento, Lucas fe recogiendo muchas de las enseñanzas de su maestro, el apóstol Pablo, concibiendo la idea de escribir tres libros en torno a Jesús y al Cristianismo. Una vez muerto Saulo, Lucas se entregó a la tarea de redactar la vida de Cristo, tal y como Pablo se la había relatado. La muerte le sorprendió en Acaya, hace apenas diez años, cuando estaba a punto de concluir el segundo de estos libros, conocido hoy como *Los actos de los Apóstoles*. El evangelio de Lucas es, por tanto, el evangelio según Pablo. No os engañéis. Analizad los escritos de Saulo y observaréis cuán distantes se hallan de lo que en verdad predicó y deseó el Engendrado de Dios. Pablo y su cristianismo han predicado a un Cristo divinizado, Sumo Sacerdote y sentado a la diestra del Padre.

Ambos olvidaron al Jesús de Nazaret, humano y acosado por la vida. No es el primero el camino a seguir, sino el segundo. El hombre está destinado a Dios (nadie lo duda), pero ha sido puesto por el Padre en los más bajos escalones de la creación, precisamente para que, humanizándose, descubra el sendero de la Divinidad. Ése fue el aprendizaje del Maestro. Hijos amados: resulta absurdo querer imitar a un Cristo Dios, cuando ni siquiera podemos (ni debemos) imitar al terrenal. Cumplamos primero nuestra misión como mortales del reino —seamos hombres— y, de esta forma, iremos escalando las cumbres que rozan la Divinidad.

Otro error difícil de rectificar

Pero no toda la culpa de esta deplorable situación debe ser achacada a Saulo. Otros antes que él (este Presbítero entre ellos) han escrito sobre Jesucristo, pasando por alto esos trascendentales aspectos de su humanidad y de su vida cotidiana. La razón ya os fue apuntada en su momento: caíamos en el gravísimo error de creer que Jesús retornaría en breve, culminando así los trabajos de instauración del reino. Y los íntimos, movidos por este sentimiento, olvidamos la cara humana del rabí, presentando a los creyentes a un Cristo glorioso, resucitado y fundamentalmente Dios. ¡Ah, queridos hijos, cuán negro ha sido este nuevo error y qué difícil resulta ahora de rectificar! ¿Por qué no lo advertimos a tiempo? ¿Por qué no nos esforzamos en relatar también su infancia y juventud? Conociendo esas etapas de su vida encarnada podríais apreciar hasta dónde llegaron sus dudas y angustias, que le hicieron igual a lo mortales. Su predicación pública estuvo íntimamente ligada a sus años de duro trabajo en Nazaret y a las largas y oscuras épocas de incomprensión de cuantos le rodearon en su hogar de la Galilea. Hoy veo con desolación cómo las comunidades cristianas se han ido alejando de esa faceta humana de Jesús, exaltando tan sólo la naturaleza divina del Maestro. Os lo repito: bien está que creáis en el Señor glorificado, pero no olvidéis que nació, creció y murió como uno de nosotros. Jesús fundó la religión de la experiencia personal, cumpliendo la voluntad del Padre y en permanente servicio a la Humanidad. Pablo, en cambio, ha fundado una iglesia en la que Jesucristo-Dios es el motivo y la causa de vuestra adoración, limitando la fraternidad a los hermanos creyentes. Esta parcial visión de la verdad es lo que le movió a escribir «que la venida del Impío estará señalada por el influjo de Satanás, con toda clase de milagros, señales, prodigios engañosos, y todo tipo de maldades que seducirán a los que se han de condenar por no haber aceptado el amor de la verdad que les hubiera salvado». Desechad semejante torpeza. Ya os lo dije: todos serán salvados. La idea de la condenación eterna no hace sino rebajar el estatuto de Dios. Borrad de vuestras mentes la errónea creencia de un pronto retorno del Maestro. Él ya ha vuelto —os lo anuncié en las primeras líneas de esta carta— por mediación del Espíritu de Verdad. En consecuencia, no os afanéis en buscar las señales precursoras de su segunda venida, tal y como fue enseñado por Saulo y Simón Pedro. La maldad, la iniquidad, los impíos y el influjo del Maligno son realidades permanentes en un mundo como éste, sumido en las tinieblas de la imperfección. Así ha sido y así será hasta que los hombres hagan suyo el mensaje de luz y de esperanza de la paternidad de Dios. ¡Cuán doloroso resulta comprobar que parte de este mundo sin haber contribuido a difundir este sagrado principio! Pablo ha traído el pesimismo a las comunidades de creyentes. Jesús nunca fue pesimista. Pablo habla de condenación y de iniquidad. Jesús de Nazaret nos enseñó que la salvación está garantizada. El Maestro vino a descubrirnos que todos somos hijos de Dios y que, os lo repetiré mil veces, consecuentemente, nuestro futuro y el de todos los mortales es espléndido. Los hombres no son malos, sino débiles; la Humanidad no es depravada, sino ciega. Pero llegará el día en que la religión de Jesús triunfará.

Empezad por estimaros a vosotros mismos

Nuestro Señor Jesucristo jamás despreció a los hombres. Bendijo a los pobres y desheredados porque, generalmente, son sinceros. Pero también alabó a los ricos y poderosos que saben guardar y hacer guardar la justicia. Él tenía en gran estima a la Humanidad, hasta el punto de hacerse igual a nosotros. No caigáis, por tanto, en el pecado de menospreciar y, mucho menos, en el de menospreciaros. Lleváis en vuestro espíritu la chispa de la divinidad y eso, sin duda, os convierte también en una sublime prolongación del Padre Universal. ¿Comprendéis ahora por qué no me canso de repetiros que todos somos hermanos?

La excelsa e inigualable religión de Jesús

Esta nueva iglesia de Jesucristo se empeña en penetrar y modificar el orden de las cosas, ignorando que el Engendrado de Dios no ofreció en su vida encarnada norma alguna para rectificar el progreso social. Su misión fue religiosa y la religión (la excelsa e inigualable religión de Jesús) es una experiencia exclusivamente individual. Esta aventura religiosa —siempre personal— resuelve por sí misma la mayoría de las dificultades humanas, seleccionando, valorando y recogiendo los problemas del hombre. Ciertamente, la religión no suprime las preocupaciones, aunque sí las absorbe e ilumina. La verdadera religión, hijos míos, unifica la personalidad, de forma que pueda adaptarse a las necesidades humanas. Sabéis que la realidad está integrada por tres elementos: los hechos, las ideas y las relaciones. Pues bien, yo os digo que la conciencia religiosa identifica estas realidades como ciencia, filosofía y verdad. Para la filosofía, en cambio, estas actividades son definidas como razón, sabiduría y fe. Para nosotros, mis bien amados hijos, para los que hemos conocido la religión de Jesús, esa comprensión progresiva de la realidad que nos rodea sólo equivale al acercamiento a Dios. Y el descubrimiento del Padre sólo es posible a través de esa experiencia espiritual individual. Permitidme que insista. Ésta es la base de la religión crística: toda una aventura personal —siempre en solitario— por los mares bonancibles y tempestuosos de la vida. Hemos sido creados para la búsqueda y exploración permanente de nosotros mismos, que no es otra cosa que la búsqueda del Padre. La religión no es un compromiso social y colectivo en el que la mayoría acata con sumisión lo que otros pocos deciden como bueno o como malo. La verdadera religión es siempre, por definición, un hallazgo individual, fruto de mil caídas, errores y éxitos. No os acomodéis en la falsa seguridad de las iglesias humanas. Pensad por vosotros mismos, aun a riesgo de que os marginen y aborrezcan. Nada hay más beneficioso para el alma que sus propios hallazgos individuales. Si en verdad os afanáis en la búsqueda de Dios, esa disposición será la prueba de que ya lo habéis encontrado.

Lleváis a Dios en vuestro espíritu

Os preguntaréis por qué vuelvo una y otra vez sobre lo mismo. Por qué este anciano parece obsesionado por la búsqueda individual de Dios. No es que aborrezca las bienintencionadas directrices de vuestros jefes espirituales, pero observo con preocupación cómo la mayoría de los fieles creyentes se entrega leal y sinceramente a esa constelación de normas y prohibiciones, anulando su maravillosa potestad de escuchar su propia conciencia. ¿Y qué es en verdad la conciencia? Hijos queridos, ¿es que habéis olvidado que el pensamiento humano puede alcanzar los más altos niveles de inteligencia espiritual? ¿Es que no recordáis que la chispa divina se instaló en cada uno de vuestros espíritus por obra y gracia del Padre? Es Dios quien mora en el alma del hombre y, en consecuencia, estáis en disposición de elegir, de juzgar y de buscar por vosotros mismos. Lleváis a Dios con vosotros. ¿Por qué someteros entonces a la teología de otros pensamientos? ¡Salid al mundo con valentía! Participad, si así lo deseáis, de las inquietudes de una comunidad de creyentes, pero no os dejéis anular por el rigorismo de las instituciones. Sobre vosotros empiezan a gravitar muchos más deberes que derechos. Y lo que es más grave: vuestro principal derecho —ser hijos del Padre Celestial— está siendo ignorado. El que en verdad se sabe hijo de Dios no necesita de leyes y mandamientos. El más importante (el único), va encerrado ya en ese inamovible derecho: hacer la voluntad del Padre, nuestro Padre. El que, al fin, descubre que es hijo de Dios ama a sus semejantes (a los amigos y a los enemigos) y cumple con las leyes de la naturaleza. El que en verdad hace suya esa esperanzadora realidad de la fraternidad humana nada tiene. Y el amor del Padre compensa esa generosidad con el ciento por uno. El que ya ha descubierto su origen y destino divinos sólo se teme a sí mismo. Ese derecho implica caridad, justicia y tolerancia.

Es por ello por lo que os animo a la incesante búsqueda personal del Padre. Cuando el niño descubre un día su propia identidad, nada puede igualar a la alegría de semejante hallazgo. Pues bien, esto es lo que os pido: que os detengáis en el camino de la vida y comprendáis que sois hijos de un Dios. ¿Qué puede importar entonces todo lo demás?

Me preguntaréis con razón: ¿qué pruebas tengo de que soy un hijo de Dios? ¿Cómo saber que esa chispa divina mora en mí? Os daré tres señales. La primera se llama amor. Los animales se hacen gregarios, ciertamente, protegiéndose así de los peligros. Pero, decidme, ¿son altruistas? Sólo un intelecto habitado por la chispa divina puede concebir el altruismo. Sólo un espíritu habitado por el propio Padre Universal es capaz de amar incondicionalmente.

La segunda señal se llama sabiduría. Al descubrir que el espíritu se halla tocado por el dedo de Dios, el intelecto humano está en condiciones de aceptar que la naturaleza es siempre bondadosa.

La tercera prueba reside en esa permanente e insaciable necesidad del hombre de colmar su insatisfacción espiritual. Mirad a los animales. ¿Alguno ha sido capaz de postrarse ante la Divinidad? Sólo el espíritu que ha recibido la chispa divina puede aspirar a Dios.

Lleváis a Dios en vuestro espíritu y eso os hace inmortales. Estáis obligados a evolucionar y a ser felices. Pero no os engañéis: esa experiencia es individual. Será a través de esa luz divina que habita en cada uno de vosotros como llegaréis a amar generosa y espiritualmente. Será por ese don del Padre por el que reconoceréis los valores morales y la bondad del Universo. Sólo de la mano del Padre —a través de ese mensajero que habita en vosotros— podréis distinguir el bien del mal, lo humano de lo divino, el tiempo de la eternidad y la verdad del error. Los hombres, las religiones humanas y las falsas teologías pueden haceros olvidar temporalmente que esa chispa divina habita en vosotros. Sin embargo, tarde o temprano, el aliento del Padre movilizará vuestras conciencias, haciendo posible el gran descubrimiento. Mirad hacia vuestro interior. Escuchad la voz sutil del mensajero que se ha instalado en vosotros. Él aguarda que despertéis. Él espera vuestras preguntas. Él es Él. Él es la revelación. ¿De qué os sirve escuchar cansinos discursos sobre el amor, la lealtad, la justicia, la castidad, el bautismo o la penitencia si no habéis aprendido primero a dialogar con el mensajero celeste que os habita? Es en el contacto con ese morador divino como aprenderéis a distinguir y valorar la belleza, la alegría, el amor y, muy especialmente, el esperanzador futuro que os aguarda. Ni la ciencia, ni la filosofía ni la teología podrán colocar jamás esos atributos humanos en una balanza y mucho menos atribuirse su paternidad. Los judíos supimos crear una religión con una suprema moral. Los griegos han divinizado a la belleza, y Pablo y sus sucesores han fundado una religión basada en la fe, la esperanza y la caridad. Ninguno, sin embargo, nos ha revelado al Padre. Sólo el Justo lo ha hecho. Sólo él nos ha traído una religión cimentada en el amor. Sólo el Señor ha abierto nuestros ojos a la auténtica fraternidad y ha señalado hacia el interior de nuestros corazones: ahí está el gran tesoro. Buscad el mensajero del Padre y el resto se os dará por añadidura.

Tengo miedo por vosotros y por esta nueva iglesia de Jesucristo, que se inclina peligrosamente hacia el poder y las conveniencias humanas. Esta iglesia, hijos amados, nació muerta. Resucitadla vosotros, instalando en el centro de vuestras vidas y de vuestros corazones el único principio que importa y que nosotros, los íntimos del Señor, no supimos desvelaros: el de la Paternidad Divina y la fraternidad entre los hombres.

La segunda revelación

Prólogo

1 Hijos todos de las siete Señoras elegidas de Asia: permitidme ahora que os manifieste una nueva revelación —la segunda, después de Patmos—, acaecida en Éfeso por la gracia de nuestro Señor y recibida por este indigno ciervo, que se apaga ya como una lucerna. Dichoso el que lea y escuche esta manifestación del poder del Justo. En ella está el Espíritu de Verdad. Quien tenga oídos, que oiga.

Los siete ángeles guardianes

Encontrándome en Éfeso, yo, Juan, Presbítero, el más humilde de los creyentes, fui arrebatado en sueños a la presencia de los siete ángeles que guardan los siete libros de los siete secretos divinos. Y siete voces, como de trompetas, clamaron ante mí: «Cuanto veas y escuches, escríbelo, para que otros, después que tú, comprendan y glorifiquen al Santo de los Santos. Pero antes, despierta al mensajero divino que duerme en ti, a fin de que él, y sólo él, haga suyo cuanto contienen los siete rollos de los siete secretos del Profundo. Ese libro, Juan, hijo del trueno, deberá ser escrito un día antes de tu muerte.»

Las siete voces, como de hombre, partían de los siete ángeles, pero ninguno hablaba. Aquellos siete poderes se hallaban sentados delante de mí y yo supe que era el octavo poder. Y entre ellos y yo flotaban en la luz los siete libros de los siete secretos de Dios. Y cada uno resplandecía con un color y entre todos eran como el arco iris.

Y el primero de los ángeles guardianes se alzó de su trono, desenrollando el primero de los libros. Y clamó con

71

fuerte voz: «Juan, escucha el primero de los secretos. Yo soy el que vela junto al Libro de la Infinitud de Dios.»

Este ángel era infinito. Sin principio ni fin. Su rostro de oro se hallaba en todas partes. Si miraba a la izquierda, allí se hallaba. Si giraba a la derecha, allí encontraba su faz. Y lo mismo sucedía en lo alto y en lo bajo. Y su voz, como el trueno de mil aguas, dio lectura al primer secreto de la secreta naturaleza del Dios único.

De lo infinito a lo finito

«Escucha lo que muy pocos saben. Es la infinitud el primer privilegio y poder del Altísimo. Aunque te fuera dado tocar el Infinito, jamás alcanzarías sus límites. Así es Dios. Sus límites son ilimitados. Nada iguala su entendimiento y grandeza. En su presencia, su luz cegadora es tal que vosotros, criaturas del tiempo y del espacio, confundiríais la luz con las tinieblas. No sólo sus pensamientos y sus planes son impenetrables: todo lo que de Él emana es igualmente infinito. Infinita es su bondad. Infinita en su sonrisa y su misericordia. Infinita es la sombra de su luz, que cubre hasta la última de las estrellas. ¿Cómo intentar averiguar sus años? ¿Es que no sabéis que el cielo y los cielos de los cielos no pueden contenerle? Sus juicios son insondables e impenetrables sus medios. ¡Pobres criaturas mortales! ¿Por qué pretendéis lo que ninguna criatura perfecta pretende? ¿Es que podríais cabalgar siquiera la estela de su infinitud?

»Escucha lo que muy pocos saben. Dios es el único Dios. Él es el Padre Infinito y creador, fiel a sí mismo. Él es la fuente y el dispensador universal. Todas las almas brotan de esa fuente y a ella regresarán. Incluso las de los impíos y constructores de iniquidad. Él es el Pensamiento Primordial, del que emanan todos los pensamientos. Él es el Alma Suprema y el Espíritu Ilimitado de todo lo creado y por crear. La llama de su Espíritu duerme en la Naturaleza, agitando tempestades, verdeando primaveras y colmando ansiedades.

»El Gran Controlador no comete errores. Sois vosotros, mortales imperfectos, quienes alteráis el sabio curso de los acontecimientos. El Gran Padre Universal resplandece de majestad y de gloria y todos sus ejércitos lo saben. Él no sabe del temor. Y ese valor ha sido transmitido a todos sus hijos inmortales. Pero vosotros, aun siendo inmortales, sois temerosos porque ignoráis vuestro propio gran secreto. Él es inmortal. Existe por sí mismo. Es eterno e infinitamente divino y benefactor. He aquí, pobre criatura mortal, el Antecedente de todo lo que ha existido, existe y existirá. Y ese Infinito es tanto más excelente en cuanto —por su infinita bondad y misericordia— ha tenido a bien el tender un puente hacia lo finito: hacia vosotros, el último escalón de lo creado. Ésta es su gran gloria. Con Dios todo es posible. Incluso, que la Divinidad habite en la imperfección. Él es el comienzo y el fin y la causa de las causas. Arrodíllate por tanto ante el primer libro: el de la Infinitud de Dios.»

Y así lo hice. Y todos los ángeles, conmigo, se postraron ante el primero de los siete libros de los siete secretos de Dios.

Y el ángel leyó para mí y para cuantos ansían la verdad: «Escucha lo que muy pocos saben. Sólo Dios es consciente de su Infinitud. ¿Puede alguien decir lo mismo? ¿Conoces tú los límites de tu propio espíritu? Él sabe de su perfección y poder. Fuera de sí mismo, sólo el Padre Universal es capaz de evaluarse en forma completa y apropiada. Nadie, salvo Él, tiene ese privilegio. Ni siquiera aquellos que hemos sido creados en la perfección conocemos la esencia y los límites de nuestra propia naturaleza. Sólo Él se conoce y comprende. Sólo Él puede hacer frente, infalible y permanentemente, a todas las necesidades de los universos. Y todos cuantos hemos sido dotados de algún poder dependemos del suyo y del poder de todas las personalidades de la Deidad. Sólo Dios es consciente de todos sus atributos de perfección. ¿Por qué, entonces, hacéis bandera de vuestra caridad, de vuestra justicia o de vuestra sabiduría? A los ojos de los cielos, vuestra perfección es motivo de piedad.

»Escucha lo que dice el primer libro: Dios no es un accidente cósmico, ni tampoco un experimentador de universos. Los soberanos de los universos pueden emprender aventuras. Los padres de las constelaciones tienen a bien experimentar. Los jefes de los sistemas de mundos improvisan. Pero el Padre Universal contempla el fin desde su comienzo. Su plan divino y su designio eterno abarcan y comprenden todas las experiencias y aventuras de sus hijos de todos los mundos, sistemas, constelaciones y universos. Nada le sorprende. Nada es nuevo para Él. Nada le llega por sorpresa. Ni siquiera vuestra libertad. Ni siquiera el fruto de esa libertad. ¿O es que pensáis que sois libres? Estáis destinados a Dios y la fuerza de su amor es irresistible. Podéis cerrar la puerta a su llamada, pero Él la derribará. Él habita el círculo de la eternidad. Sus días no conocen el principio ni el fin. Él no sabe de prisas e impaciencias. No juzguéis a Dios como a un ser mortal. Para Él no hay pasado, presente ni futuro. Él es el tiempo. Él es el no tiempo. Él es el único YO SOY.

»Escucha ahora lo que muy pocos saben. Y siendo Infinito, ¿cómo Dios puede comunicarse con lo finito? ¿Cómo se hace con vuestro amor y con el amor de otras inteligencias inferiores? El Padre Universal, en su infinita sabiduría, ha dispuesto tres grandes puentes, que le permiten descender hasta vosotros y, a su vez, sirven a los mortales en el inevitable camino hacia la Perfección. Vosotros habéis conocido al Justo, Hijo del Padre. He aquí el primer puente. Aunque perfecto en su divinidad, el Hijo ha participado de la carne y de la sangre, haciéndose uno más entre vosotros. Éste es el gran milagro de la misericordia y de la infinitud de Dios. Él se ha hecho hombre y ha sido llamado Hijo del Hombre.

»El segundo puente entre Dios y las criaturas mortales del tiempo y del espacio es establecido a través de las múltiples facetas del que llamáis Espíritu Infinito. A sus órdenes, legiones de ángeles y de otras inteligencias celestiales os socorren y se aproximan a los humanos, velando por vuestro destino. El propio Espíritu Infinito ha descendido igualmente sobre la Humanidad, instalándose en el alma humana.

»El tercer puente entre Dios y vosotros es conocido en el primer libro de los secretos divinos como el Monitor de Misterio. El Padre, en su infinito amor, os ha regalado una parte de su propia esencia. Es por ello por lo que nosotros y todas las criaturas celestiales os reverenciamos. Ese Monitor de Misterio es enviado como un don gratuito y amoroso para que habite en el pensamiento de cada mortal del tiempo y del espacio. Es un regalo que os hace a su imagen y semejanza. Lleváis, pues, en vuestro espíritu la impronta de la Divinidad, que os mantiene y os mantendrá unidos al propio Padre de los Universos.

¡Dichosos vosotros, criaturas mortales, porque sois como Dios!»

Y los siete ángeles se arrodillaron ante mí, humilde siervo del Señor y reverenciaron a la parte de Dios que convive conmigo. Y los siete poderes que guardan los siete libros entonaron sin descanso: «Santo, Santo, Santo, Dios Infinito, que moras en las almas de los humildes.»

Y el primero de los ángeles, aquel que guarda el rollo de la Infinitud de Dios, continuó la lectura de lo que muy pocos saben:

«Es así, y por otros caminos que sólo su Infinitud conoce, como el Divino Padre desciende de lo Infinito a lo finito, llenándonos con su gloria. Es Él quien modifica y humaniza su poder, de forma que su amor alcance a todas y cada una de sus criaturas. Es así como sus vastos dominios se han colmado con su presencia. Es por esto por lo que ostentáis el título de hijos creados por su bondad. No habla el primer libro de los secretos divinos de entelequias, sino de realidades. Vosotros, como nosotros, sois sus hijos queridos y amantísimos, destinados a compartir su amor y perfección. Y todo esto ha sido hecho, y así será hasta el final de los tiempos, como manifestación de su infinito poder e infinita sabiduría. Dios no pierde ni gana con vuestra creación. Pero no os obstinéis en comprenderlo. Lo finito no puede abarcar a lo infinito. Y aun así, aunque vuestro humilde entendimiento no distinga la luz de la oscuridad, todo cuanto aquí está escrito es verdadero. No os empeñéis en entender al Dios Infinito o en interpretar sus designios. Eso sólo llegará en el último día, cuando la larga carrera de perfección que os aguarda desemboque en la Isla Eterna del Paraíso. El hombre mortal no puede desvelar ahora los prodigiosos designios del Padre Universal. Sólo de vez en vez, fruto de esa misericordia divina, las criaturas del tiempo y del espacio reciben la necesaria revelación, que les anima y clarifica. Ésta, Juan, es una de esas concesiones. Escribe, pues, cuanto veas y escuches. Y recuerda que, a pesar de las limitaciones del hombre para hacer suya la infinitud de Dios, el Padre de los cielos sí comprende la finitud de sus hijos. Y os ama, protege y sostiene, tanto más cuanto mayor es vuestra limitada condición y naturaleza.

»El Padre Universal comparte la Divinidad y la Eternidad con gran número de inteligencias superiores del Paraíso. Pero, he aquí otro de los insondables misterios, ¿comparte también su Infinitud? ¿Son Dios y sus asociados en la Trinidad los únicos infinitos en el orden de la Creación? Éste, el primero de los libros de los siete secretos divinos, guarda silencio. Y sólo reza: "En Él vivimos. Por Él nos movemos y en Él tenemos nuestra existencia." Quien tenga oídos para oír, que oiga...»

El segundo libro de los misterios

2 Y el segundo de los ángeles abandonó su trono, abriendo el Libro de la Perfección de Dios. Y aquel ángel tenía forma de círculo. Y de él nacía una luz como la de un sol naciente. Y con voz de niño, de hombre y de anciano clamó ante mí:

«Escucha, mortal, lo que muy pocos saben. Éste es el segundo secreto. La naturaleza de Dios es eternamente perfecta. Yo soy su emblema. Vuestros profetas lo comprendieron. Dios es como un círculo, sin principio ni fin. Vosotros, sin embargo, habéis humanizado la perfección, limitando la idea del Perfecto a la perfección humana. Escucha, mortal: el Padre es un eterno presente. La perfección humana, en cambio, es una fugaz sombra de un fugaz minuto de ese eterno presente. El hogar del Padre es el presente. Y en él habita en toda su gloria y majestad. Y el presente de Dios es el pasado y el futuro de los hombres y de cuantas criaturas se mueven en el círculo de la eternidad. Él está literal y eternamente presente en todos sus universos. Y sin Él, el Universo carecería de presente.»

«Yo soy el Señor: no cambio»

Y el círculo eterno, sin dejar de girar, nos envolvió en un océano de luz. Y ante este pobre siervo fueron mostradas todas las obras de la Creación. Y en cada una de ellas se hallaba el círculo de Dios. Y el segundo ángel me dijo: «Mira lo creado. La perfección infinita de Dios está en todo. Ni en el fuego de las estrellas, ni en el celo de los animales, ni en la búsqueda de la abeja, ni en el azul del mar, ni en el corazón del hombre hay cambio. Todo es una ilusión. Él trazó sus planes, proclamando el fin desde el comienzo. El paso de los días, el variable rumbo de las aves y la vejez de los mortales no significan cambio alguno. Dios no vuelve nunca sobre sus originales designios. Fueron establecidos en la Perfección y la Perfección es inmutable. El Señor de las luces es el no-cambio. En la conducción de los asuntos universales no existe posibilidad de variación. Todo fue y será de acuerdo a un permanente presente. Él dice: "Yo soy el Señor: no cambio. Mi opinión prevalece. Mi obra es buena y cumpliré todo aquello que me place, tal y como fue establecido." Escucha, mortal: los planes y designios de Dios son perfectos y eternos porque son Él mismo. Nada podéis añadir o sustraer a su obra. El que mata, no rompe ni roba los planes divinos. Incluso la iniquidad cumple su papel. ¿Quién de vosotros podría mejorar la sucesión de los días y las noches? ¿Alguno es capaz de añadir generosidad a la generosidad de la Naturaleza? ¿Te sientes tú con poder para modificar el tránsito hacia la muerte? Todo cuanto hace Dios subsiste. Los cambios de forma, de lugar o de tiempo son espejismos de vuestra mente imperfecta y limitada. Sus planes son firmes, sus criterios inmutables y sus actos, divinos e infalibles, de acuerdo con su suprema Perfección. Fue escrito y escrito con verdad que mil años son a sus ojos como el día de ayer cuando ha pasado y como una víspera en la noche. Pero vosotros no podéis captar la perfección de la Divinidad, de igual forma que vuestro espíritu ignora por el momento su auténtico origen y destino. ¿Es que el mar puede soñar? ¿Puede el hombre cambiarse por el mar? ¿Puedes tú encerrar en tu mirada la luz de una galaxia? Y, sin embargo, Dios es mucho más. Tan perfecto que permite que tú, en la carrera hacia el Paraíso, puedas descubrir y compartir su Perfección.»

La inmutable mano del destino

Y el segundo ángel, aquel que me hablaba con voz de niño, de hombre y de anciano, tocó mi frente con su luz. Y la palabra «Destino» quedó grabada en ella. Y el segundo guardián de los secretos de Dios dijo:

«Escucha lo que muy pocos saben. El hombre ha oído hablar de él y le teme porque ignora su naturaleza. El Destino no es un fantasma, ni tampoco un voluble espíritu errante. Forma parte de los designios del Padre y, como tal, es implacablemente justo y amoroso. Cada mortal del tiempo y del espacio es obra directa del Padre y, por tanto, comparte y compartirá siempre esos designios. Es más: vosotros sois su designio. Y el Destino está en vosotros, escrito desde el principio de los principios, como fiel guardián de vuestra carrera ascensional. Nadie puede escapar al Destino, como nadie puede escapar de sí mismo. No creáis en la ilusión de un Destino modificable. Son muy pocos los que cometen la torpeza de revelarse contra la Perfección. Vuestro camino ha sido trazado desde el origen por la suprema Bondad y Perfección. Las variaciones y los cambios en vuestras vidas —ya fue dicho— son fruto de las fronteras de vuestro intelecto, encarcelado de momento en la imperfección. No os engañéis. Debajo de esas aparentes modificaciones se halla el cimiento granítico de los inmutables y siempre perfectos planes divinos.»

Y el segundo ángel preguntó:

«¿Y cuál es el Destino de los hombres? Está escrito: regresar a la fuente de la que manaron.»

Entonces, los siete poderes que guardan los siete secretos de Dios fueron a postrarse ante mí, clamando: «Santo, Santo, Santo, Señor Perfecto, tú que derramas el agua de tu amor en cada una de tus criaturas.»

Y el gran círculo de la Perfección siguió hablando.

«Escribe cuanto veas y escuches. Esta Perfección del Padre no nace de su justicia, sino de la gracia de su bondad. Y es esa bondad perfecta e infinita la que le hace salir de sí mismo, para derramarse en su Creación. Tú y los tuyos sois agua de su agua. Dios, en su Perfección, no se aísla. No conoce puertas. No sabe de límites. Es como un horno eterno que irradia. Vosotros y nosotros y todas las criaturas dotadas de su chispa divina hemos partido de su Bondad y a ella volveremos. Nuestro camino es un permanente retorno. Y Él, en su infinita perfección, se nutre y alimenta, ganando la experiencia de la imperfección en nuestras propias imperfecciones. Fue escrito que somos su corazón, sus manos, sus ojos y sus pies. Él no conoce la imperfección, pero comparte la vuestra y la de todas sus criaturas evolucionarias. Es a través del contacto personal con vuestros Monitores de Misterio como Él se aflige cuando vosotros estáis afligidos. Es en y por la presencia divina que os habita como Él siente, conoce, duda y se duele, haciendo suyas vuestras propias experiencias, alegrías y tragedias. La Suprema Bondad sufre en vuestro sufrimiento. La Suprema Perfección ama y llora en vuestro amor y en vuestro duelo. ¿Es que podéis imaginar mayor sabiduría?»

El tercer ángel abrió el tercer libro

3 Y fue hecho el silencio. Y vi cómo el tercer ángel se ponía en pie y tomaba el tercero de los libros de los secretos de Dios. Éste era el libro de la Justicia.

«Escucha lo que muy pocos saben.»

El tercer ángel era transparente como el cristal. En su mano derecha blandía una espada, igualmente de cristal. Y en su hoja vi mi pasado, mi presente y mi futuro. Y el tercer ángel leyó en el libro que tenía ante sí:

«Está escrito en el libro de la Justicia: no he hecho sin causa todo cuanto he hecho. Dios es recto en todos sus caminos. Sólo así se alcanza la justicia. Mira esta espada. En ella está tu vida. Ningún acto escapa a su visión. Todo es uno en tu existencia. Y todo será juzgado por ti mismo. Dios no juzga. Serás tú el juez. ¿Por qué interpeláis entonces a su Justicia? ¿Por qué proclamáis vuestros logros y éxitos? Él los conoce porque todo partió de Él. Él ya os juzgó en el instante de vuestra creación. Y os juzgó rectamente y habéis sido premiados con el don de la inmortalidad. Ahora, si lo deseas, júzgate a ti mismo, pero no invoques la Justicia Divina. Ésa ya fue ejecutada.»

Y el guardián del libro de la Justicia de Dios me entregó su espada, proclamando: «Guárdala, puesto que tu muerte está próxima. Y haz con ella lo que se espera de ti: júzgate en silencio.»

Entonces, al contemplar mi propia vida, supe cuán inútiles e infantiles habían sido mis plegarias, exigiendo de la Justicia del Padre lo que en verdad había estado en mis manos. Yo había solicitado el fuego de los cielos contra los impíos. Yo había pedido la sabiduría para mí y los míos. Yo había clamado por mi salvación, sin entender que los actos de los hombres no mueven ni conmueven la Justicia de Dios. ¡Vana ilusión humana! ¡Vana llamada a un Dios para que modifique, en nuestro beneficio, sus justos e inmutables designios! ¿Es que puedo yo alterar el ritmo de las mareas, implorando la Justicia de los cielos? ¡Torpe de mí, que he pretendido modificar el Destino de mis hermanos, elevando mis preces a Dios! No se escapa a la verdad implorando justicia. No se elude la responsabilidad humana, exigiendo de la Justicia Divina que nos ahorre el dolor o las calamidades. No os equivoquéis, hermanos. Nosotros somos nuestros propios jueces. Y recogeremos aquello que hayamos sembrado. No culpéis de vuestra torpeza a la Justicia Divina, que no acudió cuando la solicitasteis. La Justicia del Padre cumplió al crearnos y justificarnos. Desde ese instante, a nosotros nos toca impartir nuestra propia justicia.

El único castigo divino

Y el tercer ángel puso ante mí el libro de la Justicia y de la Rectitud de Dios. Pero no vi letras. Y el guardián del tercer secreto habló así:

«La Justicia del Padre no se basa en las letras, sino en la Sabiduría y en la Misericordia. Escucha, mortal, porque está escrito: la Sabiduría Infinita es el juez que determina las proporciones de Justicia y Misericordia que a cada cual le corresponden. Dios es infinitamente bondadoso. Su misericordia no conoce el fin. Pero el castigo —el gran castigo— existe.»

Y en el libro en blanco de la Rectitud de Dios me fue dado contemplar a una criatura sin igual. Toda ella era de luz y su sombra, incluso, era como el fulgor de mil soles. Y esa criatura se hallaba encadenada con eslabones hechos de soledad y soberbia.

«Escucha lo que muy pocos saben. Tienes ante ti al Maligno.»

Retrocedí con espanto, pero el tercer ángel me retuvo, calmando mi temor. Y habló para mí y para toda la Humanidad, diciendo:

«Este ser de luz ha elegido la iniquidad y aguarda el juicio de sí mismo. Si permanece en la iniquidad, si su última palabra es rebelión contra el gobierno de Dios, él mismo se autoaniquilará. He aquí el único castigo-consecuencia que pesa sobre los hijos de Dios. Pero antes, el Maligno verá pasar ante sí la infinita estela de la misericordia. Si su juicio final es contra Dios y contra sí mismo, la sentencia será de disolución. Y lo que fue creado por el Santo de los Santos será reducido a una fracción impersonal que formará parte de la experiencia evolucionaria del Ser Supremo. Su personalidad, su inmortalidad y su poder se habrán perdido para siempre. Será como el no ser. No os engañéis. Aunque no podáis comprenderlo en su justa medida, el mal por el mal, el error completo, el pecado voluntario y la iniquidad por la iniquidad también forman parte del plan de Dios. Pero sólo Él conoce el fin y la justificación de sus propios designios. Los que hablamos y nos movemos bajo su sombra intuimos que el mal sobrevive en razón de una misericordiosa tolerancia, que sirva a las criaturas dotadas de voluntad para descubrir por sí mismas lo que es justo y equitativo.»

Y el tercer ángel y el resto de los ángeles que guarda los siete libros de los siete secretos de Dios se postraron ante el pergamino de la Justicia y de la Rectitud Divinas, clamando con una sola voz: «Santo, Santo, Santo el Señor de todo lo Creado, que concede a sus criaturas el juicio de sí mismas.»

El cuarto libro: el de la Misericordia

4   Habló después el cuarto de los ángeles guardianes. Era éste como un anciano venerable, cuya sonrisa no conocía el descanso. Fue el único que no abrió el libro que flotaba ante sí. Pero su voz parecía leer en su propio corazón. Esto fue lo que escuché:

«Soy el guardián del libro de la Misericordia Divina. Escucha lo que muy pocos saben. Y escríbelo en tu corazón, para que otros puedan leer en él, a través de tus obras. La misericordia nace del conocimiento y es templada por la sabiduría. Aquel que no reconoce los defectos y debilidades de sus semejantes no conoce la palabra misericordia. Sólo Dios es infinitamente misericordioso, porque sólo Él habita en el pensamiento de sus criaturas. Sólo Él las conoce y hace suyas sus aflicciones. Ha sido escrito: "Nuestro Dios está lleno de compasión y de gracia. Es lento en la cólera y pródigo en misericordia." Pero estas palabras no le hacen justicia. El hombre finito atribuye a su Creador cualidades que sólo son humanas. Dios no es colérico ni lento en su cólera. La cólera es debilidad y el

Padre de los Cielos es la suprema fortaleza. No necesitáis acudir a Dios, porque Él ya está en todos y cada uno de vosotros. Acudid a vosotros mismos y Él os saldrá al encuentro. Todo el que le busca halla consuelo. Su misericordia va de eternidad en eternidad. Él ha proclamado: «Yo soy el Señor que practica la bondad, el juicio y la rectitud sobre la Tierra, pues tomo placer en ello. No aflijo ni apeno a los hombres, pues soy el padre de la misericordia y el Dios de toda consolación.»

No busquéis influencias ante Dios

Y el anciano guardián abrió mi corazón y puso ante mí una visión: en ella estaban todos los santos y mártires que nos han precedido en vida y a los que el hombre creyente ruega y reza, implorando los favores del Todopoderoso. Y el cuarto ángel, sin perder su sonrisa, negó con la cabeza. Y clamó de nuevo:

«La misericordia del Altísimo no precisa de influencias. Escribe, Juan, para que otros no caigan en el mismo error. Dios es compasivo y benevolente por naturaleza. Él habita en ti y en todos los seres dotados de voluntad. No claméis, por tanto, a los que llamáis santos, porque vuestras súplicas serán estériles. El nacimiento de la más mínima necesidad en sus criaturas del tiempo y del espacio es suficiente para que Él movilice su tierna misericordia. Antes de que elevéis los ojos al cielo, solicitando su favor, el Padre de Misericordia sabe ya de vuestra necesidad. Dejad en sus manos vuestras inquietudes. Él os conoce. Y escucha bien: al igual que Él os ama y perdona porque os conoce, así, vosotros, criaturas mortales, debéis practicar la virtud de la misericordia, conociendo y amando primero a vuestros semejantes. Sólo el que conoce comprende. Sólo el que comprende ama.»

El padre y la madre del amor y de la bondad

Y el cuarto ángel puso sus manos sobre mi cabeza, interrogándome: «¿Sabes lo que es la equidad?» Pero no tuve ocasión de responder. Y el anciano, señalando primero el libro de la Justicia y después el de la Misericordia, prosiguió con gran voz:

«El hombre que haga una la justicia y la misericordia habrá alcanzado la equidad. En Dios, la misericordia siempre procrea el amor y la bondad. Es el padre y la madre de ambos. Sin ella, ni el amor ni la bondad podrían existir. Dios es infinitamente bondadoso porque infinita es su misericordia. Y te preguntarás: si existe la justicia, ¿de qué sirve la misericordia? La misericordia no es una violación de la justicia; mas bien, una comprensiva interpretación de las exigencias de dicha justicia, cuando ésta es aplicada en equidad. La misericordia divina equilibra y ajusta las imperfecciones de las criaturas del tiempo y del espacio. La misericordia, hombre mortal, es la justicia de la Trinidad. Quien tenga oídos, que oiga.»

El quinto ángel

5 «Yo soy el ángel guardián del libro del Amor Divino. Éste es el quinto secreto de la naturaleza del Padre. Escribe, Juan, hijo del trueno, para que otros lo recuerden.»

Era la voz del quinto guardián. Se alzó en su trono y, abriendo el libro que le correspondía, arrancó de sus letras un corazón palpitante. Y mostrándomelo, dijo: «Una sola prueba hay y una sola prueba tengo del Amor del Padre. Él concede la Vida. Tú existes por su Amor. Tú has sido regalado con el Monitor de Misterio por causa de su Amor. Ése es su único comportamiento con todo lo creado. Él crea porque ama. Y su amor rebasa todo lo imaginable. Él no distingue entre justos e impíos: su sol amanece para todos por igual. Él envía su lluvia sobre ricos y desheredados, sobre puros e impuros. Él os ama por vosotros mismos. En su amor no hay intermediarios ni condicionamientos.»

El Monitor de Misterio

Entonces vi cómo aquel corazón palpitante desaparecía de entre las manos del quinto ángel. Y el corazón, símbolo del amor de Dios, se transformó en mí mismo. Y vi a un

Juan todo de luz, de vestiduras de luz y de cabellos de luz. Y el ángel guardián del libro del Amor Divino se postró ante mi otro yo y todos los ángeles le imitaron, exclamando: «Santo, Santo, Santo, Señor del Amor, porque te instalas en los más humildes.»

Y en mi visión vi cómo mi otro yo hablaba. Esto fue lo que dijo:

«Juan, escribe cuanto veas y oigas, para que otros también descubran su don divino. No soy tu otro yo, sino la parte más noble de tu yo. Soy el que soy. Procedo del amor del Padre y llevo el título de Monitor de Misterio. No te alarmes: soy Dios y he sido sembrado en tu pensamiento por expreso y directo deseo del Altísimo. ¡Dichoso aquel que, en vida, consiga formar un todo con su Monitor de Misterio! Él le guiará. Él le sostendrá. Él será su refugio y su fuente de sabiduría. Somos como la lluvia benéfica que empapa los campos, otorgándoles sentido. Descendemos en cascada interminable sobre las criaturas dotadas de voluntad y habitamos en ellas hasta que, tarde o temprano, somos uno con vuestro espíritu. Si buscas a Dios, sólo tienes que mirarme. Mírate y reconocerás en ti la chispa de la Divinidad. La búsqueda de la Perfección Infinita será entonces como un juego. Y vida tras vida, universo tras universo, yo te guiaré hacia la presencia del Supremo Amor.»

Existo aunque no me veas

Y el Dios que habita en mí y que me guarda se lamentó:

«No veis el aire y, sin embargo, nadie duda de su existencia. Tú, Juan, no alcanzas a descubrir las entrañas del sol que te alumbra y, no obstante, confías en su luz. ¿Por qué, entonces, no creéis en el Dios invisible que os asiste y habita? Ciertamente, entre vosotros y Él existe una dilatada distancia. Es mucho el camino que os queda por salvar hasta llegar a su presencia paradisíaca y más aún el vacío espiritual que debéis colmar para intentar comprenderle en plenitud. Pero, desde el instante mismo de vuestra creación, Él ha dispuesto ya ese puente que suaviza la espera. Su Espíritu ha descendido hasta ti y te observa y acompaña en silencio. ¿Quién crees que te empuja hacia la bondad? ¿Quién mueve tu corazón hacia la compasión?

¿Quién imaginas que levanta tu decaído ánimo? ¿Quién fortalece tu alma ante la adversidad? ¿Quién te hace sabio y justo? ¿Quién llena tus soledades? ¿Quién es esa voz interior, cauta y dócil, que jamás yerra en sus apreciaciones? Nada hay más agradable y sosegado que amar y confiar en el Espíritu de Dios que te inunda. Nada más placentero que saberse habitado y protegido por su infinita sabiduría. El mundo se tornaría dulce y acogedor si sus criaturas del tiempo y del espacio descubrieran el gran secreto que forma parte de su patrimonio.

»Escucha, Juan, lo que muy pocos saben. Muchas de las criaturas que ya conocen su presencia amarían a Dios, aunque fuera menos poderoso e infinito. Es su naturaleza —bondadosa y misericordiosa— la que les mueve al amor. Es admirable que alguien tan grande se entregue con semejante ternura y devoción al cuidado y a la educación de sus más pequeñas criaturas. No olvides que la experiencia de amar, en gran medida, es una respuesta directa a la experiencia de ser amado. Sabiendo entonces que el Padre Universal me ama, ¿cómo no amarle eterna e incondicionalmente, incluso aunque se viera desposeído de sus atributos de Supremo, Último y Absoluto?»

El amor no es Dios

El Juan que me hablaba dejó de brillar y en las manos del quinto ángel apareció de nuevo el corazón palpitante, símbolo del quinto secreto. Y todos, a un tiempo, se postraron ante el Amor, proclamando: «Santo, Santo, Santo Señor, porque tu amor nos persigue ahora y a lo largo de todo el círculo sin fin de las eras eternas.»

Y el quinto ángel cerró el libro del quinto secreto de la naturaleza divina. Y dijo:

«Cuando medites sobre la naturaleza amante de Dios, no te sorprendas: tu amor crecerá como la sombra del ciprés en el ocaso. Y enfermarás de amor. Es la única ley del Universo. La única moneda. El único santuario. La única verdad. El amor del Padre hacia sus criaturas, y hacia ti, Juan, es similar al de un padre terrenal por sus hijos, con una única diferencia: el amor de Dios es siempre infinitamente inteligente e infinitamente previsor. Los padres de la Tierra son limitados. Olvidan a veces y fracasan en sus estimaciones. El amor del Padre de los Cielos es sabio. Él es Amor, aunque el amor no es Dios. No yerres en tu pensamiento. El amor lo puede todo, pero carece del poder divino. El amor lo perdona todo, pero sólo el amor de Dios es capaz de la benevolencia infinita.

»Y ahora, escucha lo que muy pocos recuerdan: Dios os ha dado ya las máximas pruebas de su amor. Os ha regalado su propia esencia y sois legítimos propietarios de ella. Se ha revelado a la Humanidad por medio de su Hijo encarnado y ya nadie puede llamarse a engaño. Las criaturas del tiempo y del espacio de este universo conocéis la verdad sobre vuestro origen e identidad: sois hijos de un Dios y a Él se dirigen vuestros pasos. Nunca pierdas de vista que el Padre te ama. Si los hombres lo olvidáis, convertiréis el mundo en el reino del bien; no en el reino del amor. Lamento que tu limitado pensamiento no pueda concebir el auténtico y real significado de la palabra Amor. Poco o nada tiene que ver ese afecto divino con el concepto humano del amor. Lentamente, cuando tu Monitor de Misterio te arrastre a otras moradas, lo comprenderás.»

El sexto secreto de su naturaleza divina

6 Y en mi visión, el sexto guardián leyó la sexta revelación. Era aquél un ángel de Bondad, con la túnica de nieve del Supremo Sacerdocio. Y el sexto rollo decía así:

«Podemos ver la belleza divina en el universo físico: en la geometría luminosa de sus flores, en el silencio esmeralda de sus aguas o en el calculado volar de los soles. Podemos intuir la verdad eterna en el mundo de la mente. Pere, ¿y la bondad divina? ¿Dónde descubrirla?

»Escucha, Juan, lo que muy pocos saben. Y escríbelo, tal y como te será relatado, de acuerdo con la revelación. La bondad de Dios palpita en el universo espiritual de cada experiencia religiosa. Eso es la verdadera religión: una fe fraguada en la confianza en la bondad divina. La Filosofía dice que Dios puede ser grande y absoluto. Incluso, de una u otra forma, personal e inteligente. La Religión exige además que Dios sea moral; es decir, bueno. Y yo te digo que éste es el sexto atributo de su naturaleza divina. El Padre Celestial es Bueno por esencia. Y esta revelación sólo se alcanza a través de la experiencia religiosa personal de cada criatura. La religión evolucionaria puede volverse ética. Tan sólo la religión revelada se torna verdadera y espiritualmente moral. El Hijo del Hombre os lo ha revelado: el Padre es una Deidad dominada por la Bondad. Vosotros sois su familia y Él es bondadoso con los suyos.»

El Padre de todos

«Ahora escucha, Juan, para que otros hagan suyas las palabras de este sexto secreto. No existe nada en el universo que no proceda de la Bondad de Dios. ¡Bendito el hombre que se fíe de Él! Habrá hallado su sustento y la paz. Es hora de olvidar la voz de los profetas. Ellos proclamaron a un Dios de Israel, siempre justiciero, abrasador y conductor de un único pueblo elegido. El Hijo del Hombre os ha traído la buena nueva. El Dios de la guerra y de la cólera ha sido sustituido por el Padre amoroso de todas las criaturas. Nunca hubo un Dios de Israel. Nunca hubo un Dios vengativo y castigador. No confundáis los deseos de los hombres con la realidad divina. El que llamáis Jesús de Nazaret os ha manifestado la gran y única verdad: el Padre Universal ha sido, es y será la máxima expresión de la Bondad. Dios no ama como un padre, sino en tanto que padre. La Rectitud implica que Dios es la fuente de la ley moral en el universo. Y la Verdad le hace resurgir como un Maestro: el supremo Maestro. Pero no olvidéis que el amor está en el centro. Vuestros profetas y sabios suponen erróneamente que la Rectitud de Dios es irreconciliable con su Amor de Padre. Algo así significaría la ausencia de unidad en la naturaleza de la Deidad. De hecho, este error os ha conducido a una doctrina indigna del Padre: el evangelio del rescate. Dios no salva a nadie. Estáis salvados por el glorioso hecho de ser sus hijos. Y aunque la iniquidad cubriera vuestras almas, Él espera siempre. No sumáis a vuestra natural imperfección las imperfecciones del pasado. Nadie puede perder su estatuto de hijo del Altísimo. Y mucho menos, por las hipotéticas culpas de alguien que os ha precedido. Está escrito, aunque no habéis descubierto su maravilloso significado: "El Hijo del Hombre no ha sido inmolado para satisfacer la venganza del Todopoderoso y saldar así una vieja deuda. El Justo se sumó a la muerte por propia voluntad, para que no temáis el siguiente paso de vuestra carrera ascensional. Él vino a proclamar vuestra condición de hijos de un Dios; no a rescataros de las garras de un Dios." Esa doctrina del rescate es, a la vez, un insulto a la unidad y al libre albedrío del Padre Celestial.»

La muerte: un sueño

«Volved los ojos hacia el Resucitado. Teméis la muerte porque no la conocéis. Él os ha mostrado la verdad: una realidad gozosa. La muerte ha sido dispuesta por el Padre, no como un mal, sino como un principio. Temer a la muerte es temer a Dios. ¿Es que podéis esperar algo indigno del que os ha regalado la vida y la inmortalidad? No juzguéis con los talentos de vuestra limitación. La muerte es un sueño del que despertaréis resucitados en un nuevo mundo. Pero ése será sólo el comienzo de la larga marcha fuera de la materia. Y otras muertes os saldrán al paso, siempre más allá. Todas han sido calculadas para vuestro bien, de la misma forma que cada amanecer representa una nueva y apasionante apuesta por la vida.

»¿Por qué asociáis el pecado con la muerte? Ciertamente, Dios aborrece el pecado, pero ama a los pecadores. Ni siquiera ante la iniquidad pura puede cambiar su faz y mostrarse colérico. La Bondad Infinita no sabe de esas torpes palabras humanas. El pecado no es una realidad espiritual. Sólo la Justicia Divina advierte su existencia. Su Amor lo trasciende y cae sobre el pecador, acogiéndolo. Sólo si el pecador termina por identificarse con el pecado puede modificarse este comportamiento de la naturaleza divina. Pero son muy escasos los que eligen la maldad. Una criatura mortal del tiempo y del espacio que se autoidentificase con la iniquidad transformaría su estatuto, extinguiéndose. Mas no temáis. Vuestra imperfección os protege de la gran iniquidad. Vuestros errores son siempre fruto y consecuencia de la pesada carga material que soportáis. Él lo sabe y su Bondad diluye vuestra inconsciencia.»

7 Y el séptimo y último de los ángeles guardianes de los siete libros de los siete secretos de la naturaleza de Dios se abrió paso hasta mí. Era una doncella. Y su belleza era tal que eclipsaba a los restantes poderes Y antes de abrir el libro de Dios dijo: «Juan, toca mi cuerpo.» Y así lo hice. Y su cuerpo era real y tan cierto como el mío.

«Ahora ya sabes que la Belleza es real. Yo soy la guardiana del séptimo misterio: escucha para que puedas escribir y otros aprendan después que tú.»

Y la Belleza abrió el último de los rollos, proclamando: «Está escrito: son la Belleza y la Verdad los últimos atributos de la naturaleza divina. Y ambos se confunden y el universo de los universos no sabe dónde empieza una y dónde concluye la segunda.

»Escucha, mortal, lo que muy pocos saben. La verdad es bella porque, a su vez, es completa y simétrica. No temáis buscar la verdad. No se trata de una ilusión o de una entelequia. La verdad universal y divina es tan cierta y real como la roca que sostiene tu hogar. No os perdáis, por tanto, en los sofismas de la abstracción. Las criaturas del tiempo y del espacio identificáis la verdad con aspectos concretos y limitados de la realidad que os envuelve. Y cada ser humano está capacitado para aislar y descubrir miles de esas verdades parciales. Pero, ni siquiera fundiendo esas miriadas de verdades relativas lograríais la posesión de la verdad última. Vuestra conciencia está dispuesta y preparada para detectar la belleza de la verdad y su calidad espiritual, pero la posesión de la gran verdad os fulminaría.»

El sabor de la verdad

«Los humanos del tiempo y del espacio anheláis la felicidad. Y yo te pregunto: ¿qué es la felicidad? ¿Es quizá el poder? ¿Puedes encontrarla en la salud? ¿Se esconde en la sabiduría o en la ciencia? ¿Tiene nombre de mujer? ¿Acaso has tropezado con ella en el amor o en la compasión?»

El séptimo ángel, con forma de doncella, guardó silencio. Pero mis labios estaban sellados. Y la mujer sonrió y todo mi espíritu se vio colmado por una intensa felicidad.

«Ya has respondido, Juan, hijo del trueno. La felicidad brota en el reconocimiento de la verdad. Y tú me has reconocido. A diferencia del error, el sabor de la Verdad es siempre un sabor espiritual que sólo proporciona felicidad. Ésta es la señal: reconocerás la verdad por su sabor espiritual. Reconocerás el error por la tristeza y decepción que le cubren. Dios es esa Verdad. Dios es esa Belleza.»

Y los siete poderes se postraron ante el Libro de la Verdad y de la Belleza de Dios, reverenciándolo y proclamando: «Santo, Santo, Santo Señor, que eres la Verdad coherente, la Belleza atrayente y la Bondad estabilizadora.»

Y la suprema guardiana del séptimo secreto del libro de la Belleza: «Escucha, pues, lo que muy pocos saben. Aquellos que deseen distinguir la suprema belleza, que busquen en la realidad. Dios no se oculta. Su belleza todo lo cubre. Y así es arriba y abajo, en lo finito y en lo infinito, en lo oscuro y en la luz. Si después deseáis poseer esa belleza última, aprended a discernir la bondad divina que descansa en la verdad eterna. Todo es unidad armoniosa en la Creación: bondad, verdad y belleza.»

El gran error de vuestros padres

«Ha pasado el tiempo de vuestros padres. Ha pasado el tiempo de la religión de Yavé. El gran error de vuestros padres estuvo en no saber conjugar la Bondad de Dios con las verdades de la ciencia y de la belleza. La religión ha creído en la Bondad del Padre de los Cielos, pero ha rechazado la verdad y la belleza. La bondad divina no existe en solitario y aisladamente. Los hombres necesitan de todas ellas. Buscan la verdad, precisan de la bondad y se nutren en la belleza. Todo ello forma un único aliento en la naturaleza del Todopoderoso. Toda religión que anteponga sus mandamientos morales a las verdades de la ciencia, de la filosofía y de la experiencia espiritual o a la belleza de la creación y de la Naturaleza perderá su sentido y los hombres la aborrecerán.

»Escucha, mortal, y escribe para que otros no yerren: verdad, belleza y bondad son realidades divinas. Que no separe el hombre lo que es un todo en la esencia del Santo de los Santos. Toda verdad es bella y buena. Toda belleza —material o espiritual— es buena y verdadera. Toda bondad —ya se trate de moralidad personal, equidad social o ministerio divino— es igualmente bella y verdadera. Cuando la verdad, la belleza y la bondad se funden y confunden en la naturaleza humana de los hijos de Dios, el resultado es siempre la felicidad. Para lograrlo sólo tenéis que escuchar la voz de la chispa divina que os acompaña. Él es infinitamente bello, infinitamente bueno e infinitamente verdadero. El que tenga oídos, oiga lo que el séptimo libro dice.»

La visión de la isla de Dios

El Espíritu Divino se apoderó de mí

1 Y yo, Juan, humilde siervo del Señor, tuve una segunda visión. Caí en éxtasis y el Espíritu de Dios se apoderó de mí. Y me dijo: «No temas. Yo habito en ti por la gracia del Padre. Procedo de Él y soy Él. Y a Él te conduciré. Soy su presencia. Soy un Monitor de Misterio. Te abriré camino hacia la Isla de Dios y verás lo que muy pocos mortales han visto. Escribe después cuanto veas y escuches, para que tus semejantes conozcan y confíen. El camino que te mostraré es el camino del Paraíso. Otros muchos, antes que tú, han emprendido esta larga marcha hacia la Perfección. La muerte es la señal que os pone en movimiento. Pero tu vuelo hacia la Isla Nuclear de Luz será como un sueño. No estarás sometido a la realidad. No deberás estacionarte ni esperar en las infinitas moradas que separan esta vida encarnada de la presencia paradisíaca de Dios. Ese largo peregrinaje lo cubrirás por ti mismo, cuando así sea dispuesto por su infinita Sabiduría.»

Y yo pregunté: «¿Cómo haré semejante viaje, si no estoy muerto?» Y el Monitor de Misterio que me habita me cubrió con su ropaje de luz y fui uno con él. Y en mi visión escuché su voz por segunda vez. Y era mi propia voz. Y él dijo: «No temas. Yo soy el poder y la sabiduría. Él está en mí y yo en ti. Él te llama. Te bastará con desearlo. Yo te envolveré por dentro y por fuera.»

Los siete universos del Señor

Y envuelto en su luz fui arrebatado hacia lo alto. Y sentí gran espanto al volver la vista hacia tierra, ya que mi cuerpo, como dormido, yacía en la tierra. Y vi alejarse mi casa y también la ciudad en la que habito y después los campos y toda la tierra. Y el azul del cielo desapareció igualmente y me vi envuelto en las tinieblas de lo desconocido. Y vi la Luna y el Sol y miriadas de estrellas, pero su luz no era suficiente para despejar la negrura. Y esa negrura era como el azabache y se propagaba a lo largo y a lo ancho. Y el Monitor de Misterio habló de nuevo: «Éste es tu primitivo hogar: un universo entre universos. Uno entre cien mil. Y esos cien mil universos apenas son nada.»

Pero yo no comprendí. Y asistí maravillado al paso veloz de aquellos millones de nebulosas estrelladas, de soles como hornos y de mundos y de lunas de mil tamaños diferentes. Y pregunté dónde se hallaba el Paraíso. ¿Quizá en el centro de aquellos cien mil universos? Y el Monitor dijo: «La obra de Dios escapa a los límites del conocimiento de los hombres. Estos cien mil universos que ahora cruzas sólo son una isla de vida en el Gran Universo. Reciben el nombre de Superuniverso. Otros seis como éste giran en torno al Gran Universo y cada uno de esos Superuniversos está formado por otros cien mil universos, todos ellos palpitantes de gloria y de sabiduría. Limítate a admirar la obra del Padre porque es inútil su comprensión.»

El Gran Universo del Señor

Y en mi visión, arropado por la luz del mensajero divino, aquellos cien mil universos quedaron atrás. Y la negrura se hizo más tenebrosa. Y aquel Superuniverso —mi primitivo hogar— apareció ante mí en toda su gloria, como una rueda de luz, girando como un torbellino y flotando en la nada por la misericordia de Dios. Y vi otra muestra del poder divino, tan inmensa que no existen palabras para describirla. Otra rueda de luz, infinitamente mayor que la rueda del Superuniverso, parecía flotar y girar y palpitar en medio de la negrura de la nada. Y a su alrededor estaban los siete Superuniversos, como gotas de agua salpicadas de un mar. Y todo guardaba un grande y sublime orden. Y cada Superuniverso, los siete, eran iguales. Todos como ruedas blancas de luz, girando en torno a la gran rueda central. Y pregunté por segunda vez dónde se hallaba el Paraíso. ¿Quizá en el centro de aquella gigantesca rueda? Y el Monitor contestó: «Esto que ves es sólo parte de la obra de Dios. Sus dimensiones reales escapan al conocimiento de las criaturas evolucionarias del tiempo y del espacio. Esa gran rueda de mundos a la que te aproximas por la gracia y la benevolencia del Padre recibe el nombre de Gran Universo. En ella se contienen todos los cuerpos celestes habitados y por habitar, así como el espacio que los rodea. Todo cuanto has visto y te dispones a ver forma el Gran Universo. Pero, aun así, la obra de Dios es mucho más. En los confines del Gran Universo se abre otra parte de la creación increada. Es el espacio exterior, tan profundo que no es posible concebirlo. En él se preparan nuevos universos, Superuniversos y Grandes Universos. Y llegará el día en que criaturas como tú, de tan humilde origen, seréis llamadas a poblarlo y elevarlo hacia la Suprema Perfección. Y toda esta infinita obra divina —el Gran Universo y el llamado espacio exterior— recibe un último nombre: el Maestro Universo. Pero la obra de Dios es mucho más.»

Viaje por el Gran Universo del Señor

2 Y en mi visión, la gran rueda de mundos que llaman Gran Universo se extinguió ante mis ojos. Y no supe comprenderlo. Y el Monitor que me habita habló y dijo: «No temas. El Gran Universo del Señor es perfecto. Nada ha cambiado, aunque los ojos de tu espíritu crean lo contrario. Hemos penetrado en las fronteras de sus fronteras. Dos anillos de mundos oscuros abrazan y rodean al Gran Universo, haciéndolo invisible al resto de los Superuniversos que lo escoltan y circundan. Uno rueda en sentido vertical y el segundo lo protege en horizontal. Son circuitos inhabitados, tan poderosos que nada escapa a su poder: ni siquiera un rayo de luz. Estos cuerpos oscuros equilibran y hacen estable la gran rueda interior de mundos. Y su número y tamaño son tales que la mente de un mortal necesitaría mil vidas para contarlos.»

Y guiado por la invisible llamada de la Isla Eterna del Paraíso, el Monitor de Misterio atravesó conmigo los anillos de mundos oscuros y gigantes. Y el más sublime de los éxtasis se apoderó de mi espíritu. Frente a mí, humilde siervo del Grande entre los Grandes, aparecieron siete anillos de luz, tan inmensos y majestuosos que no caben en intelecto humano alguno. Y de nuevo pregunté si aquél era el Paraíso. Y la presencia divina dijo: «La obra de Dios escapa a las cortas fronteras de las mentes de sus hijos evolucionarios. Estos siete cordones de esferas perfectas reciben el nombre de Universo Central de Havona. Pero no son el corazón del Gran Universo. El primero de los anillos suma treinta y cinco millones de esferas. El último, más de doscientos cuarenta y cinco millones. Y esos mil millones de esferas son perfectas en su naturaleza y todo cuanto en ellas vive y se desarrolla es igualmente perfecto. Son las postreras moradas de las legiones de hijos de Dios que se encaminan a la Isla Eterna de Luz. Ése también será tu hogar en el futuro de los futuros.»

Las puertas del Paraíso

3 Y al cruzar los siete anillos de esferas perfectas de Havona, mi Dios y mensajero se detuvo. Y en mi visión vi cómo se arrodillaba y yo me arrodillaba en él. Y ante mí surgieron las puertas sin puertas del Paraíso. El centro del Gran Universo se alzaba ante mí y su luz era cegadora. Entonces supe que mi viaje había llegado a su fin. Y la voz del divino Monitor de Misterio anunció: «No está en mi poder que trasciendas los límites de las 21 esferas sagradas que rodean y guardan la Isla Eterna de Luz. Ante ti se levanta la Gloria de la Casa del Padre. Ése es tu verdadero destino y el destino de todos los hijos del Altísimo. Escribe cuanto veas y escuches porque te hallas en lugar sagrado.»

De esta forma supe que la Isla Eterna de Luz —llamada también Casa del Padre e Isla Eterna del Paraíso— no es fruto de la imaginación o del deseo de los mortales, sino una realidad física, sublime e indescriptible. Y el Monitor de Misterio habló así: «Esas esferas que tienes ante ti y que giran alrededor de la Isla Nuclear de Luz forman los tres circuitos trinitarios. Son las puertas de la Casa del Padre. Cada una de esas 21 esferas es un horno del que parten las energías organizadoras vivientes. Todas llevan un nombre y todas están al servicio del Padre, del Hijo Creador y del Espíritu Infinito.»

Y vi cómo aquellas esferas, siete primeras, siete segundas y siete terceras, eran en verdad como pequeños puntos de luz al lado de la Casa del Padre. Y el mensajero divino que me habita dijo: «No pretendas entender lo que, por tu tiempo, ni siquiera existe. La Isla Eterna del Paraíso es tan inmensa, tan gloriosa y bella que sólo los afortunados que ya han culminado su carrera ascensional podrían sentirla: nunca describirla. A tus ojos se asemeja a una infinita rueda o isla de luz y con ello basta. Es su presencia real lo que debe llenarte de esperanza. Hacia ella, lenta pero progresivamente, voláis cuantos habéis sido creados y distinguidos por el amor del Padre.»

Y en mi visión me fue dado conocer que el Paraíso existe independientemente del tiempo y que es el centro eterno del Gran Universo y que de él nace el espacio y cuantas energías físicas son y sostienen lo creado. Y su gran eje es un sexto más largo que su pequeño eje y que determina el Norte astronómico absoluto. Y todos los cuerpos celestes que fueron, son y serán se miden y orientan según la Casa del Padre.

Todo lo espiritual es real

4 Y de las 21 puertas del Paraíso vi salir otros tantos jinetes alados. Doce pasaron de largo, derramando la vida a su paso. Eran los sembradores divinos de los espacios creados e increados. Los otros nueve me llamaron por mi nombre. Y el primero dijo:

«Juan, no has llegado en vano hasta las puertas de la Suprema Bondad. Escribe cuanto veas y escuches. Esto es lo que hay escrito en la primera puerta: "Los seres y las cosas espirituales son reales. También lo es la Casa del Padre. Ella es el centro de lo creado y el lugar donde moran el Padre Universal, el Hijo Eterno y el Espíritu Infinito. Aquí habitan también sus asociados divinos."»

Y el segundo heraldo de Dios dijo:

«Juan, no has llegado en vano hasta las puertas de la Suprema Belleza. Esto preside la segunda de las puertas del Paraíso: "La Isla de Luz es el corazón cósmico del Maestro Universo. Nada le iguala en belleza y perfección. Ésta es la casa material y espiritual de la Trinidad. Ésta es la Residencia Divina."»

Y el tercero de los jinetes alados dijo:

«Juan, no has llegado en vano hasta las puertas de la Suprema Verdad. Escucha lo que en ella se anuncia: "He aquí la Casa de la Deidad. La presencia personal del Padre habita en el centro mismo de la superficie superior de esta morada circular. Y junto al Padre se halla el Hijo y ambos son revestidos por la gloria del Espíritu Infinito. Él habita, ha habitado y habitará perpetuamente esta Isla Nuclear de Luz. Siempre le hemos encontrado en ella y así será, incluso más allá del no-tiempo. Éste es su hogar. Ésta es la Casa del Padre. Ésta es nuestra Casa."»

El camino hacia el Paraíso

Y el cuarto emisario dijo:

«Juan, no has llegado en vano hasta las puertas de la Suprema Sabiduría. Esto fue grabado en la cuarta puerta: "Sólo las personalidades de la Divinidad conocen los caminos del Paraíso. Pero todos estáis llamados a ser Dios. Todos encontraréis el sendero hacia el corazón del Maestro Universo. Todos amaneceréis en la Morada del Padre. Al igual que el buen piloto sabe hallar los rumbos y los puertos, así, los hijos del Altísimo, siempre guiados por la presencia divina que los habita, sabrán navegar por los universos de los universos hasta descubrir el gran resplandor central de la Casa de Dios. Tú, que has llegado hasta aquí, sabes ahora que las promesas divinas nunca son estériles."»

Y el quinto enviado dijo:

«Juan, no has llegado en vano hasta las puertas del Supremo Amor. Esto dice la quinta puerta: "Cuanto aquí leas, aquí permanecerá por toda la eternidad. Nada puede modificar la esencia y el emplazamiento de la Isla Eterna. Los ríos de vida que de ella entran y salen y las corrientes de energía que de ella manan son los cimientos de la Creación. Sin la Casa del Padre, todo sería caos."»

La capital de Dios

Y el sexto dijo:

«Juan, no has llegado en vano hasta las puertas de la

Suprema Infinitud. Cuanto figura escrito en la sexta puerta corresponde a la verdad. Ésta es la capital de Dios. Ésta es la capital de los reinos materiales y espirituales: la más excelsa e infinita de las moradas y sedes. Todo rey tiene su trono. Éste es el trono del Supremo Rey.»

Y el séptimo de los jinetes alados dijo:

«Juan, no has llegado en vano hasta las puertas de la Suprema Rectitud. Esto reza sobre la séptima de las puertas del Paraíso: "Sólo aquí existe la quietud. Sólo la Isla Eterna permanece inmóvil. Sólo ella, en su inmovilidad, es causa de todo movimiento."»

Y el octavo dijo:

«Juan, no has llegado en vano hasta las puertas de la Suprema Justicia. Escribe lo que proclama el dintel de la octava puerta de la Casa del Padre: "He aquí el camino hacia el Alto Paraíso. He aquí el camino hacia el Bajo Paraíso. El primero es el universo de las actividades personales y de la Trinidad. El Absoluto Incondicionado habita en el segundo."»

Y el último de los jinetes alados dijo:

«Juan, no has llegado en vano hasta las puertas de la Suprema Misericordia. Escucha mi voz, la del heraldo de la novena puerta. Así fue escrito sobre la eternidad: "Todo nace en la Casa del Padre Universal. El espacio brota del Bajo Paraíso y el tiempo, del Alto Paraíso. Aquí no hay tiempo. Olvida otras realidades, otros tiempos y otros mundos. Ésta es la realidad de un mundo sin tiempo. La Casa del Padre es el no-espacio. Sus superficies son absolutas y sus servicios inconmensurables, dignos de la Suprema Misericordia. En ella te encuentras."»

Y en mi visión supe que las otras doce puertas de la Isla Nuclear de Luz son puertas selladas y que sólo se abrirán en el no-tiempo.

El absolutum

5 Y los mensajeros de Dios retornaron a sus puertas. Y el Monitor de Misterio siguió arrodillado ante la majestad del Paraíso y yo en él. Y el Dios que me habita y que me había conducido hasta las 21 esferas santas, puertas todas de la Casa del Padre, puso en mis manos el cofre de la Verdad del Paraíso. Y al abrirlo hallé en él la Ley de

la Gran Morada de la Deidad. Y fue Él quien leyó la Ley: «Escribe después lo que escuches. Esto es lo que es y lo que guarda lo que se levanta ante ti. Ésta es la revelación de Dios. Esto es la Isla Nuclear de Luz. Juan, escucha lo que fue escrito antes del tiempo y del espacio.»

Y esa Ley decía:

«La Casa del Padre es física y espiritual. Su naturaleza física no tiene réplica en el resto de lo creado. Esa sustancia física es una organización homogénea de potencias. Esta materia prima del Paraíso no está muerta ni viva. Es llamada absolutum y es la expresión original no espiritual de Dios. Se define por sí misma: es el Paraíso y no existen dos Paraísos.»

El Alto Paraíso

«Esto es el Alto Paraíso. Tres esferas divinas lo constituyen: la esfera de la Presencia de la Deidad, la esfera Muy Santa y la esfera Santa. El intelecto de las no Deidades no puede penetrar ni soportar la Presencia Divina; sólo adorarla.

»Esto es la esfera Muy Santa: una casi infinita región que circunda a la esfera primera —la de la Presencia de la Deidad— y que ha sido reservada para el culto, la trinitización y el logro espiritual superior. Nada físico o material, nada de lo creado en los universos del Gran Universo, puede sobrevivir en la esfera Muy Santa. Ni siquiera las máximas creaciones intelectuales. He aquí el reino del Espíritu Superior. Los peregrinos del tiempo y del espacio sólo conocen la esfera Santa y así será más allá del no tiempo.»

Y la Ley de la Gran Morada de la Deidad dice:

«Esto es la esfera Santa: las siete casas paradisíacas del padre. Suman siete y todas giran alrededor de la esfera Muy Santa. La primera, la muy próxima a la esfera Muy Santa, es habitada por los hijos nativos del Paraíso y de Havona.. La segunda es residencia de los hijos de los siete Superuniversos del tiempo y del espacio. Tus hermanos aguardan aquí su definitiva ascensión. Y la segunda de las moradas paradisíacas del padre fue dividida en siete moradas y en ellas cumplen su destino legiones de seres espirituales y miríadas de criaturas ascendentes. Y cada una de las siete grandes moradas de la esfera Santa está consagrada a la Felicidad y al avance en la Perfección de los hijos evolucionarios de cada uno de los siete Superuniversos del Gran Universo. Y la Ley del Paraíso dice que esas siete regiones de la esfera Santa apenas si se han llenado. Porque cada una de esas siete moradas es fruto del Amor y de la Infinitud de Dios. Y la Ley dice: Cada morada de la esfera Santa será dividida en unidades residenciales. Y en cada una morará un billón de grupos activos de hijos glorificados. Y mil unidades residenciales serán una división. Y cien mil divisiones serán una congregación. Y diez millones de congregaciones serán una asamblea. Y un billón de asambleas serán una gran unidad. Y siete grandes unidades serán llamadas unidades maestras. Y así será hasta el infinito. Y la Ley dice: Y aun así, las siete moradas de la esfera Santa seguirán sin colmarse. Y ni siquiera se llenarán con las multitudes de hijos glorificados que nacerán en el futuro eterno.»

El Bajo Paraíso

6 Y esa Ley decía:

«Sólo la Deidad conoce el Bajo Paraíso. Todo cuanto aquí ha sido recogido nace de la revelación divina. Ninguna criatura —perfecta o evolucionaria— ha penetrado jamás los misterios de las antípodas del Alto Paraíso. Nadie reside en el Bajo Paraíso. Ni siquiera la Deidad Absoluta. La revelación dice que es el seno de todos los circuitos de energía física y de la fuerza cósmica. Es el corazón del poder físico y el eterno manantial del oleaje energético que conmueve el Maestro Universo. En su centro se instala la zona oscura e inexcrutable de la Infinitud. Y otra región de Misterio rodea al misterio de la Infinitud. Y en el borde exterior del Bajo Paraíso fluye la Fuerza y la Fuerza de las Fuerzas que todo lo alimenta. Es el brazo y el aliento del Maestro Universo. Y la revelación dice: "Este horno de Fuerza está formado por tres anillos concéntricos. El primero e interior asume las actividades energéticas de fuerza de la Isla Nuclear de Luz. El exterior asume las funciones del Absoluto Incondicionado. El segundo anillo apenas si ha sido revelado a los hijos del Todopoderoso."»

Y la Ley dice:

«Esto es el primer anillo de la superficie exterior del Bajo Paraíso: un corazón eterno e invisible que bombea la energía precisa hasta los límites del espacio físico. Él dirige y modifica las energías de fuerza. Y esa fuerza-madre del espacio ingresa por el sur y fluye por el norte.»

Y la Ley dice:

«Esto es el anillo central de la superficie exterior del Bajo Paraíso: un corazón eterno e invisible que pulsa, regulando los espacios vacíos e intermedios del Maestro Universo. La realidad no ha sido revelada y permanece en el misterio. Sólo ha sido escrito que pulsa.»

Y la Ley dice:

«Esto es el tercer anillo de la superficie del Bajo Paraíso: un sol indescriptible e infinito que irradia en todas direcciones, alcanzando los límites extremos de los siete Superuniversos y los vastos e incomprensibles dominios del espacio increado. Este sol responde a la voluntad y a las directrices de las Deidades infinitas, cuando éstas actúan como Trinidad. Todas las formas de fuerza y todas las fases de energía circulan por el Maestro Universo, regresando al Paraíso por rutas precisas. Las pulsaciones de esta zona exterior de la Isla Nuclear de Luz se repiten en ciclos de proporciones gigantescas. Y la Ley dice: durante un billón de años de los mundos del tiempo y del espacio, esta fuerza es centrífuga. Y durante un billón se vuelve concéntrica. Y esas manifestaciones de fuerza espacial son universales.»

Y la Ley dice:

«Y todas las fuerzas y la materia no son más que una sola cosa. Y todo nace del Bajo Paraíso. Y todo regresará a él. Y esa expansión y contracción del espacio sucede cada dos billones de años del tiempo de los mundos evolucionarios.»

Y del cofre de la Verdad del Paraíso surgió la tercera y última revelación sobre la Ley que lo describe y gobierna. Y ésta es la Ley del Paraíso Periférico:

«La Isla Nuclear de Luz —la Casa del Padre Universal— no sólo la forman el Alto y Bajo Paraísos. También el Periférico cumple su papel.

»Esto es el Paraíso Periférico: las áreas de partida y desembarco de las legiones de hijos del Santo entre los Santos. Esto dice la Ley: la Isla Eterna termina bruscamente en su periferia. Y sus dimensiones son tan inimaginables que sus ángulos terminales resultan poco menos que imperceptibles.»

El Alto y Bajo Paraísos, inabordables

«No han sido hechos el Alto y Bajo Paraísos para el pie de los hijos de Dios. Ambos son inabordables. Sólo el Periférico ha sido dispuesto para los supernafines transportadores y para el resto de los franqueadores de espacios y de tiempos. Aquí llegan y de aquí parten los Mensajeros Solitarios y cuantos hijos de Dios son y serán. Aquí tienen su hogar los siete Maestros Espíritus. Aquí, en el Paraíso Periférico, han sido levantados los inmensos parques históricos y proféticos, que contienen el pasado de cada uno de los Hijos Creadores y de sus respectivos universos locales del tiempo y del espacio. Y son siete trillones los que ya emergen en la periferia de la Casa del Padre. Y con todo, esos siete trillones de parques no son ni el cuatro por ciento de lo que la gloria de Dios tiene establecido. Y la gloria del Padre es infinita.»

Es por todo esto que ha sido escrito: «El ojo no ha visto, el oído no ha escuchado y el pensamiento de los mortales no ha percibido las cosas que el Padre Universal ha preparado para aquellos que sobreviven a la vida de la carne sobre los mundos del tiempo y del espacio.» Quien tenga oídos, oiga la Ley que rige y describe las muchas moradas de la Casa del Padre.

El Paraíso: la meta final

7 También ha sido escrito: «En la Casa de mi Padre hay muchas moradas.» Ése es el destino de cuantos han sido creados con voluntad. Ésa es la meta de los altos y de los perfectos, de los mortales y de todas las personalidades espirituales que rigen, gobiernan o sostienen los mundos perfectos y los mundos del espacio y del tiempo. Pero ese destino supremo no se alcanza con la muerte. La carrera ascensional para las criaturas evolucionarias e incluso para legiones de hijos creados en perfección es lenta y dilatada. La radiante Presencia del Padre se aloja en la Isla Nuclear de Luz. No os engañéis con las promesas de

las religiones de los mundos del tiempo y del espacio. El sueño de la primera muerte conduce a la luz; nunca a la Suprema Luz. Antes es preciso recorrer el ascendente camino de la Infinitud. Y el Paraíso es el centro geográfico de la Infinitud. El Paraíso es la residencia eterna, gloriosa y real del Padre. No una entelequia. Su morada es el modelo de todas las moradas. El Paraíso es la sede universal de cuantas actividades tienen que ver con la personalidad. Es la fuente central de todas las manifestaciones de fuerza y energía espaciales. Todo cuanto ha existido, existe y existirá procede de la morada del Padre. El Paraíso es el corazón de toda la Creación. De él procedemos y a él retornaremos. Todo mortal que descubra a Dios y se comprometa en su búsqueda habrá emprendido un camino sin retorno. El único camino: el de la Isla Nuclear de Luz. ¡Benditos todos aquellos que se sientan peregrinos del Paraíso!»

Las siete escuelas de Dios

1 Y después de esto fui devuelto a la negrura. Y en mi visión vi, al norte del Gran Universo, el primero de los Superuniversos. Y era como una rueda dentada, plena de luz y de gloria. Y en él han sido reunidos cien mil universos más pequeños. Y en el centro del primer Superuniverso se halla la primera Escuela de Dios. Y en ella se enseña el primero de los atributos de la Deidad. Y el primero de los Siete Espíritus Maestros me habló así:

Arriba, en los cielos y abajo, en la tierra

«Sólo Dios es omnipresente. Escucha, hijo de la tierra, la primera maravilla del Padre.

»La aptitud de Dios para estar simultáneamente presente en todas partes, en todos sus reinos y en toda su Creación forma el primero de sus atributos: la ubicuidad divina. Sólo Él puede hallarse en un mismo instante en infinitos lugares. Dios está simultáneamente arriba, en los cielos y abajo, en la tierra. Y ha sido escrito: "¿Dónde iré para alejarme de tu espíritu? ¿Hacia dónde huiré para escapar de tu presencia?"

»Él llena los cielos y la tierra. Él es un Dios al alcance de la mano. ¿Quién puede igualarle? Él colma la fracción y el todo. Él es la plenitud. Él lo llena todo en todo. Él lo anima todo en todo. Y, aun así, la totalidad del Padre es mucho más. Ni lo creado ni lo increado pueden contenerle. Él los rebasa y desborda. ¿Cómo podré revelar al Infinito desde lo finito? Jamás la causa podrá ser plenamente comprendida por sus efectos. El Padre Universal es inmensamente mayor que su propia obra. Su obra es sólo la sombra fugaz de alguien que pasó. Dios ha sido revelado a la Creación, pero la Creación no puede abarcar su Infinitud.»

«Su huella está en todo. Mirad a los cielos y allí está su mano. Mirad en vuestros pensamientos y allí está su esencia. Es el don divino. Es el Monitor de Misterio. El hombre mortal busca a Dios en las estrellas y en la cara oculta de la naturaleza, sin saber que hace tiempo se instaló en su alma. Este Dios no es un Dios lejano. Su voz es nuestra voz. Su luz es nuestra luz. No busquéis compañeros de viaje. Él es el gran compañero. Su ubicuidad es consecuencia de su infinitud. ¿Dónde podréis esconderos? La Creación no es obstáculo para la Deidad. Sólo los necios claman y exigen su presencia física y visible. La fulgurante presencia divina sólo es posible en la Morada de la Deidad. Sólo en el Paraíso es posible su contemplación. No esperéis contemplarlo en el resto de la Creación. Allí, su infinita Sabiduría ha delegado en los jefes y creadores de los universos del tiempo y del espacio, confirmando así su excelsa soberanía. En el concepto de la Presencia Divina es necesario dejar espacio a un amplio campo de modalidades y de canales de manifestación, que abarcan los circuitos de presencia del Hijo Eterno, del Espíritu Infinito y de la Isla Nuclear de Luz. Sólo en los Monitores de Misterio, regalados a todas las criaturas evolucionarias, está la mano directa, personal y amorosa del Padre. Éste es vuestro gran patrimonio.»

Dios lo impregna todo

«El Padre Universal lo impregna todo. Él está en los circuitos y en las corrientes de fuerza del Paraíso. Él está en cada gramo de materia del Maestro Universo: en la luz de los Superuniversos y en la negrura de los espacios increados. Él está en todos los tiempos y en el no-tiempo. Él está en los depósitos del futuro y en las reservas del pasado. Él está en sí mismo y más allá de sí mismo. Y esa presencia divina en todo lo creado guarda sus grados. El reconocimiento de Dios por parte de sus criaturas y su grado de lealtad determinan la intensidad de dicha presencia. Pero incluso los mundos rebeldes, obstinados y sumidos en las tinieblas del error gozan de la mano del Señor. En vosotros, criaturas dotadas de voluntad y habitadas por un Dios, está la sublime posibilidad de intensificar esa presencia de la Deidad. Basta con desearlo. Basta con reconocer al don que os ha sido regalado desde la Isla Nuclear de Luz. No culpéis al Padre de vuestras íntimas soledades. Las fluctuaciones de la presencia de Dios no son debidas a su variabilidad. Dios no cambia. Dios no se retira o desaparece porque haya sido desestimado. Dios no huye de la maldad o del error. Dios no se aleja de sus criaturas imperfectas. Sois vosotros los que habéis recibido el poder de elegir. Dios penetra el alma humana —abierta o cerrada al concepto y a la necesidad de perfección— con idéntica intensidad. Pero lo hace más abundantemente sobre el espíritu que le reclama.»

No hay poder, sino de Dios

2 Y en mi visión vi también la segunda rueda de mundos: el segundo Superuniverso, al norte del Paraíso, preparándose para virar hacia el oeste. Y, como el primero, asemejaba a una rueda dentada, blanca y plena de gloria. Y en el centro de sus cien mil universos se halla la segunda Escuela de Dios. Y en ella se enseña el segundo de los atributos de la Deidad. Y el segundo de los Siete Espíritus Maestros me habló así:

«Sólo Dios es el Poder. Escucha, hijo de la tierra, la segunda maravilla del Padre.

»Está escrito: "No hay poder, sino de Dios." Toda la creación lo sabe: "El Omnipotente reina." Él vigila los asuntos de todos los mundos. Él gobierna en los ejércitos celestiales y en las criaturas. En Él todo es posible. En Él todas las cosas son posibles. Él sostiene los universos y los hace circular en el círculo de la eternidad. Todo ha sido escrito por Él y todo sigue sus designios.

»De todos sus atributos, la Omnipotencia es el mejor comprendido en los vastos dominios de la materia. Es justo, ya que Dios es también energía. Todo es manifestación de su poder: la luz que os ilumina, la noche que os cubre, la vida que habéis recibido, la que se os ha permitido transmitir y hasta el sueño de la muerte. Él ha trazado los caminos de la luz y el orden de los sistemas planetarios. Él ha decretado la hora y el modo de manifestación de todas las formas de energía y de materia. No hay una sola brizna de hierba que no haya brotado de acuerdo con sus planes y sabiduría. No hay error en la naturaleza. Sólo en vuestros corazones limitados. Nada muere o desaparece por error divino. Todo se transforma, de acuerdo con sus designios. ¿Por qué dudáis entonces? Ningún hijo inmortal, consciente de su filiación divina, puede dudar de su Padre Celestial. Él es el poder y la gloria. Él vigila hasta el último de vuestros cabellos y hasta el más recóndito de vuestros pensamientos. Sois para Él como el cristal. Y toda la Creación es como el cristal. Él, en su infinito poder, ajusta vuestros imperfectos pensamientos merced a los Monitores de Misterio. Dejad que ese don divino os conduzca.»

Su poder no es ciego ni incontrolado

«Ante situaciones de emergencia, ante la aparente suspensión de leyes naturales e inmutables, ante los ficticios vacíos de Dios, vuestro limitado intelecto duda. Y duda, incluso, del recto poder divino. Este humano concepto de Dios es propio de criaturas que lo ignoran todo sobre las sagradas y excelsas leyes de la Deidad y sobre la infinitud de los atributos del Padre. Dios no es una fuerza cambiante. Su poder es férreo y monolítico. Su poder y sabiduría están preparados para hacer frente a todas las exigencias de la Creación. Las grandes pruebas de la existencia humana han sido previstas con antelación. Él las conoce y controla. Él las permite. Él ata y desata. Nada en el Gran Universo o en los espacios increados escapa a la armonía infinita. En la aparente violencia destructora del rayo está la armonía. En el duelo y en el sufrimiento se consolida la armonía. La tormenta limpia y armoniza. En la rebelión y en el desamor también campea la posibilidad de la armonía. No juzguéis por las apariencias. El poder de Dios no es una fuerza ciega. Las criaturas habitadas por el Espíritu de Dios y dispersas en los Superuniversos están tan próximas en número a la infinitud y sus mentes resultan aún tan imperfectas y groseras que es casi imposible formular leyes generales que expresen con precisión los atributos infinitos del Padre Universal. Sólo por ello, muchos de los actos del Creador se os antojan crueles, arbitrarios y absurdos. Está escrito: "Los caminos del Señor son inexcrutables." Y yo, uno de los Siete Espíritus Maestros, os digo:

los caminos del Señor son inexcrutables para la creación limitada de los mundos del tiempo y del espacio. Los caminos del Señor son sabios y amorosamente trazados desde el principio de los principios. Pero vosotros, criaturas mortales, no podéis entenderlo. Los actos de Dios son inteligentes, benevolentes y siempre intencionados. Toman en consideración el bien mayor, aunque ese bien supremo y general pueda oscurecer transitoriamente el Destino o la felicidad de un ser, de un mundo o de toda una asociación de mundos. En los universos del tiempo y del espacio, la felicidad de una fracción difiere en ocasiones de la felicidad del conjunto. En el círculo de la eternidad, esas aparentes anomalías no existen. Estáis limitados por vuestra naturaleza humana. Y eso provoca que vuestros puntos de vista sean esencialmente materialistas, fragmentarios, finitos y relativamente verdaderos. Sois como ciegos topos que jamás conocieron otro mundo que el de sus oscuras galerías. Pero yo os aseguro que por encima de esos túneles existen otros infinitos mundos, infinitamente más bellos e infinitamente más justos. Temporalmente, mientras dure vuestra actual encarnación en la materia, estaréis parcialmente ciegos y sordos, sin posibilidad de comprender en todo su esplendor la benevolencia y la sabiduría de los actos divinos. Muchos de esos actos se os antojan crueles y ajenos a la felicidad individual y colectiva de los hombres. Algún día, no muy lejano, comprenderéis que todo lo creado forma la gran familia de Dios y que en esa familia no hay distinciones, sino amor. El niño mortal no comprende a veces las sabias y justas decisiones de su padre o de su madre terrenales. Pero todas ellas son concebidas y puestas en acción por el bien estricto del hijo. Es vuestra infantil naturaleza —inmensamente joven en el conjunto de lo creado— lo que distorsiona vuestra idea de Dios y hace que os engañéis sobre sus móviles y amorosos designios. Pero algún día creceréis.»

Los límites del poder de Dios

«No existen límites al poder de Dios, salvo aquellos que Él mismo, por su propia voluntad, ha decidido establecer en sus manifestaciones espirituales. Éstas son las tres únicas realidades que condicionan esa Omnipotencia: la naturaleza divina. En especial, su amor infinito. La voluntad divina. Es especial, su tutela misericordiosa y sus paternales relaciones con las personalidades del universo. La ley de Dios. En especial, la rectitud y la justicia de la eterna Trinidad del Paraíso.

»El Padre Universal es, pues, ilimitado en su poder. Es divino en su naturaleza. Es final en su voluntad. Es infinito en sus atributos. Es eterno en su sabiduría y absoluto en su realidad. Y todo esto aparece unificado en la Deidad y se expresa universalmente por la Trinidad y por los divinos Hijos de la Trinidad.»

Dios llama a cada estrella por su nombre

3 Y después de esto vi la tercera Escuela de Dios. Se hallaba en el centro de la rueda dentada del tercero de los Superuniversos, aquel que gira en la negrura, al septentrión del gran sendero del espacio. Y este tercer Superuniverso es como los otros y en él palpitan cien mil universos. Y en la tercera Escuela se enseña el tercero de los atributos del Padre. Y de nuevo, en mi visión, escuché la voz del tercero de los Siete Espíritus Maestros de la Creación. Y habló así:

«Sólo Dios es omnisciente. Escucha, hijo de la tierra, la tercera de las maravillas del Padre.

»Sólo Él conoce el número de estrellas. Sólo Dios las llama a cada una por su nombre. Sobre su conciencia reposan todos los mundos creados y los increados. Sólo Dios conoce todas las cosas. Su pensamiento es el único que está en todos los pensamientos. Él pesa las nubes. Su Hijo Creador, encarnado en la vida humana, lo anunció con verdad: "Ni uno solo de estos pajarillos caerá a tierra sin que mi Padre lo sepa." Su conocimiento de lo que ya ha sucedido, de lo que sucede y de lo que deberá ocurrir es perfecto y universal. Sus ojos están en la vida y en la muerte, en lo visible y en lo invisible, en el tiempo y en el no tiempo. Y ha sido escrito: "Ciertamente he visto vuestra aflicción, he oído las quejas y conozco los sufrimientos de mi pueblo." Sus ojos están en los cielos y en la tierra. Todo hijo de la creación puede proclamar en verdad y en justicia: "Él conoce el camino que yo tomo. Y cuando me haya puesto a prueba, saldré del mismo como el oro."»

«Todo está desnudo para Él. Ni siquiera el recóndito laberinto de vuestros pensamientos escapa a su visión. Él sabe de vuestros avances y retrocesos. Él conoce la debilidad de vuestra estructura. Él sabe que procedéis del polvo y que el polvo os limita. Por ello escribe en piedra vuestros aciertos y en el aire vuestros errores. Él admira vuestra tenacidad y alienta vuestro amor. Él comprende las caídas y la confusión de la voluntad. Él está presto. Nunca se agota. En el principio, en el camino y detrás del sueño de la muerte, allí está su huella. Él ha pasado primero y Él pasa el último. ¡Dichosas las criaturas del tiempo y del espacio que descubren la permanente y amorosa sombra de la Divinidad! No necesitarán pedir. No necesitarán suplicar. No necesitarán ahorrar ni acumular. Todo será suyo, antes incluso de necesitarlo. Descansad en la voluntad del Padre y vuestro trabajo será suave y ligero.»

Dios nunca es pillado de improviso

«No está en nuestra mano conocer si el Padre Universal sabe de antemano de la iniquidad de sus hijos. Ello pertenece al misterio insondable de su Infinitud y de su Sabiduría. Él ha trazado el Destino de los hombres y de todas las criaturas. E incluso en la iniquidad, su presencia no desfallece. Pero, en su infinita omnisciencia, permite que nos equivoquemos. Su divina presencia en cada una de sus criaturas no está enfrentada a la libertad individual. Ambas conviven, aunque el Destino final de los hijos evolucionarios sea siempre la perfección. Vosotros, hijos del tiempo y del espacio, difícilmente podéis comprender el alcance y los límites de la voluntad del Creador. La omnipotencia no supone poder hacer lo que es antidivino. De igual modo, la omnisciencia tampoco implica el conocimiento de lo incognoscible. ¿Por qué imagináis entonces que Dios es la causa primigenia del pecado y de la iniquidad? Él lo conoce, pero no lo ha creado. Él no puede crear lo antidivino. La iniquidad es fruto de la libertad recortada de sus hijos. Por ello, jamás el mal podrá equipararse a la Deidad.»

4 Y en mi visión apareció ante mí el cuarto de los Superuniversos, girando en mitad de la negrura. Y sus cien mil universos eran como un estallido de luz. Ésta es la cuarta rueda dentada que gira gloriosa en torno al Gran Universo. Y en su centro se halla la cuarta Escuela de Dios: la que muestra el cuarto de los atributos del Gran Padre. Y de ella partió la voz del cuarto de los Siete Espíritus Maestros. Y habló así:

«Sólo Dios es ilimitado. Escucha, hijo de la tierra, la cuarta de las maravillas del Padre.

»¿Creéis que Dios es como el viento del desierto, que se agota a los tres días? ¿Creéis quizá que su manantial conoce la sequía? La infinita y continua expansión de su esencia no ha mermado sus límites. Dios no tiene límites. Él impone las fronteras en lo material. Pero sus fronteras aún no han sido dibujadas. La sucesiva y permanente creación de universos no merma su poder ni las reservas de su sabiduría. Éstas se hallan intactas y siguen reposando en la personalidad central de la Deidad. El Padre Universal no sabe de la palabra merma. Su potencial de amor, de poder y de sabiduría es como la luz del sol: jamás retrocede. Nada ni nadie puede despojarle de sus atributos. Ni siquiera el eterno derrame de sí mismo desgasta su carácter ilimitado. Imaginad, si podéis, una creación infinita. Imaginad, si podéis, un ilimitado universo material al que siguiera un infinito universo increado. Pues bien, aun así, el poder de control y de coordinación de la Isla Nuclear de Luz respondería con creces a tan inimaginable creación divina.»

Dios no empobrece su sabiduría

«De la misma forma, la ilimitada efusión de su pensamiento divino sobre miriadas de criaturas no empobrece su sabiduría. En el final de los tiempos, los hijos evolucionarios del Padre no podrán ser contados. Sólo Dios llamará a cada uno por su nombre. Y, sin embargo, a pesar de la magnificencia de esa obra, los límites y las reservas de su sabiduría se hallarán intactos. Es el gran misterio de su naturaleza santa e ilimitada. Él entra en cada uno de los hombres y mujeres de los mundos del tiempo y del espacio y os llena. Pero Él sigue lleno. Legiones y legiones de legiones de Monitores de Misterio pueblan los siete Superuniversos, otorgando a cada criatura la suprema posibilidad de vidas futuras y de la vida eterna. Él descarga así, en cada uno de sus hijos amados, la más valiosa herencia: la inmortalidad. Y aun así, su sabiduría y perfección siguen intactas. Porque el Gran Padre es omnipotente, omnisciente e infinitamente ilimitado. Pero no me pidas que sea igual al Padre. Aunque yo proceda de los alrededores de la Morada Eterna, la Infinitud sólo puede ser comprendida por la Infinitud. Vosotros, mortales del reino del tiempo y del espacio, disfrutáis de la sublime posibilidad de un porvenir. En esa larga marcha iréis descubriendo lo que yo ahora no puedo revelaros.»

El amor: único camino para la experimentación de Dios

«Así está escrito en la Escuela de Dios: ninguna criatura finita pretenda lo Infinito. El pensamiento limitado de los hijos limitados no sabe concebir una verdad absoluta. Sois pasto de las verdades parciales. Un solo camino se abre ante vosotros. Un solo camino que conduce, no al conocimiento del Padre, sino a su experimentación. Es por el amor por lo que podréis sentir su presencia. Es en el amor donde se baña Dios. Es con amor como se saldan las deudas. Es el amor el ropaje que os hace en verdad a su imagen y semejanza. Y ese amor será tanto más grande e intenso cuanto mayor sea vuestra disposición para buscar a Dios. ¡Benditos los que, aún dudando de sí mismos, se esfuerzan en el amor! ¡Benditos los hijos evolucionarios que, a pesar de sus errores, no pierden la fe en el amor! El amor os ha sido regalado. ¡Trabajadlo pues!»

Dios delega en sus criaturas

5 Y vi después la rueda blanca, luminosa y dentada del quinto Superuniverso. Navegaba en la negrura, proclamando así la gloria del Señor. Y del corazón de sus cien mil universos recibí la llamada del quinto de los Siete Es-

píritus Maestros: el que vela en la quinta Escuela de Dios. Y en mi visión escuché:

«Sólo Dios gobierna. Escucha, hijo de la tierra, la quinta maravilla del Padre.

»El Padre no actúa directamente en los Superuniversos. He aquí otra de sus excelsas prerrogativas. Son sus jefes, delegados y personalidades espirituales quienes le representan en el gobierno de lo creado. Y esto obedece a su propia voluntad. Y es así como Él gobierna sobre todo lo creado y lo increado. Y su elección es siempre justa e infalible. No en vano ha sido escrito: "Él destrona reyes y los eleva. Todas las tierras y mundos le pertenecen y los Muy Elevados mandan en los reinos de los hombres." El Padre gobierna así desde lo más alto a lo más bajo. Son sus hijos quienes le representan y sirven. Y la cadena desde el Paraíso hasta el último de los mundos evolucionarios del tiempo y del espacio es inconmensurable.»

El gran error de las criaturas evolucionarias

«En vuestra natural limitación y falta de comprensión de los planes divinos, los hombres confundís con frecuencia al Supremo Gobernante con sus hijos delegados. Y os habéis postrado temerosos ante sus ángeles, llamándoles Señor y Santo de los Santos. Son ellos, las criaturas perfectas del Padre, quienes deben postrarse ante vosotros, que habéis sido regalados con la chispa prepersonal de Dios. Vuestro mundo y todos los mundos de los siete Superuniversos son vigilados, protegidos y sostenidos por una miríada de excelsas criaturas que proceden de la Divinidad, pero que no son la Divinidad. A pesar de vuestras azarosas vidas, Él está en vosotros. Y vosotros sois la envidia de la Creación.»

Todo ha sido previsto

«¿Por qué os abrumáis? ¿Por qué levantáis vuestros ojos y clamáis justicia? Las incertidumbres de vuestras vidas también obedecen al gran plan de la Divinidad. Vuestras angustias, calamidades, errores y pruebas continuadas no ensombrecen ni contradicen la soberanía universal de Dios.

Es Él, en su infinita sabiduría, quien así lo ha dispuesto. Todo ello estaba previsto, antes, incluso, de vuestra creación. No culpéis por tanto al Padre ni a sus hijos subordinados. Todo ha sido escrito en beneficio de todos. Todo ha sido previsto. Si es buena la fuerza de carácter, ¿por qué os lamentáis ante la adversidad? ¿No comprendéis que todo ello es obra del Padre? Responded a esa prueba fortaleciendo vuestro coraje.

»Si es bueno el servicio a vuestros semejantes, ¿por qué os alarmáis ante la desigualdad social? ¿No comprendéis que todo ello es obra del Padre? Responded a esa prueba con el amor desinteresado.

»Si es buena la confianza en sí mismo y en la voluntad de Dios, ¿por qué rasgáis vuestras vestiduras ante la inseguridad y la incertidumbre? ¿No comprendéis que todo ello es obra del Padre? Responded a esa prueba con la esperanza.

»Si es buena la afirmación del pensamiento humano, ¿por qué desfallecéis? ¿No comprendéis que todo ello es obra del Padre? Responded a esa prueba con la humildad.

»Si es bueno el amor a la verdad, ¿por qué os alarmáis ante el error y la mentira? ¿No comprendéis que todo ello es obra del Padre? Responded a esa prueba con vuestra verdad, aunque ello os conduzca a la muerte y a la ruina.

»Si es buena la búsqueda de Dios, ¿por qué os entristecéis con la maldad del mundo? ¿No comprendéis que todo ello es obra del Padre? Responded a esa prueba con una permanente lucha por la belleza y la bondad.

»Si es buena la lealtad, ¿por qué retrocedéis ante la traición? ¿No comprendéis que todo ello es obra del Padre? Responded a esa prueba con el valor y la amistad.

»Si es bueno el olvido de sí mismo, ¿por qué os empeñáis en buscar honores? ¿No comprendéis que todo ello es obra del Padre? Responded a esa prueba con el desinterés.

»Si es buena la felicidad, ¿por qué acusáis a Dios de enviaros el dolor y la soledad? ¿No comprendéis que todo ello es obra del Padre? Responded a esa prueba, asumiendo el sufrimiento propio y ajeno.

»Para alcanzar la Perfección es preciso primero haber conocido la imperfección.»

«No os comparéis a las criaturas perfectas del universo de Havona. Ellas forman parte de otros designios divinos. La apreciación de la verdad, de la bondad y de la belleza es inherente a la perfección de ese universo divino. Esos habitantes perfectos de los mundos perfectos de Havona no precisan del potencial de los niveles de valor relativo para estimular sus elecciones. Ellos son capaces de identificar y escoger el bien, en ausencia de toda situación moral que sirva de contraste y que fuerce a pensar. No lo olvidéis: es en virtud de su existencia por lo que dichos seres perfectos poseen su naturaleza moral y su estado espiritual. El hombre material, en cambio, gana su estatuto de candidato a la Perfección por su propia fe y por su esperanza. En cierto modo, sois la envidia de la Creación. La perfección de esos seres espirituales es intrínsecamente buena. Vuestra perfección, fruto del esfuerzo, es doblemente buena. Las criaturas de Havona no saben del valor humano. Las criaturas perfectas de Havona son perfectas en su amor, pero no conocen el altruismo humano. Los seres espirituales de Havona confían en su excelso futuro, pero jamás estarán llenos de la maravillosa esperanza que colma a los hombres. Ellos, y yo con ellos, tienen fe en la inmutable estabilidad del universo, pero somos ajenos a la fe salvadora y vivificante que es capaz de elevar a un mortal desde el estatuto de animal al de Hijo de Dios. Los habitantes de Havona aman la verdad, pero ignoran que esa verdad puede salvar el alma. Son leales, pero no han pasado por la sublime experiencia de averiguar por sí mismos el sabor del triunfo sobre las tentaciones. Conocemos el placer, pero jamás sabremos de la dulzura que representa escapar del dolor. Las criaturas de Havona son desinteresadas, pero nunca sabrán del dominio del egoísmo.

»Está escrito: somos perfectos por el amor de Dios. Vosotros, criaturas mortales del tiempo y del espacio, lo seréis por vuestro amor a Dios.»

6 Y en mi visión vi también el sexto Superuniverso, girando en torno al Gran Universo. Y sus cien mil universos proclamaban la gloria del Señor. Y de la sexta rueda de mundos escuché la voz del sexto de los Siete Espíritus Maestros. Él regenta la sexta Escuela de Dios. Y en ella se enseña el sexto atributo de la Divinidad. Y el sexto Espíritu Maestro dijo:

«Sólo Dios es el Primero. Escucha, hijo de la tierra, la sexta maravilla del Padre.

»¿Creéis que Dios pierde su primacía porque delegue su poder? Su mano sigue firme sobre la palanca de las circunstancias. Y esas circunstancias son Él mismo. No confundáis su generosidad con el desinterés. Él delega y otorga su poder a sus hijos, pero permanece el Primero. Es el Primero. Será el Primero. Las decisiones finales son suyas. Nadie, ni siquiera los rebeldes, pueden ensombrecer su primacía. Fue escrito: "¿Quién como Dios?" Aquellos pocos que han elegido la iniquidad como bandera disfrutan limitadamente de su primacía. Y esa primacía es siempre como la mejoría que anuncia la muerte. Debéis sentiros felices y confiados: esa primacía del Padre está al servicio de la felicidad universal. Por ello no es erróneo profetizar que la felicidad revolotea en todas las órbitas de lo creado.

»La soberanía del Padre es ilimitada. Estáis ante el hecho fundamental de toda creación. El universo no era inevitable. Aunque no comprendáis aún sus leyes y su armonía, no imaginéis que estáis ante un accidente cósmico. El universo no existe por sí mismo. Este Gran Universo y el Maestro Universo y cada uno de los siete Superuniversos y los cien mil universos de cada Superuniverso son un puro y sublime trabajo de creación divina. Él se asomó un día al tablero de sus infinitas posibilidades y pensó en la Creación. Y así surgió el Gran Universo y todo cuanto ya conoces. Todo fue trazado con amor. Cada sol, cada fuerza, cada mundo, cada vida, cada hombre y cada futuro. Todo fue dibujado en su Infinitud, con los pinceles de su Sabiduría. Todo —hasta el último entre los últimos— fue planeado con la meticulosidad del que ama. Tú entre ellos. Él escogió tus rasgos. Él moldeó tu cuerpo y Él sacó tu espíritu inmortal de su propia Inmortalidad. Todo, en suma, está sometido a su voluntad, porque todo es suyo.

El universo no era, pues, inevitable. Y esa bondad y amor en lo creado son tanto mayores cuanto más grande es su imperfección aparente. Dios no cubre a las criaturas perfectas de Havona con el amor con que cubre a los mundos evolucionarios del tiempo y del espacio. Ellos ya son el amor. Vosotros, en cambio, navegáis en busca del amor. ¿Quién puede necesitar más de Dios?»

Una única voluntad universal y soberana

«El hombre evolucionario rechaza la idea de una voluntad universal y soberana sobre todo lo creado. Esa realidad escapa a su intelecto. Sin embargo, en la más flagrante de las contradicciones, acepta y venera la actividad de esa misma voluntad soberana en la elaboración de las leyes del universo. Estáis rindiendo así el más grande homenaje al Soberano de tales leyes. No os engañéis: a la larga o a la corta, todas las filosofías y religiones desembocan en el concepto de un solo Dios y de una sola soberanía universal. El gobierno único del Padre es inevitable. Las causas universales priman siempre sobre los efectos universales. Es preciso que las corrientes de la vida y del pensamiento cósmico estén por encima de los niveles de su manifestación. No podéis explicar el pensamiento humano en base a una evolución natural de las especies. Jamás lo lograréis por ese camino. No podéis justificar la alegría o la esperanza, en base a parámetros evolucionarios inferiores. ¿De dónde os viene la capacidad para apreciar la belleza o la bondad? ¿Acaso de la grosera mutación de las especies? ¿De dónde creéis que nace la voluntad? ¿Quizá de un fenómeno natural, posible e identificable en la Naturaleza? No es posible comprender el entendimiento humano, si no es reconociendo una realidad superior. Jamás podréis explicar la excelsa e irrepetible realidad del hombre como ser moral, si no es partiendo de la realidad de un Padre Universal y amoroso.»

No preguntes sobre el sufrimiento de Dios

«En la sexta Escuela de Dios se enseña también otra regla de oro: "No preguntes sobre el sufrimiento de Dios." ¿Sufre

118

el Padre Universal? Nadie conoce la respuesta. Dios es infinitamene poderoso. Suya es la soberanía universal. Suyo es el poder y la gloria. Suyo el conocimiento y la Infinitud. Suya la suprema omnipotencia y omnisciencia. Pero, ¿sufre el que todo lo llena? Dejadme que lance una respuesta al vacío: quizás sufra en sus criaturas imperfectas. Quizá se aflija en vuestras aflicciones. Quizá se estremezca en la noche oscura de la iniquidad. Pero sólo es un quizá. Él está en el pensamiento humano. Él conoce vuestros momentos de soledad. Él sufre. Él está en vuestras calamidades. Él sufre. Él tropieza con vosotros en la equivocación. Él sufre. Él sabe del hambre en vuestra hambre. Él sufre. Él se rasga en la batalla y en la enfermedad. Él sufre. Él es vosotros.»

La creación: el conjunto de su naturaleza activa

7 Y fui arrebatado al fin hasta mi propio Superuniverso: el séptimo y último de los creados. Y es como una rueda dentada, blanca de mundos y de estrellas. Y en algún lugar de sus cien mil universos se halla mi hogar. Y del centro de mi hogar partió la voz del séptimo de los Espíritus Maestros. Y él habló en nombre de la séptima Escuela de Dios. Y dijo:

«No es la Creación el séptimo atributo del Padre. Escucha, hijo de la tierra, la séptima maravilla del Dios que te ha hecho.

»El Padre crea, pero esa facultad no es ni forma parte de sus atributos divinos. Ese poder resume el conjunto de su naturaleza activa. Esta función universal de creación se manifiesta eternamente, a medida que es condicionada y controlada por todos los atributos coordinados de la realidad divina de Dios. Las criaturas perfectas de Havona ponemos en duda que una característica cualquiera de la Deidad pueda ser considerada como anterior a las otras. Pero, si éste fuera el caso, la naturaleza creadora del Padre ocuparía el primer puesto. Y esa facultad creadora alcanza su culminación en la verdad universal de su Paternidad. Y esa auténtica y sublime Paternidad también ha sido regalada. ¿Es que cabe más amor? Dios, el Soberano eterno e infinito de los universos, es poder, forma, energía, arquetipo, principio, presencia y realidad. Pero, sobre todo ello, es Padre. Dios es personal, ejerce una voluntad soberana, experimenta la conciencia de su divinidad, ejecuta las órdenes de su pensamiento creador, persigue la satisfacción de realizar un designio eterno y manifiesta su amor. Pero, sobre todo ello, es Padre. ¡Dichosos aquellos que entiendan el significado de la palabra Padre! Él es Padre real de hombres y mujeres; de sus sueños y proyectos; de sus vacíos y esperanzas. Es el Padre por esencia y por presencia. ¿Cuándo lo comprenderéis?»

Las palabras del Hijo Creador

«En la séptima Escuela de Dios hay escrito con renglones eternos: "Nadie ama tanto al Padre como su Hijo Creador." Él descendió a los mundos evolucionarios de su universo para revelar esta verdad. Él se encarnó para manifestarlo. Él vivió y padeció muerte para que vosotros, criaturas del tiempo y del espacio, descubrierais la inmensa fortuna que yace en vuestro corazón: la eterna filiación. Volved a sus palabras. En ellas se concentra toda la verdad de lo creado. Sois hijos de un Dios. Hijos inmortales por derecho y por herencia. ¿Podéis decir lo mismo de vuestro padre terrenal?

»Dios Padre ama a los hombres. Dios Hijo sirve a los hombres. Dios Espíritu inspira a los hijos de los universos en la aventura siempre ascendente de la Perfección. Es la prodigiosa aventura de la búsqueda del Padre y del Hijo. Amad al Padre porque os ama. Amad al Hijo porque os ha revelado el amor del Padre. Amad al Espíritu porque os sostiene y recuerda que ambos os aman.»

El segundo viaje hacia Dios

Los siete hombres

1   Y después de esto fui despertado sobre la tierra. Y vi
    a siete hombres delante de mí. Los siete vestían como
yo y eran en todo igual a mí. Y los siete recibían el nombre de Juan. Y en mi visión vi que el primero se hallaba
encadenado. Y éste tenía el rostro cubierto de sangre y sus
manos consumidas por la lepra. Y al hablar, de su boca
escapaban serpientes mortíferas. Y fue el primero en hablar. Y al hacerlo, los otros seis se llenaron de sangre. Y
dijo el encadenado:

«Yo soy el Abismo del hombre. Ocupo el primer círculo de tu pensamiento. No soy bueno ni malo. Soy el hombre.»

Y de su boca escapó la serpiente de la Mentira.

«Yo soy la gloria de lo creado. El rey de lo creado. Mira
mis talentos. ¿Quién puede equipararse a mí? No busques
otros caminos. Yo soy tu único horizonte.»

Y de su boca escapó la serpiente de la Soberbia. Y ésta
devoró a la serpiente de la Mentira.

Y el hombre encadenado habló por tercera vez. Y dijo:

«Yo soy el Poder. Nada temo. A nadie temo. Me amo a
mí mismo. No conozco la mediocridad. Soy la cúspide y el
pueblo. Ven a mí y disfruta de mi fortaleza.»

Y de su boca escapó la serpiente de la Necedad. Y ésta
devoró a la serpiente de la Soberbia.

«Yo soy el Placer. No tengo ni sé de límites. Mi corona
es de rosas. Amo tan sólo hasta que me sacio. Bebo hasta
que me vacío. Ven a mí y no sabrás del dolor.»

Y de su boca escapó la serpiente del Egoísmo. Y ésta
devoró a la serpiente de la Necedad. Y la serpiente del
Egoísmo devoró al encadenado.

121

El hombre del segundo círculo

2 Y vi también: el segundo de los hombres recibió el cayado de peregrino. Pero éste no se hallaba encadenado. Y al hablar, su rostro se limpió de sangre. Y los otros cinco se limpiaron de sangre. Y el del báculo habló así:

«Yo ocupo el segundo círculo de tu pensamiento. Soy Juan: el que busca. Has conocido el camino del Paraíso. Pero ese camino es largo y lento, que sólo gustarás después del sueño de la muerte. Ven a mí y te mostraré el camino más corto hacia Dios. No es este camino de muerte, sino de vida. He aquí lo que hallarás escrito en el segundo círculo de tu pensamiento: "Dios no se esconde. Dios no habita un refugio inalcanzable." Todos sus recursos infinitos han sido movilizados para mostrarse a sus criaturas. A las perfectas, a través de la Perfección. A vosotros, criaturas evolucionarias, a ti, Juan, por medio de la muerte y de la vida. Sois doblemente afortunados. Por el sueño de la muerte emprenderéis el largo camino ascensional hacia la Isla Nuclear de Luz. Por la vida —ahora— emprenderéis el descubrimiento del don divino, instalado en el séptimo y más profundo de los círculos de tu pensamiento. Yo soy Juan, el que busca ese séptimo círculo. Dame tu mano y sígueme. Esto fue escrito en el pensamiento de cada mortal: "El mundo de la Perfección se estremece al comprobar cómo un Dios Omnipotente busca a sus criaturas más indefensas y limitadas. Y el mundo de la Perfección se estremece igualmente ante vuestra natural ceguera. Estáis destinados a la Perfección pero no lo sabéis. Sois parte de la Perfección, pero no lo sospecháis."»

De lo finito inferior a lo finito superior

«Escucha, Juan, al Juan que busca. Y escribe cuanto oigas, para que otros descubran también lo que se halla escrito en el segundo círculo del pensamiento humano. Esto dice el que busca: "Sois el finito inferior. Para alcanzar la presencia del Padre es preciso que antes os elevéis hasta el finito superior. El sueño de la muerte no proporciona la Infinitud. Sólo modifica vuestra finitud, casi animal, a una finitud espiritual superior. Y de esfera en esfera, de mundo en mundo, de plano en plano, de realidad en realidad, vuestra búsqueda de Dios limará la finitud. Pero alegraos: dentro de vuestra finitud, siempre tenéis la oportunidad de cogeros de la mano de Dios. Basta con reconocer su íntima Presencia, instalada en el séptimo círculo de vuestro pensamiento."»

No hay segundos en la carrera de la ascensión

«No subestiméis a los desheredados de la fortuna o de la inteligencia. Es cierto que en la existencia mortal, cada cual ha recibido según el designio divino. Los mortales del reino no son iguales. A unos les anima la voluntad. Otros, en cambio, son ricos en lealtad o desinterés. Muchos no alcanzan jamás el poder terrenal o la opulencia. Los más viven en el error. Pero yo, Juan, el que busca, te digo que, en la carrera espiritual hacia el Padre, todos han sido dotados del mismo bagaje. La perspicacia espiritual y la significación cósmica no dependen del grado de civilización, del bienestar material o de las desigualdades sociomorales de los mundos del tiempo y del espacio. No hay segundos en la carrera de la ascensión al Paraíso. El don divino que yace en el pensamiento de cada hombre pesa, brilla y mide exactamente lo mismo en el caso del sabio que en el del desheredado. El Monitor de Misterio que habita en cada uno de vosotros ha sido medido en la balanza sin medida del amor del Padre. Todos tenéis, por tanto, la misma dotación espiritual. Todos tenéis, por tanto, el mismo privilegio. Todos tenéis, por tanto, idéntico patrimonio. Todos, a pesar de vuestras diferencias en la carne, sois hijos del mismo Dios. Todos podéis encontrarle, en su momento. Y ese momento, siempre llega.»

El gran momento

«Y yo, Juan, el que busca, te digo: Está escrito. Ese sublime momento —el histórico momento en el que la criatura mortal descubre a su Monitor de Misterio— se produce cuando su pensamiento se entrega a la voluntad del Padre. Aquel que se abandona sincera y generosamente a las manos del Padre es partícipe de la gran revelación. A partir de ese instante sabrá de su magnífico estatuto de hijo de un Dios. A partir de ese instante habrá emprendido la prodigiosa aventura de la búsqueda consciente de la Divinidad. A partir de ese instante, su Monitor de Misterio hará el resto y le conducirá sin tropiezo. He aquí el secreto de los secretos de los mundos de los Superuniversos: hacer la voluntad del Padre. El que se entrega al Padre y hace su voluntad recibirá al punto la máxima revelación: sabrá entonces que es inmortal. Sabrá entonces que se halla irremisiblemente condenado a la felicidad. Sabrá entonces que Dios está en él y que el universo es suyo. Nada podrá detenerle en su carrera hacia el Paraíso. La iniquidad, el error y las dudas terminarán estrellándose contra el muro de su fe. Hacer la voluntad del Padre es el único salvoconducto hacia el centro del Gran Universo. El deseo de asemejarse al Padre es el único requisito para traspasar distancias, tiempos y barreras.»

Escrito hasta la Eternidad

«Y yo, Juan, el que busca, el que ocupa el segundo círculo de tu pensamiento, abro ante ti lo que está escrito hasta la Eternidad: "El Padre desea que todas sus criaturas lleguen a la íntima comunión con Él. En el Paraíso hay un lugar para cada uno." Por ello, grabad a fuego en vuestro intelecto lo que ha sido escrito hasta la Eternidad. Esto ha sido escrito en las paredes de la Isla Eterna: "Dios es susceptible de aproximación. Dios es accesible."

»El Padre no tiene prisa. Él regala el tiempo. Él concede el tiempo y el no tiempo para llegar a la Eternidad. Su presencia y personalidad no desmerecen porque vuestro camino hacia el Paraíso sea largo y penoso. Aunque vuestro paso sea hacia atrás, Él aguarda. Aunque los millones de esferas de prueba y perfección que os contemplan fueran duplicados por el Destino, Él estaría siempre al final. La impaciencia os consumirá en la materia. Nunca más allá del primer sueño de la muerte. El Hijo Creador lo anunció: "Ahora voy al Padre, a fin de prepararos un lugar." No dudéis que así es en verdad. No dudéis que algún día os hallaréis ante la presencia de la Deidad. El Monitor de Misterio que os habita es vuestra garantía. ¡Dichoso aquel que se funde con él! En ese instante, en ese histórico instante, habrá aceptado hacer la voluntad del Padre y su destino eterno aparecerá ante él como un suceso irreversible. ¡Dichoso el que se identifica con su don divino, con su Monitor de Misterio! Habrá recorrido la mitad del camino.»

La potestad de elegir

«Y yo, Juan, el que busca, el que porta el cayado de peregrino y ocupa el segundo círculo de tu pensamiento, te anuncio: El poder y la misericordia del Padre son tales que incluso los que rechazan hacer la voluntad de Dios se aproximan a Él. Incluso ésos dudarán en medio de la iniquidad. La duda es como el estallido de un sol interno y divino. Sólo las bestias privadas de voluntad son incapaces de dudar. En la duda humana se encierra la sublime potestad de elegir. Sólo cuando perdáis la capacidad de elegir habréis muerto para la Eternidad. Pero semejante desgracia fue borrada de los archivos de Dios. Amad también a los que dudan. Ellos se debaten en inferioridad de condiciones. Vosotros, los que sabéis de la existencia del don divino en el séptimo círculo del pensamiento, estáis armados. Ellos, en sus negras vacilaciones —tan cerca y tan lejos de la Verdad—, están desarmados.»

La aventura ha comenzado

«¡Regocijaos! El que, al fin, decide hacer la voluntad del Padre entra a formar parte de los aventureros de Dios. La Creación es una aventura. Descubrirla por vosotros mismos es la máxima aventura. Y Él, desde el fondo de vuestra alma, se regocija con vuestra aventura. Yo, Juan, el que busca, os anuncio los más brillantes amaneceres, los más sosegados ocasos, lo posible y lo imposible. Ésa es la aventura de Dios. La luz será un hilo en vuestras manos. La materia, una flor que se deshoja entre vuestros dedos. Yo os anuncio que la verdad será vuestra sombra y el conocimiento, uno más de vuestros cabellos. Y tras la aventura del descubrimiento de una esfera sagrada llegará el segundo y el tercero. Y la aventura no tendrá fin. Mirad a los aventureros humanos. Ellos disfrutan en el reto, sumidos en la curiosidad y en el afán de avanzar. Así es la aventura divina: siempre más allá, siempre más profundo, siempre más cerca de vosotros mismos.»

El hombre del tercer círculo del pensamiento

3 Y la voz que hablaba en mí se extinguió. Y con ella, el segundo hombre, llamado Juan. Y en mi visión habló el tercer hombre. Y al hacerlo, también su rostro quedó lavado de sangre. Y dijo:

«Yo ocupo el tercer círculo de tu pensamiento. Soy Juan, el que aproxima. Yo aproximo el espíritu humano a la presencia física y a la presencia espiritual de Dios. Ven a mí. Aproxímate y te mostraré lo que se halla escrito en el tercero de los círculos del pensamiento de las criaturas del tiempo y del espacio.»

Y aquel hombre era igual a mí. En su mano derecha portaba una espada de diamante. En la izquierda, una espada de fuego. Y habló así:

La presencia física de Dios

«Yo, Juan, el que aproxima, te muestro a Dios en todas las cosas. Toca el rocío de la mañana y estarás ante la presencia física del Padre. Besa a tu amada y ese beso será la presencia física del Padre. Escucha el tronar de la turbulencia y habrás escuchado la presencia física del Padre. Alimenta a tu ganado y habrás alimentado la presencia física de Dios. Descansa entre perfumes y estarás reclinado en la amorosa presencia física del Padre. Vela la ancianidad de los tuyos y estarás ante la presencia física de Dios. Abre las páginas de un libro, espía el rumbo de las estrellas, vigila el verde de los campos o llénate del azul de los mares y habrás descubierto su divina y física presencia. Esa presencia física del Infinito descansa en todo lo creado.»

La presencia espiritual de Dios

«Y yo, Juan, el que aproxima, te muestro ahora la presencia espiritual del Padre. Mira en el fondo de tu pensamiento. Mira en el séptimo círculo. Ahí está su divina presencia. Él te ha conquistado sin que tú lo hayas advertido. Pero, cuando lo adviertas, cuando elijas hacer su voluntad, esa presencia espiritual te arrasará y tú entero serás presencia física y templo del Creador. Y todo lo creado será tuyo. ¿Por qué especuláis con un Dios remoto? ¿Por qué soñáis con un Dios lejano en los confines de los universos estrellados? ¿Por qué lo imagináis en el trono de los tronos del último de los firmamentos? ¡Qué gran error, cuando Él ha elegido como morada el fondo de vuestros pensamientos!»

Por sus frutos les conoceréis

«Y yo, Juan, el que ocupo el tercer círculo de tu pensamiento, me adelanto a tus dudas. ¿Cómo puedo ser consciente de esa presencia divina? ¿Cómo y cuándo saber que mi intelecto y mi voluntad son un todo con el don divino? Está escrito: "Por sus frutos les conoceréis." No busquéis la infinitud con los ojos materiales de la finitud. La fusión con el Monitor de Misterio no es como el relámpago que hiere los cielos. No es como la piedra que golpea las aguas o como el viento que estremece las copas de los árboles. Es mucho más, pero pertenece al mundo de lo inmaterial. Se os ha dicho que aquel que hace la voluntad del Padre ya ha descubierto su don divino. Y sus actos le delatarán. Los efectos os revelarán la causa. Aquel que penetra en su séptimo círculo, y se funde con el Dios que le habita, obra siempre de acuerdo con la verdad, en consonancia con la belleza y movido por la bondad. Y en mitad de sus supuestos errores, su audacia, su lealtad, su generosidad y tolerancia serán jueces y testigos de su excelsa asociación con Dios. Nada ni nadie podrá confundiros. Nada ni nadie podrá entonces engañaros. Desde ese histórico momento, desde que descubráis en vosotros la íntima y real presencia de la Divinidad, todo tendrá un nuevo sentido. Vuestro código moral se abrirá y toleraréis lo intolerable, amaréis lo que nadie ama y desearéis lo que muchos aborrecen. Seréis pasto de los lobos y luz para los silenciosos. Los poderes del primer hombre, aquel que escupe serpientes, os ridiculizarán y golpearán, pero jamás seréis vencidos. Aquellos que se entregan a la voluntad del Padre y se aventuran en su séptimo círculo mental serán llamados herejes, locos y farsantes. Pero ellos saben que les mueve el Espíritu. Ellos descubrirán el sentido de la vida, su origen y su glorioso futuro. Y no temerán a la muerte. Ellos serán la sal de la tierra y sus obras resplandecerán. Sólo los que logran esa fusión con el Dios que les habita escapan del tedio y de la mediocridad. Son graníticos en medio de la desolación, templados en la gloria y tiernos entre los malvados. No conocen su propio nombre. Probad a suplicarles. Probad a buscarles. Probad a descansar en su silencio reposado. Siempre están dispuestos. No conocen la palabra *no*. Están revestidos de hierro, pero son dulces como el corazón de una mujer. Aman hasta el final y nunca pierden. Nada poseen y, sin embargo, son los dueños del mundo. Mirad a vuestro alrededor y decidme: ¿no son ya legión?»

El hombre del cuarto círculo

4 Y en mi visión habló el cuarto hombre. Su nombre era Juan y vestía como yo. Pero sus vestiduras eran radiantes como cien mil soles. Y nadie hubiera podido mirarle cara a cara. Y al hablar, su rostro se limpió de sangre. Y este hombre, como el segundo y el tercero, tampoco estaba encadenado. Y dijo:

«Yo ocupo el cuarto círculo de tu pensamiento. Soy Juan, el que adora. Te mostraré la plegaria y te mostraré la adoración.»

Y al hablar Juan, el que adora, todos los hombres, excepto el primero, se postraron en señal de sumisión.

«Está escrito: la adoración se basta a sí misma. La plegaria, en cambio, es interesada. Aquellos que conocen al Padre le adoran, pero jamás le piden. La verdadera adoración no busca contrapartidas. Se adora a Dios por lo que es. Nunca por lo que otorga. La adoración no pide ni espera nada a cambio. Es la suprema manifestación de la humildad de las criaturas. Nos inclinamos ante Él en un espontáneo y natural gesto de amor, reconociendo así su gloria y majestad. El hombre primitivo adora a los invisibles dioses de su imaginación y a las desatadas fuerzas de una Naturaleza que ignora y lo hace siempre por temor. El hijo de Dios adora siempre por amor.

»La adoración sincera es otra señal de la fusión del pensamiento humano con el don divino. Aquellos que lo han descubierto se inclinan por sí mismos y sin esfuerzo ante el Dios que les habita. Sólo los sabios y los humildes pueden comprender este sublime acto de reconocimiento.

»La experiencia de la adoración es mucho más que el simple acatamiento de una criatura a su Creador. La adoración pura representa un titánico esfuerzo del Monitor de Misterio por mostrar al Padre de los Cielos lo más puro y noble del alma humana. Es en el acto de la adoración donde el don divino que os habita regresa fulminante a su origen, mostrando al Todopoderoso la magnificencia del alma que le ha sido encomendada. La adoración, por tanto, es uno de los máximos ejercicios de elevación espiritual del yo humano, que presiente así su destino final. El pensamiento humano consiente en adorar, colmando los deseos de su don divino. Y el hombre se eleva entonces en todos sus niveles: el mental, el espiritual y el personal.»

Pedid respuestas, no beneficios

«Y ahora, Juan, te mostraré la plegaria. Aquellos que adoran y suplican a un tiempo no adoran ni rezan. Están pidiendo lo que ya tienen, incluso antes de que lo necesiten. La plegaria nunca debe perseguir beneficios materiales. Ésos son fruto del amor del Padre; nunca de vuestras oraciones. Aprended a orar para satisfacer la insatisfacción espiritual. Pedid respuestas, nunca dones. Y la sabiduría del Padre os colmará plenamente. Mejor aún: rezad hacia vuestro interior y el don divino que os habita sabrá iluminaros. El hambre insaciable del espíritu y del pensamiento humanos sólo encuentra reposo en la oración. El hambre material no es de vuestra incumbencia. ¿O es que sois menos que las aves del cielo? Y ha sido escrito: "Ellas no siembran ni recogen, pero el Padre Celestial las alimenta."»

Juan, el del quinto círculo

5 Y el quinto hombre me tocó en la frente, diciendo:
    «Yo ocupo el quinto círculo de tu pensamiento: el círculo de la verdadera religión. Mi nombre es Juan.»
    Y en mi visión vi cómo su rostro se lavaba. Y este quinto hombre tampoco se hallaba encadenado. Y dijo:

«Sólo hay tres religiones. Ven y te las mostraré.»

Y vi a una gran multitud que lanzaba alaridos y se postraba rostro en tierra, presa de enorme excitación y miedo. Sus cabellos se hallaban cubiertos de ceniza y levantaban altos fuegos a los dioses e ídolos de barro y de metal. Y esos dioses eran el rayo y la luna y la propia tierra. Y el quinto Juan habló:

«Ésta es la primera de las religiones: la del miedo. Los hombres evolucionarios del tiempo y del espacio deben pasar por esta etapa. Aún no conocen al Padre y, en su natural oscuridad de pensamiento, asocian aquello que temen a la divinidad. Pero el Padre les ama igualmente.»

Vi después a otra multitud, tan inmensa como la primera. Habían edificado lujosos templos de mármol y de cedro y la sangre corría por los tabernáculos. Aquellos hombres y mujeres no adoraban al sol ni a ídolos de barro o de metal, sino al Gran Dios. Y ofrecían sacrificios de animales al Gran Dios. Y toda la multitud se postraba ante el altar y ante los sacerdotes del Gran Dios y les eran sumisos. Y el quinto hombre dijo:

«Ésta es la segunda de las religiones: la de la autoridad. Los hombres evolucionarios del tiempo y del espacio pasan igualmente por esta etapa. Ya conocen a Dios, pero no saben aún de su paternidad. Y se entregan leales e indefensos a la voluntad de los ministros y príncipes de sus iglesias. Reciben una precaria paz espiritual a cambio de su total entrega y obediencia a las rígidas y siempre limitadas normas de la organización religiosa a la que pertenecen. Pero el Padre les ama igualmente.»

Los jinetes del alba

Y el quinto hombre abrió después el quinto círculo de mi pensamiento. Pero no vi muchedumbres, ni templos, ni sangre, ni dioses. En el quinto círculo galopaba un jinete. Y sus vestiduras eran como el oro. Y su caballo era como el bronce en el crisol. Y al verme levantó su brazo izquierdo, señalando el alba. Y gritó: «¡Sígueme!» Y el quinto hombre dijo:

«Ésta es la tercera de las religiones: la de la experiencia. Los hombres evolucionarios del tiempo y del espacio siempre llegan a ella. Es la religión final. La que yace en el quinto círculo de tu pensamiento. La que descubren y practican todos aquellos que, al fin, se hacen uno con su Monitor de Misterio. La que adoptan todos aquellos que, al fin, reconocen su filiación divina y se entregan a la voluntad del Padre. Ésta es la religión verdadera: la de la búsqueda personal de Dios. La religión de la aventura. La religión de la experiencia individual: la más ardua y difícil. Y cada uno, en solitario, como un jinete de fuego, galopará hacia el amanecer espiritual.»

La religión de la revelación

«Sólo aquellos que sean conscientes de la sublime paternidad de Dios podrán comprenderos. El resto os aborrecerá, porque aún se hallan ligados al miedo o a la sumisión. Pero yo te anuncio que ésta es la religión de la revelación. Y toda criatura evolucionaria llegará a ella, de igual forma que el niño tiende a la vejez. Si el deseo ardiente de asemejaros a Dios no latiera en lo más íntimo de vuestro espíritu, esa experiencia última no tendría sentido ni sería real. Descubrir la paternidad de Dios y hacerse uno con el don divino que os habita es la señal. Entonces, sólo entonces, emprenderéis la prodigiosa aventura de la verdadera religión. Y esa religión final os colmará porque estaréis ante la más viva y dinámica experiencia de vuestra existencia. La religión no es sólo un sentimiento pasivo de dependencia absoluta y de seguridad en la vida eterna. Es mucho más. La religión de la revelación es un permanente descubrimiento de sí mismo y de los demás. Una carrera febril hacia la felicidad, una acumulación de sabiduría y un continuo sobresalto. No necesitaréis entonces de templos ni de ministros de Dios. Vosotros seréis templo y jueces de vosotros mismos. Vosotros, en esa audaz carrera hacia el alba espiritual, iréis buscando lo mejor de los hombres y lo haréis vuestro. Seréis curiosidad y luz y jamás os llenaréis. La religión de la revelación dará sentido a vuestras vidas terrenales y, más adelante, a las gloriosas experiencias en las esferas del Gran Universo, vuestro inmediato hogar. La religión de la experiencia personal os dará seguridad. Y seréis admirados y respetados por vuestro dominio y templanza, incluso por vuestros enemigos. Y está escrito: "Todos serán uno con el Padre." Todos están llamados a la tercera y definitiva aventura de la religión de la revelación. Tarde o temprano, Dios será admitido como la realidad de los valores, como la sustancia de las significaciones y como la vida y la verdad.»

El yo y el universo

«El hombre que practica la tercera de las religiones se identifica con el universo. Su yo espiritual e íntimo es uno con la naturaleza. El aventurero de Dios sabe escuchar los murmullos del oleaje. Sabe interpretar la soledad de la noche. Comprende la grandiosa belleza de la armonía universal. Es uno con el arco iris. Es uno con el dolor y con la felicidad de sus semejantes. Las dudas ajenas son suyas. El jinete del alma espiritual no desprecia jamás. Respeta la vida en todas sus formas y circunstancias y sabe que él forma parte de esa vida. Habla de sus sueños y fabrica sus propios sueños. Se levanta con la brisa y es uno más en el cortejo nocturno de las estrellas. El universo es él.

»El que no ha probado aún la religión de la revelación no comprende el universo. Y en su ciego afán por sobrevivir lucha por doblegar la naturaleza. No sabe que él es la naturaleza. ¿Cómo sojuzgar el universo si forma parte de vosotros mismos? Los hombres que dormitan aún en la primera y en la segunda de las religiones no saben que no se puede atar la Naturaleza. Aquel que humilla y despedaza la Creación será aplastado por la Creación. Muchas doctrinas y religiones anhelan y predican la salvación del hombre. Pero, dime Juan, ¿cuál de ellas lo consigue finalmente? ¿Quizá las que prometen salvaros de los sufrimientos, procurando al hombre una paz sin fin? ¿Quizá las que prometen salvaros de las dificultades, estableciendo una prosperidad basada en la rectitud? ¿Quizá las que prometen la armonía y la belleza, divinizando la belleza? ¿Quizá las que prometen salvar al hombre del pecado, asegurando la santidad? ¿Quizá las que prometen la liberación de los rigurosos códigos morales de las anteriores? Yo te digo, Juan, hijo del trueno, que sólo existe una religión capaz de salvaros: la que os salva de vuestro propio yo y que libera a las criaturas de su aislamiento en el tiempo y en la eternidad. Esa religión de la revelación yace en lo más íntimo de tu espíritu. Ésa es la religión de Jesús de Nazaret: la religión de los jinetes del alba espiritual; la que libera el yo, haciéndoos uno con el universo.»

«Conoced a Dios y os conoceréis»

«Mira a tu alrededor y dime: ¿qué ves?»

Y miré y vi a mi propio pueblo, encadenado a la Bondad. Y vi también a los griegos, encadenados a la Belleza. Y vi a los pueblos de Oriente, encadenados a la Moral y a la Ética. Y a los de Occidente, encadenados al Poder. Y a los del Septentrión, encadenados al Miedo. Y a los del Sur, encadenados a la Superstición. Y el quinto Juan dijo:

«Ahora ven y mira en el quinto círculo de tu pensamiento, donde yace la religión de la revelación. ¿Qué ves?»

Y miré y vi la Bondad y la Belleza y la Moral y la Ética y la Verdad. Y todo era una sola cosa. Y eran las huellas del jinete de oro que galopa hacia el alba. Y el quinto Juan dijo:

«He aquí la religión del Servicio. Los griegos dijeron: "Conócete a ti mismo." Y los hebreos dijeron: "Conoced a vuestro Dios." Y los cristianos han dicho: "Conoced al Señor Jesús." Y Jesús dijo: "Conoced a Dios y os reconoceréis como hijos de un Dios." Quien tenga oídos, que oiga.»

La religión, siempre posterior a la moral

«Pero escucha, hijo de la tierra: todo ha sido previsto en el eterno presente del Señor. No desprecies por tanto a los que aún duermen en la primera o en la segunda religión. La religión, en sí misma, es una consecuencia natural de la evolución humana. Nace siempre tras la moral. Y ésta tiene su origen en un supremo hallazgo: la conciencia de sí mismo. La moralidad, aunque brote en la tierra inculta del reino animal, evoluciona siempre y abre las puertas al estadio de las religiones. A pesar de sus imperfecciones, la religión es un sagrado paso y todos estáis sujetos a ellas. La religión es un fenómeno universal en los mundos del tiempo y del espacio. Pero no equivoquéis vuestros juicios. La religión jamás descansa en los hallazgos de la ciencia. La ciencia ratifica la religión. La religión jamás descansa en las obligaciones de la sociedad. Las deficiencias de la sociedad consolidan la religión. La religión jamás descansa sobre las hipótesis de la filosofía. La filosofía se debe a la religión. La religión jamás descansa sobre los deberes de la moral. Es la moral la que se refugia en la religión. La religión es un reino independiente que impregna los cuatro niveles de la fraternidad universal: el físico o de la supervivencia material; el social o de la comunión de todos los seres vivos; el nivel de la razón moral o del deber y el espiritual, en el que el hombre adquiere conciencia de su filiación divina.

»Mirad a vuestros sabios, filósofos y artistas. Los primeros investigan los hechos y la mayoría concibe a Dios como una fuerza. ¿Están en la verdad?

»Mirad a los filósofos. Se inclinan a creer que Dios es una unidad universal. Y muchos de ellos se han vuelto panteístas. ¿Están en la verdad?

»Mirad a los artistas y creadores. Piensan en Dios como un ideal de belleza. Dios es la suprema estética. ¿Están en la verdad?

»Y yo te digo, Juan, que todos ellos duermen en la primera o en la segunda de las religiones, incluso sin saberlo. Los aventureros de la religión de la revelación creen en un Dios Padre, que garantiza su supervivencia en lo material y en lo espiritual. Sabios, filósofos y artistas descubrirán algún día que la religión de la revelación, la de la experiencia personal, la de los jinetes del alba, es el gran banco de la ciencia, de la verdad y del arte. Los aventureros de Dios no temen a la Ciencia. Son insaciables. Buscan en ella y descubren maravillados que los hallazgos científicos ratifican y subrayan la presencia de la Deidad. Pero la Ciencia es una escalera sin fin. Cada paso provoca un nuevo paso. Cada explicación, mil nuevos hechos inexplicables. Cada gota de luz, un universo de oscuridad que espera. La religión de la revelación —la de los jinetes del alba espiritual— no es Ciencia, aunque cabalgue sobre ella.

»Los aventureros de Dios gozan con la Verdad. No la temen. Y en su largo camino ascensional hacia el Paraíso van recogiendo y haciendo suyas cada una de las verdades de los demás. No temáis a los que se creen en posesión absoluta de la Verdad. Tarde o temprano serán derribados del monstruo irracional que han elegido por montura. Tomad de la Filosofía y de la Teología aquellas pequeñas dosis de verdad que os satisfagan. El don divino que os habita se encargará de digerirlas. Pero jamás ancléis vuestro espíritu en una sola verdad. La verdad última y final no está a vuestro alcance. Mirad a los teólogos: la experiencia religiosa espiritual no puede ser plenamente comprendida por el pensamiento material. La doctrina esencial de la concepción humana de Dios crea en ellos una paradoja. La lógica humana y la razón finita no pueden armonizar la inmanencia y la trascendencia. La inmanencia divina de un Dios que forma parte de nosotros mismos y la trascendencia de un Dios que domina lo creado. El aventurero de Dios, aquel que ha entrado en el camino sin retorno de la religión de la experiencia espiritual, ama y busca la verdad, pero nunca se detiene en ella. Sencillamente, la siente. Está escrito: "La Verdad está en el Padre. La Verdad espera al final del camino, pero también es el camino."

»Los aventureros de Dios persiguen la Belleza porque son la Belleza. Aquellos que, al fin, penetran en la senda de la búsqueda personal del Padre, los que aceptan su voluntad y reconocen su filiación divina están en el reino de la Belleza. Y el arte será su horizonte y su presente. La Belleza les saldrá al paso. La Belleza se sentará a su mesa y la Belleza velará sus sueños. Y serán distinguidos con la luz de la Belleza interior: la más codiciada en el reino del Padre.»

El hombre del sexto círculo

6 Y el sexto hombre me habló:
«Yo ocupo el sexto círculo de tu pensamiento. Soy Juan, la conciencia de Dios.»

Y en mi visión vi cómo el rostro del sexto hombre quedaba limpio de sangre. Y tampoco se hallaba encadenado. Y abriendo la primera de las puertas del sexto círculo dijo:
«¿Qué ves?»

Y me vi a mí mismo. Era un Juan que ceñía una corona de bronce. Y el sexto hombre dijo:
«Ésta es tu conciencia mental. Ella apenas comprende a Dios. El pensamiento humano es tan limitado que ni siquiera se comprende a sí mismo. No busques ahí lo imposible. La conciencia de Dios está más allá. La conciencia

mental de los mortales del tiempo y del espacio es como un niño recién nacido: ve, escucha y siente, pero no puede asimilar aún las realidades que le envuelven. Dale tiempo. Aquellos que se empeñan en dibujar a Dios en su pensamiento fracasan antes de intentarlo. Algunos, a lo sumo, en un alarde de voluntad o de imaginación consiguen esbozar los rasgos de un Dios humano o de un Dios fuerza. Pero el Padre es el Absoluto y el Absoluto no tiene forma.»

Y abrió después la segunda de las puertas del sexto círculo de mi pensamiento. Y dijo:

«¿Qué ves?»

Y me vi a mí mismo. Era un Juan que ceñía una corona de plata. Y el sexto hombre dijo:

«Ésta es tu conciencia del alma. Ella tampoco comprende a Dios, pero lo intuye. El alma humana, como el pensamiento, procede del Padre pero en las criaturas evolucionarias se hallan vacíos. Se llenarán por la experiencia. Se llenarán por el dolor y por la belleza. Se llenarán finalmente a través de la aventura de la religión de la revelación. El alma humana lleva impresos los atributos y excelencias del Padre. Por ello, sin saberlo, tiende a Él. Es el alma la eterna insatisfecha. La eterna curiosa. La permanente buscadora. Es el alma la que añora la felicidad y la perfección, la que jamás descansa y la que teme. Ella lleva la semilla del ideal divino que algún día verá brotar y madurar. Dale tiempo. Aquellos que se empeñan en idealizar a Dios en los mundos del tiempo y del espacio corren el riesgo de confundir al Padre con cualquiera de sus atributos. El alma humana está preparada para fundirse con el Padre, pero dejad que camine. No se alcanza la meta en el primer paso. Dios no es sólo Belleza. Dios no es sólo Amor o Bondad o Misericordia o Poder o Rectitud o Eternidad. Dios lo es todo.»

Y el sexto hombre abrió la tercera de las puertas del sexto círculo de mi pensamiento. Y dijo:

«¿Qué ves?»

Y me vi a mí mismo. Era un Juan que ceñía una corona de oro. Y el sexto hombre dijo:

«Ésta es tu conciencia del espíritu. En ella habita tu Monitor de Misterio. En ella descansa el don divino que te fue asignado en el momento de tu creación. En ella vive la fracción de Dios. He aquí la parte más sagrada de tu yo. ¡Dichoso aquel que descubre el secreto de su sexto círculo! ¡Dichoso aquel que se sabe habitado por el Padre! Antes de ese histórico hallazgo —el más trascendental de vuestras vidas encarnadas—, el espíritu del hombre se siente huérfano y desamparado. Una extraña e incomprensible fuerza le impulsa hacia las realidades espirituales. Su espíritu está creado para eso. Pero, mientras no sea consciente de su divino morador, mientras no se haga uno con el Monitor de Misterio, todo será bruma e indecisión. Dale tiempo. Aquellos que se empeñan en participar de las verdades espirituales, sin haber descubierto primero que están poseídos por un Dios, quemarán inútilmente sus energías y correrán el riesgo del desánimo y de la incredulidad. El espíritu del hombre encierra a Dios. Y algún día se abrirán sus ojos. Dejad que camine por sí mismo. En el histórico momento en que un ser humano decide abandonarse en las manos del Padre de los Cielos y hacer en todo su voluntad, ese día, Juan, la Creación se conmueve de júbilo. Ese día, Juan, ese hombre habrá abierto la conciencia de su espíritu.»

La clara idea de la personalidad de Dios

«Y ese día, Juan, pensamiento, alma y espíritu humanos unirán sus fuerzas y la idea de la personalidad de Dios brillará con claridad en la criatura evolucionaria del tiempo y del espacio. Y la conciencia mental dibujará a Dios como Padre. Y la conciencia del alma reconocerá a Dios como Padre. Y la conciencia del espíritu se hará una con el Padre. Y el hombre sabrá entonces que, por encima de todos sus atributos y excelencias, la verdadera personalidad de Dios es la de Padre Universal. Y a partir de ese memorable instante, ese hijo de Dios, consciente ya de su origen y naturaleza, será un nuevo jinete del alba. Su peregrinaje no tendrá retorno. En ello reconoceréis lo que fue escrito: "Y el hombre fue hecho a su imagen y semejanza."»

La supervivencia eterna

«Será en ese histórico momento, cuando el pensamiento cree en Dios, cuando el alma le reconoce y cuando el espíritu le desea, cuando habréis apostado por la inmortalidad. Será entonces cuando la criatura evolucionaria adquirirá plena conciencia de su gran patrimonio: la vida eterna. Y esa conciencia será tan firme y sólida como los pilares que sostienen al propio Dios. Inclinaos por tanto ante el generoso sacrificio del Hijo del Hombre, que no dudó en alejarse temporalmente de su gloria para recordaros la gran verdad: sois afortunados. Sois hijos de un Dios. Sois inmortales. ¿Es que puede caber mayor honor y mayor alegría? ¿Pueden decir lo mismo las criaturas del mar o las que pueblan los aires? ¿Pueden las estrellas proclamarse hijas de un Dios? ¿Puede aspirar el universo a la inmortalidad? Sólo vosotros, hijos del amor divino, portáis en vuestras sienes el gran título de "eternos". Ni las limitaciones del intelecto, ni las restricciones sociales, ni la carencia de poder o de fortuna, ni siquiera la ausencia en vida de los mínimos privilegios educativos o morales os invalidarán para esa vida eterna. La presencia en vuestro espíritu de la fracción divina no depende de los hombres o de las circunstancias que os rodean durante el breve paso por la tierra. ¿O es que la facultad humana de procrear se halla supeditada al estatuto social, económico, moral o educativo del hombre? Es el poder de transmisión de la vida el que garantiza y asegura vuestra progenitura. En las realidades espirituales sucede lo mismo. Vuestra inmortalidad no depende del mundo. Vuestra vida eterna no está supeditada al premio o al castigo de la Divinidad. Sois eternos, aunque seáis presa del error o de la confusión. Ése es vuestro gran patrimonio. Y ningún poder sobre el mundo podrá negaros lo que es vuestro por decisión del Padre. Dejad a un lado las pueriles interpretaciones religiosas sobre la salvación y la condenación. Son los hombres, en su torpeza y limitación, quienes se afanan y empeñan en salvar o condenar. Dios sólo puede sonreír con benevolencia ante semejante actitud. ¿Por qué os atormentáis con la idea de un fuego eterno, supremo castigo para los que no acatan las leyes eclesiásticas? No levantéis calumnias contra el amor del Padre. Si Dios hubiera creado un infierno, toda nuestra fe sería vana. El Padre Universal es el supremo Amor. Y el amor no sabe de venganzas. El amor no conoce la iniquidad. El amor se entrega. El amor no guarda rencor. El amor no castiga ni salva. El amor espera. El amor vela. El amor busca. El amor es la paz. Si vosotros, limitados padres terrenales, no buscáis el mal para vuestros hijos —ni siquiera para los rebeldes o equivocados—, ¿por qué maltratáis la imagen del Gran Padre, haciéndole responsable de lo que ni siquiera es digno del hombre? El infierno del que hablan vuestras iglesias está en aquellos que aún no han descubierto su origen, naturaleza y destino divinos. No hay mayor infierno que la ceguera espiritual, ni peor castigo que sentirse huérfano de Dios. Mirad a los que todavía no se han decidido a buscar a Dios. Se debaten en la infelicidad. Nunca poseen lo suficiente. Nunca confían. Todo tiene un precio: incluso el amor. No sonríen hacia fuera, sino hacia su propio egoísmo. Atan y encadenan a sus semejantes con los lazos del interés personal. No saben aún de la generosidad por la generosidad. Huyen de sí mismos. La soledad del alma les espanta. Jamás hablan de los demás, sino de sí mismos. No conocen el color de la serenidad. Nunca escucharon la voz de su don divino. No aceptan la derrota de su yo y, consumidos por la soberbia y el más negro de los egoísmos, prefieren destrozar a renunciar. Pero a éstos también les llegará el gran momento.»

El hombre del séptimo y último círculo

7 Y en mi visión habló el séptimo y último de los hombres. También su nombre era Juan y su rostro era mi rostro. Y al hablar, su rostro quedó limpio de sangre. Y esto fue lo que dijo:

«Yo ocupo el séptimo círculo de tu pensamiento. Soy Juan y encarno la personalidad que te ha sido conferida. Esto es lo que hallarás en el último y más profundo círculo de ti mismo.»

Y el séptimo hombre dijo:

«Es Dios Padre quien otorga y sostiene la personalidad de cada una de sus criaturas. Cada uno tiene la suya y todas son diferentes entre sí. Y no existe en lo Creado quien no la haya recibido del Padre. Él es el Dios de las Personalidades. Desde vosotros, las criaturas más humildes, hasta las personalidades con dignidad de hijos creadores, todos en el Gran Universo han recibido un nombre, un destino y un poder. Todo ello se resume en la palabra

Personalidad. Y tú, Juan, eres dueño de la tuya. Pero, ¿la conoces?»

Un misterio impenetrado

«Escribe cuanto escuches porque es ésta la palabra de la sabiduría. No preguntes ahora por tu verdadero nombre. Tú mismo lo descubrirás más allá, tras el primer sueño de la muerte. Ese nombre celeste —tu verdadero nombre— procede de la sabiduría de Dios. Juan, el hijo del trueno, es fruto de la tierra. Juan es nombre de tierra. El que te fue dado en el instante de tu creación divina es nombre y misterio impenetrado, que tú sólo desenterrarás al otro lado de tu vida encarnada. Y en ese instante, tu nombre brillará sobre tu frente y la Creación te reconocerá. Y tu poder, como tu nombre, te distinguirán allá donde vayas.»

La personalidad pertenece a Dios

«Y de la misma forma, Juan, hijo de la tierra, tu personalidad es un misterio impenetrado. Podemos concebir los factores que la integran y sostienen, pero sólo Dios sabe de su naturaleza. Sólo Él sabe de su origen y de su Destino. Sólo Él conoce su significación última. Podemos percibir los múltiples factores que conforman el vehículo de la personalidad, pero jamás su esencia. Eso pertenece al terreno de lo inexcrutable. Eso pertenece a Dios. Los humanos no habéis captado el inmenso valor y la divina significación de la personalidad. Ella os distingue. Ella proclama lo más sagrado de vuestra individualidad. En la infinita armonía de lo creado, vuestra personalidad rompe con todo lo previsible. Forma parte de lo sorprendente, de lo único y, en suma, de la extrema sabiduría del Padre. Contemplad las múltiples personalidades que os rodean y comprenderéis que hablo con la verdad. Nada en la Naturaleza iguala semejante prodigio divino. Ningún animal, ni una sola de las flores, ni uno solo de los insectos, ninguna de las estrellas se distingue del resto por su personalidad. Ellos no han sido distinguidos con ese don del Padre. Sólo vosotros y nosotros hemos sido revestidos del magnífico ropaje de la individualidad. La personalidad existe en todas las criaturas dotadas de pensamiento y voluntad. Pero no confundáis ese sagrado privilegio. La facultad de pensar no constituye la personalidad. Ni tampoco el espíritu o la inquieta alma. La personalidad es una cualidad, una suma de valores cósmicos, procedentes directamente del Padre y conferidos en exclusiva a los sistemas vivos en los que la energía física, el pensamiento y el espíritu se asocian y co-ordinan, formando un todo. No equivoques tu juicio, Juan, hijo del trueno: la personalidad no es tampoco un logro progresivo. Existe o no existe. Está o no está. Y si el buen Padre la concede, esa Personalidad será inmutable e indestructible. Que no la conozcáis en su plenitud no significa que no exista plena y rotunda. Que no la experimentéis en plenitud no significa que no pueda ser experimentada. Sois creados con una personalidad que no tiene niñez. He aquí el sublime prodigio de la Infinitud. Sois creados en plenitud, aunque esa personalidad permanezca, de momento, en la sombra de vuestra limitación espiritual. Sois a su imagen y semejanza. Quien tenga oídos, que oiga.»

Una atribución exclusiva de Dios

«Nadie puede crear una personalidad. Sólo el Padre. Nadie puede formar su propia personalidad. Sólo Dios la concede y la concede como un bien último y terminado. Podéis moldear vuestro pensamiento. Podéis formar el alma, aproximándola a la realidad de vuestra filiación divina. Pero jamás podréis actuar o trabajar sobre vuestra personalidad. Sólo descubrirla. No está en las manos de los hijos evolucionarios, ni tan siquiera en las de los espíritus perfectos, el modificar un solo pliegue de esa personalidad. Así habéis sido creados y así os presentaréis en la Isla Nuclear de Luz. Y esa personalidad es perfecta, como perfecto es su Alfarero. Ninguna personalidad se halla desconectada del Padre. Ni siquiera durante los oscuros períodos de la vida terrenal. La personalidad de cada hombre duerme durante un tiempo. Pero, finalmente, es descubierta por el yo interior y por el yo de los demás. ¡Qué gran error el de muchos de vuestros educadores! ¿Por qué se esfuerzan en rectificar y doblegar la personalidad propia y las de sus semejantes? Trabajad con lealtad y desinterés por conducir el pensamiento y el alma humanos hacia la realidad de la paternidad de Dios, pero no intentéis tocar la personalidad. Ninguna fuerza, ningún poder se hallan autorizados a modificarla. Es más: jamás lo conseguirían. Dejad que la personalidad del niño crezca. Dejad que él mismo la vea germinar. Dejad que sea él quien la haga volar. Las características de su individualidad son intocables. Ni la maldad, ni el mejor de los consejos, ni tampoco el mejor de los ejemplos alterarán su núcleo. Esa iniquidad y esa bondad pueden debilitar o fortalecer el pensamiento y el alma, pero nunca la figura luminosa e indeleble de la individualidad. El hombre nace y muere sin que su personalidad se vea modificada. En el mejor de los casos, cuando al fin es consciente del don divino que le habita, la descubrirá. Y deberá aceptarla. No preguntéis si vuestra personalidad es buena o mala. Lo que nace de Dios es perfecto, aunque ahora no podáis comprenderlo. No os lamentéis, por tanto, ante lo singular y extraño de la personalidad de los que os rodean. ¿Es que os asombra que cada amanecer sea distinto al anterior? Si esa personalidad es parte de la Divinidad, ¿por qué juzgarla? ¿Es que alguno de vosotros puede juzgar a Dios? La personalidad es un bien divino. Literalmente divino. Respetadla y reverenciadla. Con eso habréis cumplido ante el Padre y ante los hombres.»

La liberación de la personalidad

«Sólo después del sueño de la primera muerte, cuando los ángeles resucitadores os devuelvan a la verdadera vida, vuestra personalidad aparecerá ante vosotros en plenitud. Sólo entonces comenzará su gran vuelo sobre todo lo creado. Sólo entonces seréis conscientes del bien recibido. Y será por vuestro primigenio nombre y por esa excelsa personalidad celeste por lo que seréis reconocidos e identificados en el Gran Universo y, en el futuro, en las misiones que os serán encomendadas en los espacios y universos increados. Esa personalidad será vuestro ropaje y vuestro corazón. Un ropaje de luz y un corazón de amor. Y desde ese instante, vuestro yo individual e irrepetible se sentirá libre de la ley de causa y efecto. Sencillamente, seréis conscientes del gran patrimonio de la inmortalidad. Mas no os engañéis. Si la criatura del tiempo y del espacio no descubre en su actual encarnación al Monitor de Misterio que le habita, si no alcanza en esta primera experiencia mortal el histórico hallazgo de su fusión con el don divino, si su personalidad y su espíritu no deciden entregarse a la voluntad del Padre, entonces deberá esperar. Poco o nada cambiará tras el sueño de la primera muerte. Será en la nueva oportunidad donde quizá se convierta en un jinete del alba espiritual. Y las oportunidades son tantas como podáis imaginar. En una de ellas, ese ser dotado de voluntad hará al fin su gran elección. Y con la elección llegará la conciencia de sí mismo, de su origen, de su divina esencia y de su prodigiosa herencia. La inmortalidad es vuestro patrimonio. Así está escrito. Pero sois vosotros, al elegir la búsqueda de Dios, quienes lo descubrís. Mientras esa suprema elección no llega, todo es oscuridad y vacilación. Ni la ciencia, ni la filosofía ni las religiones os podrán convencer de vuestro destino eterno. Sólo al penetrar en la apasionante aventura de la búsqueda personal de Dios recibiréis la señal. Y la señal es siempre una: abandonarse en los brazos amorosos de la voluntad divina. Ese abandono significa elegir. Ese abandono significa comprender que sois hijos de un Dios. Pero esa elección es libre y voluntaria. Nada os forzará a ello. Es el único capítulo en el que el Padre se mantiene al margen. Pero Él no conoce la impaciencia. Esa elección, Juan, hijo de la tierra, es siempre un encuentro obligado, tan cierto como el nacimiento o el sueño de la muerte. Quizá al leer esta revelación, muchos lo intuyan o descubran. Ése será su gran momento. Que detengan entonces su caminar y reflexionen sobre su presente y su pasado. Y si la audacia no ha desaparecido de su alma, que elijan. Bastará con asumir su condición de hijos de un Dios. Bastará con aceptar la voluntad del Padre. Y el milagro se habrá hecho. No son estas palabras nuevas, sino viejas. El Hijo del Hombre las estrenó sobre la Tierra: "Aquel que hace la voluntad del Padre Celestial: ése es mi hermano."»

Y después de todo esto, seis de los siete hombres que ocupan los círculos de mi pensamiento clamaron con una sola voz:

«Éstas son las divinas relaciones de Dios con los hombres del tiempo y del espacio. Quien tenga oídos, que oiga.»

Y el primero de los hombres, el que se hallaba encadenado, siguió mudo y cubierto de sangre.

La visión del guardián

La ciudad de los cielos

1 Y entonces caí en éxtasis y sobre mi cabeza vi aparecer la nueva Jerusalén. Era como mil ciudades. Y de sus cimientos salían rayos que descargaban sobre la tierra y sobre los mares. Y cada rayo abría la tierra y las aguas. Y de cada uno de los abismos vi brotar una multitud de hombres y mujeres. Todos vestían de blanco y sus rostros eran blancos como la muerte. Y cada multitud fue engullida por la nueva Jerusalén. Y de la gran ciudad que flotaba en los cielos partió una voz, como el sonar de mil trompetas al despuntar el día. Y esa voz me dijo:

«Juan, hijo de la tierra, es hora ya de que me conozcas. Yo recojo las almas de los que han entrado en el sueño de la primera muerte. Estos que ves subir hacia mí no existen para la vida mortal. Ahora empieza su segunda vida. Mas no temas, porque no es ésta tu hora. Antes debes conocer al que vela por ti. Abre tus ojos a la visión de Dios y escribe.»

Y esto fue lo que vi: de la ciudad de los cielos vi partir un águila. Y su cabeza era de hombre. Y sus cabellos blancos como las nieves del Hermón y su faz como esculpida en piedra. Y arrebatándome me condujo a la Montaña de Dios. Y allí vi al Gigante. Era como dos hombres y vestía también de blanco. Y su rostro parecía como el granito y su ceñidor no era de piel, sino de estrellas. Y conté seis estrellas en torno a su cintura. Y en mi visión escuché la voz del Gigante que decía:

«Yo soy el que vela por ti. Yo soy tu guardián. Ahora me ves para que creas. Siempre estuve a tu derecha y a tu izquierda, aunque sólo me presentías. No te acompaño por mi voluntad, sino por la voluntad del que te ha creado. Y así es con cada uno de los hombres. Él, en su infinita sabiduría, no os ha dejado huérfanos. Llegamos a vuestra vida en silencio y así partimos de ella. Pero somos tan ciertos y reales como la tierra que pisas.»

Y de su cinto partió una primera estrella y al verla frente a mis ojos quedé como muerto. Entonces vi un sexto de mi vida. Y esto fue lo que vi y escuché. Vi un sexto de mi niñez y un sexto de mi juventud y un sexto de mi madurez y un sexto de mi ancianidad. Y en todos me vi acompañado del Gigante que me hablaba. Y esto fue lo que dijo:

«Yo preservo tu vida material. Yo he velado tu enfermedad y tu dolor. Yo he viajado y viajo a tu lado, apartando al enemigo y suavizando tus errores. Es el amor del Padre, a través de mi mano, a quien debes el alimento que recibes y el descanso que precisas. ¡Dichosos los que saben de este sencillo principio! ¡Dichoso aquel que se siente acompañado por su ángel guardián! Nada podrá temer. Nada le faltará. Nadie ni nada truncará su existencia antes de lo previsto. Yo sé de tus necesidades materiales antes de que tú mismo las descubras. Y yo las concedo por mediación del Padre. Yo estoy junto a ti, en lo bueno y en lo malo. Mi tutela es permanente. Yo te conduzco a través de los acontecimientos de la vida. Mi nombre es "custodio" pero los hombres, en su ignorancia, me llaman "casualidad".»

Yo preservo tu pensamiento

2 Vi después como la segunda estrella volaba hacia mí. Y caí como muerto. Entonces vi otro sexto de mi vida. Y el Gigante que me guarda dijo:

«Yo preservo tu pensamiento. En la niñez, yo guío los pasos de tu inteligencia. Yo soy el conocimiento y la ciencia que te salen al paso en tu juventud. Yo dispongo el orden de tus ideas en la madurez y yo preparo tu mente en la ancianidad. Yo recibo el nombre de "inspiración", aunque sólo soy un guardián de la sabiduría divina. Es el amor del Padre, a través de mi mano, a quien debes tu ciencia y tu saber. Yo me limito a conducir y a satisfacer tu curiosidad. Yo me limito a responder a tu insatisfacción intelectual. Pero los hombres, en su ignorancia, me llaman "inteligencia".»

3 Y en mi visión vi llegar hasta mi rostro la tercera de las estrellas del ceñidor del Gigante. Y caí como muerto. Y ante mí apareció un sexto de mi niñez y un sexto de mi juventud y un sexto de mi madurez y un sexto de mi ancianidad. Y en todos me vi acompañado del Gigante que me guarda. Y el Gigante dijo:

«Yo preservo tu voluntad. Yo la defiendo de la voluntad de los demás y la hago fuerte. Yo aliento tu tenacidad. Yo estoy a tu derecha y a tu izquierda en la flaqueza y en el triunfo. Yo soy el espíritu que anima tus proyectos y esperanzas. Yo dispongo los obstáculos y los retiro. Yo soy quien siembra de espinas tu camino. Yo, como mediador del Padre, quien te desafía en la soledad y quien te sostiene en el fragor de la batalla de la tentación. Mi nombre es "coraje" pero los hombres, en su ignorancia, me llaman "suerte".»

Yo preservo tu bondad

4 Y la cuarta estrella cayó sobre mí y mis ojos se nublaron. Y vi un cuarto sexto de mi vida. Y en ellos, como en los anteriores, yo no estaba solo. Y el guardián dijo:

«Yo preservo tu bondad. Yo la corrijo en tu niñez y la preparo para la juventud. Yo salgo a tu paso con el ropaje del despojo y de la ruina humanos. Yo mido tu bondad. Yo la templo y la contengo. Yo soy el guardián que, por mediación del Padre, aliento la generosidad del joven, la tolerancia del anciano y la resignación del agonizante. Yo dispongo la riqueza para el que más entrega y la carencia para el que sólo guarda. Yo estoy a tu derecha y a tu izquierda en la aflicción de los demás y mido tu aflicción. Yo soy la ira que mide tu ira. Yo soy el beso que espera y la ternura que mide tu ternura. Recibo entonces el nombre de "desinterés", pero los hombres, en su ignorancia, me llaman "altruismo".»

Yo preservo tu amor

5 Vi después al Gigante y lanzó sobre mí su quinta estrella. Y quedé como muerto. Y en mi visión vi el quinto sexto de mi vida. Y el guardián de mí mismo dijo:

«Yo preservo tu amor: la moneda divina que te ha sido encomendada. Yo me encargué de que no lo perdieras en tu niñez. Yo lo desvelé en lo más íntimo de tu corazón de joven. Yo te salí al encuentro en los hombres y en las mujeres. Yo lo he recibido de ti y sólo al final te lo devolveré. Yo soy la brasa que lo enciende. Y esa brasa sigue viva, a pesar del desamor que yo también provoqué. Yo, tu guardián, he dorado tu amor en la vejez y asisto complacido a su sublimación. Yo, por expreso deseo del Padre, he trazado los múltiples senderos que tú, después, has elegido para amar. Yo he soportado tu infidelidad y te he visto renunciar por amor. Yo te he abierto los ojos al universo y sé de tu amor por todo lo creado. Yo llevo las cuentas de tu entrega y de los talentos que el Padre te ha ofrecido. Mi nombre es Dios, pero los hombres, en su ignorancia, me confunden con la "pasión".»

Yo preservo tu inmortalidad

6 Y la sexta y última estrella me deslumbró. Y caí como muerto a los pies del Gigante. Y el guardián dijo:

«Yo preservo tu inmortalidad. Yo custodio tu más preciado bien. Y se halla ante tus ojos desde el principio. Yo, por expreso deseo del Padre, he recurrido a tu inteligencia, a tu voluntad, a tu bondad y a tu capacidad de amar para que lo descubras. Y he esperado pacientemente este momento. Ahora ya lo sabes. Ahora es tuyo. Ahora ya sabes de tu patrimonio: eres hijo de un Dios. Eres eterno. Eres mi hermano. Eres Dios.»

Los trabajos del Señor

Los Ancianos de los Días

1 Y después de esto fui nuevamente arrebatado por el águila con cabeza de hombre. Y fui elevado a lo más alto de la nueva Jerusalén. Allí, en el Santuario de Dios, vi a los siete jefes de los siete Superuniversos. Y el séptimo me mostró el gran ojo del tiempo y dijo:

«Ven y contempla los trabajos del Señor. Ésta es parte de su obra.»

Y el ojo del tiempo se abrió ante mí y vi un séptimo de la obra del Padre. Y vi el principio, el presente y el futuro del séptimo de los Superuniversos, en el que habito. Y los siete Ancianos de los Días clamaron:

«Nosotros velamos por las siete obras de Dios. Nosotros somos los jefes de los Superuniversos que giran en torno al Gran Universo. ¡Gloria al Padre que los ha creado por mediación del Hijo! Padre e Hijo son Uno.»

Y en mi visión me fue dado conocer el Superuniverso en el que habito. Y esto fue lo que vi:

El primer día, el Señor Todopoderoso hizo las diez ruedas mayores. Y esas diez ruedas forman el Superuniverso. Y vio Dios que era bueno.

El segundo día, el Señor Todopoderoso creó las cien ruedas menores que forman cada una de las ruedas mayores. Y Dios vio que era bueno.

El tercer día, el Señor Todopoderoso trabajó en los cien universos que forman cada una de las ruedas menores. Y vio Dios que era bueno.

El cuarto día, el Señor Todopoderoso hizo las cien constelaciones que flotan en cada uno de los cien mil universos del séptimo de los Superuniversos. Y vio Dios que era bueno.

El quinto día, el Señor Todopoderoso construyó los cien

sistemas que encierra cada una de las constelaciones. Y vio Dios que era bueno.

El sexto día, el Señor Todopoderoso concluyó su obra, creando los mil mundos de que consta cada uno de los sistemas. Y vio Dios que todo era bueno.

Y el séptimo día descansó. Y llamó a su presencia a los espíritus portadores de vida y les ordenó que descendieran hasta el séptimo de los Superuniversos e hicieran brotar de sus aguas toda suerte de vida. Y Él se reservó la creación del hombre. Y así ocurrió con cada uno de los siete Superuniversos que giran en torno al Gran Universo.

Y Dios creó el tiempo

2 Y el séptimo de los Ancianos de los Días me mostró el ojo del tiempo y dijo:

«Ven ahora y contempla los trabajos del Señor. Ésta es parte de su obra.»

Y el ojo del tiempo se abrió de nuevo ante mí y en mi visión vi la gloria del Padre. Y vi cómo el No Tiempo creaba el tiempo. Y los siete Ancianos de los Días y jefes de los siete Superuniversos clamaron:

«Nosotros velamos los tiempos de Dios, Pero sólo Él vela el No Tiempo. ¡Gloria al Padre en el tiempo y en el No Tiempo!»

Y vi los trabajos del Señor. Y esto fue lo que vi:

Desde el No Tiempo, Dios creó primero el tiempo sin tiempo del Paraíso. Y la eternidad fue. Y éste fue su primer trabajo.

Desde el No Tiempo, Dios hizo después el tiempo del Gran Universo. Y un día en Havona es como mil años de la Tierra, en la que habito. Y ha sido escrito: «No olvidéis, amados míos, que un día delante del Señor es como mil años y mil años como un día.» Y éste fue su segundo trabajo.

Desde el No Tiempo puso su mirada en cada uno de los siete Superuniversos que giran en torno a Havona. Y creó el tiempo de cada Superuniverso. Y un día de cada Superuniverso es como treinta de la Tierra, en la que habito. Y éste fue su tercer trabajo.

Desde el No Tiempo, Dios hizo después el tiempo de cada uno de los cien mil universos de cada uno de los Superuniversos. Y un día de ese tiempo es como dieciocho días de la Tierra, en la que habito. Y éste fue su cuarto trabajo.

Desde el No Tiempo, Dios creó más tarde el tiempo de los sistemas de mundos de cada universo local. Y un día en cada sistema es como tres en la Tierra, en la que habito. Y éste fue su quinto trabajo.

Desde el No Tiempo, Dios hizo finalmente el tiempo de la Tierra y de cuantos mundos pueblan el Superuniverso. Y éste fue su sexto trabajo.

Y el séptimo día descansó. Y llamó a su presencia a las legiones celestiales y les encomendó el cuidado de su obra. Y de la Isla Eterna del Paraíso partieron los Hijos Creadores y cada uno tomó posesión de un universo. Y su número es siete veces cien mil. Y todos, en su gloria, portaban el mismo nombre: Micael. Y éstos son los hijos del Hijo Eterno, la segunda persona de la Trinidad. Y cada uno gobierna y preside en su universo local. Y el nuestro, donde yo habito, es conocido como Nebadon y su Dios Creador descendió a la Tierra bajo el nombre de Jesús de Nazaret. Él es mi Dios y creador. Él es hijo del Hijo Eterno y nieto del Padre.

La Providencia divina

3 Y el séptimo Anciano de los Días y jefe del séptimo de los Superuniversos habló por tercera vez y dijo:

«Ven ahora y contempla la mano de Dios sobre el Gran Universo y sobre los Superuniversos. Ésta es parte de su obra.»

Y el ojo del tiempo se abrió por tercera vez y supe de la Providencia Divina. Y esto fue lo que supe:

«Desde el No Tiempo, la mano de Dios está sobre todo lo creado. Cada mundo, cada sistema de mundos, cada constelación, cada universo local y cada Superuniverso tiene su propio designio. Nada ha quedado suelto. Nada se mueve por azar. Os engañáis al suponer que la tutela del Padre sobre vuestro mundo es una tutela infantil o arbitraria. La Providencia Divina consiste en el cúmulo de actividades solidarias de los espíritus divinos y de los seres celestiales que, en armonía con la ley cósmica, trabajan sin descanso para honrar al Padre y elevar espiritualmente a las criaturas de los universos. Los universos, con todas sus manifestaciones físicas, intelectuales y espirituales, no son un accidente divino. Cada fenómeno, cada gramo de materia, cada realidad visible o invisible han sido previamente imaginados por el Padre. Cada uno encierra un designio y un por qué. No os engañéis ante el aparente caos de las explosiones de los mundos estrellados. Todo se halla bajo el férreo control de la mirada del Padre. Todo se debe a su libre y soberana voluntad. Y todo desemboca en un único fin: el continuo e ilimitado progreso de la Creación. Ésta es la gran contraseña divina. Éste es el espíritu de lo creado e increado. El progreso existe. Ya fue establecido desde el principio de los principios. Es el Paraíso la esencia y la máxima expresión del progreso. Y el Paraíso fue creado como morada santa de la felicidad. Es, pues, la felicidad el viento que anima y empuja al progreso. Y la felicidad es el aliento del Padre. Y ese aliento tiene un nombre: Providencia. Mirad el pasado y el presente de vuestra raza evolucionaria. ¡Cuánto sufrimiento y cuánta evolución hasta llegar al día de hoy! Sin embargo, el hombre ha progresado. La Providencia Divina se cumple siempre, lenta pero inexorablemente. Los aparentes errores, los aparentes fracasos, los aparentes retrocesos de la Humanidad no son tales. Todo ello se halla escrito en las páginas de la Providencia. Y la Suprema Providencia no está sujeta a error. Está escrito: "Dios es fiel y su fidelidad yace en los cielos." Todas las cosas trabajan en la dirección de Dios. Nada se aparta sin su consentimiento. Las estrellas que veis caer, lo hacen a los pies del Padre. La nueva simiente se eleva hacia el Padre. La luz procede de Él y a Él retorna. ¿Quién se halla libre de su ojo? No hay límites para su fuerza, ni laberintos para su sabiduría. Él lo crea y lo sostiene todo. Y su equilibrio es inmutable. No os engañéis: el estallido de los soles está equilibrado. La inestabilidad de las órbitas está equilibrada. La furia de los elementos naturales está equilibrada. La muerte es equilibrio.»

Todo es renovado

«¿Imagináis un universo sin Dios? Si esto fuera posible, todo se derrumbaría. Vuestros sabios empobrecen su sabiduría al considerar el universo como un péndulo casual, ajeno a la presencia y a la voluntad de un Dios. Sin Él, todo lo creado sería irreal. El Padre Eterno nunca abandona la dirección y el sostenimiento de su obra. No es un Dios inactivo. Dios es la realidad activa. Antes del tiempo, Él sostenía el No Tiempo. Y ahora, en los reinos del tiempo y del espacio, Él sostiene el pasado, el presente y el futuro. El universo de los universos se encuentra en permanente renovación. Y en la muerte de la renovación encuentra la vida. El Padre Universal es la fuente renovadora. Él satisface lo colosal y lo infinitesimal. Él irradia la vida, la luz y la energía. Su trabajo desciende a lo material y se eleva hasta la más sublime espiritualidad. Él perfecciona el vuelo de las aves y la fuerza del león. Él afila la silueta de los peces y da color a los mares. Él trabaja en lo finito y en lo infinito. ¿Podéis vosotros, criaturas mortales, igualar el escarlata de las rosas? ¿Puede crear vuestra ciencia la armoniosa geometría del arco iris? ¿Disfrutáis acaso del poder del rayo? Está escrito: "Él extiende el Norte sobre el espacio y suspende la Tierra en la nada".»

La casualidad

«En vuestra limitada comprensión de cuanto os rodea en el universo, llamáis "casualidad" a todo aquello que escapa a vuestro raciocinio. ¿De verdad creéis que la casualidad existe? Dios trabaja incansable sobre cada átomo de lo creado, sobre cada circunstancia, sobre lo espiritual y lo no creado. Él coordina y traza sus designios. ¿Por qué llamáis entonces "casualidad" a lo que, simplemente, no conocéis? Llamadlo Dios y estaréis más cerca de la verdad. Bien por su acción directa o a través de sus criaturas intermedias, el Padre os sale al paso en cada recodo de vuestras vidas. Y lo hace en forma de amor, de duelo, de poder, de miseria o de felicidad. ¿Por qué llamáis a esas circunstancias "casualidad"? Si el azar existiera, Dios no sería Omnipotente. Y debéis saber que su poder va más allá de lo imaginable y de lo inimaginable. Dios no deja cabos sueltos. No soñéis, por tanto, con la libertad absoluta. Vuestra única libertad está en la capacidad de elegir hacer o no su voluntad. Ésa es la libertad de las libertades: elegir o no la inmortalidad.»

La eterna manipulación divina

«Ni siquiera en los más altos niveles de los espíritus creados en perfección se alcanza a comprender en plenitud el fenómeno de la Providencia Divina. Estáis y estamos ante otro de los oscuros e impenetrados misterios de la Trinidad. No forcéis, pues, vuestra inteligencia. En los universos del tiempo y del espacio existe una unidad orgánica que, al parecer, sirve de fundamento a la casi infinita trama de sucesos cósmicos. Esta presencia viva de Dios en evolución, esta inmanencia del Incompleto Proyectado, se manifiesta de vez en cuando, e inexplicablemente, a través de la coordinación, aparentemente fortuita, de dos acontecimientos universales sin vinculación ni relación entre sí. A esto llamamos Providencia. Y esa Providencia representa un vasto control y una manipulación eterna de todo lo creado. Sólo así puede entenderse que Dios ate y desate el intrincado nudo gordiano de los confusos fenómenos físicos, mentales, morales y espirituales de los universos con la sola fuerza de su voluntad. De no conocer y saber de su infinito amor, esa oscura fuerza podría arrasar mundos e inteligencias.»

El ignorado destino de los universos

«Tampoco sabemos con certeza el final último de los designios divinos. A excepción de las Deidades del Paraíso y de sus más íntimos asociados, nadie intuye siquiera los postreros planes de la Providencia. Sólo en la Isla Nuclear de Luz está escrito el destino de los universos. Contemplando el universo central de Havona parece fácil deducir que ha sido creado como modelo de los siete superuniversos y como etapa final de perfección para las criaturas evolucionarias del tiempo y del espacio. Pero, ¿se trata sólo de eso? ¿Qué encierra en verdad la sabiduría divina? ¿Cuál es la finalidad de los actuales e inmensos espacios increados que se extienden por el Maestro Universo? Esto es lo que sabemos: en la Isla Eterna del Paraíso existe un prodigioso plan para educar a los humanos que alcanzan al fin la presencia divina. Estos seres forman ya el Cuerpo de la Finalidad. Y algún día serán enviados a esos espacios increados con una misión que, por el momento, no ha sido revelada.»

4 Y en mi visión habló el séptimo Anciano de los Días.
Y lo hizo por cuarta vez. Y dijo:

«Ven y te mostraré la obra de Dios en la naturaleza.
Ésta es parte de su obra.»

Y el ojo del tiempo se abrió por cuarta vez y vi en él
todo lo creado sobre la Tierra y sobre otras mil Tierras. Y
esto fue lo que vi y escuché:

Vi océanos embravecidos, ríos de lava ardiente, dilu-
vios mortíferos, temblores de tierra que asolaban y mata-
ban, huracanes sobre la campiña y sobre las aguas, estrellas tambaleantes y en mitad del caos, de la muerte y de
la ruina, una multitud de seres humanos, sedientos de sangre, de poder y de venganza. Y escuché la voz del ojo del
tiempo que decía:

«Ésta es la naturaleza que evoluciona. Ésta es la parte
imperfecta de la naturaleza.»

Y vi después el orden universal y el calor vivificante
del sol y las mil especies que alimentan al hombre. Y vi
también la paz de las altas cumbres y la lluvia benéfica
que engorda las cosechas. Y escuché la música de las aves
y me sentí complacido bajo la puntual ronda de las estrellas. Y en mitad de aquella perfección se hallaba una multitud de seres humanos, progresando en paz. Y escuché
de nuevo la voz del ojo del tiempo que decía:

«Ésta es la naturaleza que evoluciona. Ésta es la parte
divina de la naturaleza.»

Y supe entonces que la naturaleza, aunque obra del
Padre, tiene dos caras. Y así es por designio de Dios. Una
cara es el reflejo del Paraíso. La otra, el reflejo de la natural y evolucionaria imperfección de los mundos y de sus
criaturas. La naturaleza representa y contiene lo perfecto
y lo parcial, lo eterno y lo temporal. Y la segunda cara, de
la mano de la evolución, tiende hacia la primera. Y la evolución ha sido dispuesta por el Creador, incluso en lo material, como camino natural hacia lo inmutable. La evolución es la piedra universal que lima errores y asperezas.
Cuanto más joven es un mundo, cuanto más jóvenes sus
criaturas, más puntuales y aparatosas son sus imperfecciones. Pero el soplo divino de la Perfección sopla igual
para todos los mundos y para todos los hombres. Y todos
serán uno en la armonía universal.

La resultante de dos factores cósmicos

Y la voz del ojo del tiempo dijo:

«Las leyes de Dios son inmutables. Él ha dispuesto el principio y el final de todo lo creado. Nada puede alterar esa ley. Pero el Padre Universal, en su infinita sabiduría, supedita esa invariable acción universal a la evolución y a la conducta de cada individuo, de cada mundo, de cada sistema de mundos, de cada constelación, de cada universo local y de cada Superuniverso. Dios no conoce la prisa. La impaciencia y la prisa son signos de evolución humana. La demora en la ejecución final de las leyes de la Providencia no empaña su grandeza. Al contrario. Sólo un Dios de Amor podría consentir que sus justos y sabios designios se vean condicionados y temporal y provisionalmente modificados por la imperfecta y evolucionaria conducta de sus hijos y de su joven creación. Cada humano del tiempo y del espacio es un mundo en potencia. Un espléndido y maravilloso mundo. Y ese humano debe colmar y cumplir su propia evolución, de acuerdo con sus circunstancias. Y así sucede con cada uno de los mundos. Y así sucede con cada uno de los sistemas, constelaciones y universos locales. Y así sucede con cada Superuniverso: cada uno encierra su propio designio. Y la naturaleza no es ajena a este orden de cosas. La naturaleza —así está escrito— es la resultante de dos factores cósmicos: de un lado, el factor divino de la Perfección. Del otro, el inevitable y lógico factor de la imperfección, de los errores, de la torpeza y hasta de las rebeliones de sus criaturas evolucionarias. La naturaleza encierra, pues, una trama de perfección uniforme, inmutable y majestuosa, que mana del círculo de la eternidad. Pero, en cada universo, sobre cada mundo y en cada criatura dotada de voluntad (incluso en las no conscientes de sí mismas), la naturaleza es modificada y condicionada por los actos, errores e infidelidades de sus habitantes.»

La gran rebelión

5 Y el séptimo de los jefes de los Superuniversos habló por quinta vez. Y mostrándome el ojo del tiempo dijo: «Ven y te mostraré algo que padeces. Ésta es la última rebelión contra Dios.»

Y el ojo del tiempo se cubrió de sangre. Y los siete Ancianos de los Días se tiñeron de sangre. Y yo con ellos. Y vi 619 mundos que flotaban en la negrura del universo al que pertenezco. Y todos se hallaban rojos de sangre. Y la negrura de la nada se hizo sangre. Y mi mundo era el 606. Y vi también al Soberano de ese sistema de 619 mundos. Pero se hallaba prisionero de la sangre. Y su nombre era Luzbel y llevaba en la frente el número 37. Y en mi visión supe que aquella criatura perfecta, de una luz radiante como la aurora, recibe ahora el nombre de Lucifer y que su juicio se halla pendiente. Y el séptimo Anciano de los Días dijo:

«Esta criatura fue perfecta en todas las vías, desde el momento en que fue creada. Pero eligió la iniquidad. Escucha su historia y conocerás tu propia historia. Él reinaba en la "Montaña de Dios". Y su sabiduría le llevó a sentarse en el consejo de los Muy Altos. Pero, hace doscientos mil años del tiempo de la Tierra, el error anidó en su corazón. Y se levantó en armas contra el Hijo Creador de su universo local y contra la Deidad del Paraíso. Y muchos de los Príncipes planetarios de esos 619 mundos secundaron su rebelión. Y entre ellos, Caligastía, el Príncipe de tu propio mundo. Cuando en el universo de Micael, el Hijo Creador, se tuvo conocimiento de los planes del Soberano rebelde, las supremas jerarquías de la constelación y de Nebadon se movilizaron para persuadir a Luzbel. Pero la iniquidad había germinado en su corazón. Y el sistema de mundos que gobernaba se tiñó de sangre. Lucifer hizo público su "Manifiesto de la Libertad" y millares y millares de criaturas quedaron deslumbradas, uniéndose a la revuelta. Satán, lugarteniente de Lucifer, llevó la proclama a los mundos rebeldes, y entre ellos al tuyo. Y Caligastía hundió a tu mundo en las tinieblas. Ven ahora y conoce por ti mismo el "Manifiesto de la Libertad".»

Y el ojo del tiempo se abrió ante mí y leí:

«Dios no existe. El Padre Universal es un mito, inventado por los Hijos del Paraíso para sostener y acaparar el poder universal. Nadie conoce la naturaleza y la personalidad de Dios. Dios es un gigantesco fraude.

»Micael, el Hijo Creador del universo local de Nebadon, carece de potestad sobre los mundos bajo su dominio. Aunque Creador y Padre mío, Micael no es mi Dios. Los Ancianos de los Días sólo son extranjeros en este reino. Desde aquí proclamo la soberanía y el autogobierno de los mundos bajo mi tutela.

»Las criaturas evolucionarias del tiempo y del espacio han sido y son engañadas. Durante largas épocas son preparadas para un destino tan desconocido como ficticio. Las criaturas "finalistas" han traicionado a sus hermanos, haciéndoles creer en un Padre Universal inexistente.»

Y el séptimo jefe del séptimo Superuniverso habló de nuevo y dijo:

«La blasfemia de Lucifer fue un fogonozado en los cielos. Muchos cayeron deslumbrados a los pies del Soberano rebelde. Ni la clemencia ni la bondad de las altas jerarquías celestes le hicieron desistir. Y Micael ordenó la no intervención. Fueron tiempos oscuros para el sistema de mundos al que perteneces. Y al fin, Gabriel, jefe ejecutivo de Micael y supervisor de todos los Soberanos de sistemas de mundos del universo local de Nebadon, se puso en marcha con sus legiones celestiales, al encuentro de Lucifer. Gabriel desplegó la enseña de Micael: la bandera blanca con tres círculos concéntricos y azules en el centro. Y Lucifer extendió la suya: blanca también, con un círculo rojo y otro más pequeño, negro, en el centro. Y hubo guerra en los cielos. Una guerra sin sangre, en la que millares de criaturas pusieron en juego su inmortalidad. Y al final, la Verdad resplandeció y Lucifer y sus jefes fueron encadenados y destituidos. Y el sistema de mundos de Lucifer fue aislado y así permanece. Pero la luz retornará a tu mundo y al resto del sistema cuando el Maligno sea juzgado. La cuarentena dispuesta sobre los 37 mundos rebeldes que se aliaron finalmente con Lucifer tocará a su fin y las criaturas y la naturaleza que los habitan recuperarán el ritmo de su natural evolución, uniéndose al latido del Superuniverso al que pertenecen.»

La naturaleza no es Dios

«He aquí un ejemplo de cuanto has visto y oído: en su inmensa sabiduría, Dios permite que sus inmutables designios divinos se vean demorados y aparentemente trastornados por los errores, imperfecciones y sediciones de sus criaturas. Es la cara temporal y evolucionaria de la creación. ¿Comprendes ahora por qué Dios no puede hallarse personal, física y directamente en lo que llamáis naturaleza? Él la crea y sostiene pero, tal y como aparece en los mundos evolucionarios, tal y como tú la ves en el tuyo, nunca será la justa expresión y el fiel reflejo de un Dios infinitamente sabio y perfecto. Dejadla que crezca. Dejadla que evolucione. Creced con ella y evolucionad a su ritmo, pero no busquéis en los fenómenos naturales la misma chispa divina que habita en vosotros. La naturaleza representa las leyes de la perfección, pero se encuentra condicionada por su propia evolución. Pero llegará el día en que esa naturaleza será perfecta y con una sola cara: la del Paraíso. Cada universo disfruta de sus propios planes evolutivos y Dios lo sabe. Él ha delegado en sus Hijos Creadores para que así sea. Huid, por tanto, de aquellos que veneran la naturaleza como la máxima expresión de la Divinidad. Sin saberlo, están adorando su propia imperfección. Respetad y admirad a la naturaleza por lo que representa, pero no caigáis en el error de confundirla con Dios. ¿Es que podéis identificar sus errores con posibles errores divinos? ¿Desde cuándo el Padre Universal está sujeto a equivocación? Él consiente y equilibra las fuerzas de la creación, pero las contempla desde fuera. Esas imperfecciones representan los tiempos de espera inevitables en el desarrollo constante del espectáculo de la Infinitud. Esas interrupciones defectuosas de la continuidad perfecta son, justamente, las que permiten al pensamiento limitado de los hombres evolucionarios tener una percepción, aunque fugaz, de la realidad divina en el espacio y en el tiempo. Mientras contempléis a la naturaleza con vuestros ojos carnales, las manifestaciones materiales de la Divinidad os seguirán pareciendo perfectas. ¡Despertad a la verdad! La naturaleza no es Dios, aunque de Él proceda.»

La no imagen de Dios

6 Y después de esto, el jefe del séptimo de los Superuniversos me mostró de nuevo el ojo del tiempo y habló por sexta vez. Y esto fue lo que dijo:

«Ven y te mostraré ahora la no imagen de Dios.»

Y el ojo del tiempo se abrió y vi a un hombre y a una mujer, perfectos en su belleza. Y el Anciano de los Días habló:

«Ésta es la no imagen de Dios. Dios no es el hombre, aunque habite en él. Dios no es semejante a los hombres. Ni a los perfectos ni a los imperfectos. Son los hombres los que buscan parecerse a Él. Dios busca la perfección para los suyos, pero los hombres le confunden con las perfecciones e imperfecciones humanas.»

Y el ojo del tiempo se abrió y vi al monstruo que se devora a sí mismo. Y ese monstruo llevaba el nombre de «celos». Y el Anciano de los Días dijo:

«Ésta es la no imagen de Dios. El hombre es celoso e imagina a un Dios celoso. Pero el Padre no conoce los celos. Él desea y pretende que el hombre sea la pieza maestra de su creación. Y cuando el hombre yerra, cuando la criatura mortal y evolucionaria del tiempo y del espacio se postra ante los ídolos o ante su propia soberbia, Dios se siente celoso "por" el hombre: nunca "del" hombre.»

Y el ojo del tiempo se abrió y vi en él al jinete del fuego y de la cólera. Y el Anciano de los Días habló:

«Ésta es la no imagen de Dios. El hombre es colérico e imagina a un Dios colérico y de perdición. Pero Dios no sabe de la cólera. Dios no se ve arrastrado por emociones tan bajas, indignas incluso del propio hombre.»

Y el ojo del tiempo se abrió y vi a un hombre arrodillado y cubierto de ceniza. Y el Anciano de los Días dijo:

«Ésta es la no imagen de Dios. El hombre se arrepiente de sus actos y palabras e imagina a un Dios igualmente arrepentido. Pero el Padre no gusta el cáliz del arrepentimiento. Él es infinitamente sabio y poderoso. Él conoce vuestros errores y así están escritos en las tablas de sus designios. Vuestra sabiduría se fragua en las pruebas y en los fracasos. Y es justo que experimentéis el arrepentimiento. La sabiduría de Dios reside en la perfección absoluta de su infinita previsión universal. Y esta divina previsión es la que dirige la libre voluntad creadora.»

Y el ojo del tiempo se abrió por quinta vez y contemplé en mi visión a un hombre doliente y entristecido. Y el Anciano de los Días dijo:

«Ésta es la no imagen de Dios. El hombre conoce la amargura y hace a Dios triste y humillado. Pero el Padre Universal no es humano. Y aunque se aflige con vuestra aflicción, su dolor y divina tristeza no son emociones humanas. El dolor y la amargura no caben en la suprema Infinitud. Dios no es emoción humana, aunque sea Él su creador. Mirad la luz del sol: procede del Padre, pero no es el Padre. Mirad la oscuridad: procede del Padre, pero tampoco es el Padre.»

Y el ojo del tiempo se abrió y vi al jinete que se hiere a sí mismo. Y su nombre era «venganza». Y su rostro era de hombre. Y el Anciano de los Días dijo:

«Ésta es la no imagen de Dios. El hombre es vengativo y hace a Dios vengativo. Y vuestros profetas y libros sagrados siguen alimentando esta no imagen de Dios. Pero Dios está exento de venganza. Dios es el supremo Amor. Incluso entre vosotros, los hombres, el verdadero amor está reñido con la venganza. Nadie que ame a un hijo puede alimentar venganza contra él.»

Y el ojo del tiempo se abrió y vi a un hombre con la túnica negra de la confusión. Y el Anciano de los Días habló:

«Ésta es la no imagen de Dios. El hombre es arbitrario por naturaleza e imagina a un Dios igualmente arbitrario en sus juicios y obras. Pero Dios es la suprema justicia y rectitud. Dios no confunde ni se confunde. No confundáis sus designios con la arbitrariedad. Equivocáis el Destino con la arbitrariedad y, en vuestra torpeza de pensamiento, lo juzgáis injusto.»

Y el ojo del tiempo se abrió y vi a una multitud postrada ante un ángel de luz. Y el Anciano de los Días dijo:

«Ésta es la no imagen de Dios. El hombre es lento de pensamiento y confunde a Dios con sus criaturas espirituales subordinadas. Desde la más remota noche de los tiempos os habéis postrado, rostro en tierra, adorando a quienes, en verdad, sólo están al servicio del Padre. Vuestros profetas, líderes y libros sagrados han confundido y siguen confundiendo a los ángeles y enviados del Padre con el propio Padre. No habéis sabido distinguir con claridad y justicia a las tres personas de la Trinidad, ni tampoco a la Deidad del Paraíso, ni tan siquiera a los Hijos Creadores de los universos locales y mucho menos a los Príncipes de los mundos, a los Soberanos de los sistemas de mundos, a los Padres de las constelaciones o a los Jefes de los Superuniversos. Numerosos mensajes de personalidades subordinadas —desde portadores de Vida hasta los más modestos órdenes angélicos— han sido presentados a la Humanidad, a los pueblos y a los seguidores de las más diversas religiones como procedentes del mismo Dios Supremo. Olvidad el pasado. Las tradiciones religiosas son siempre una Historia imperfectamente conservada.»

Y el ojo del tiempo se abrió y vi en él tres altares. En el primero, los hombres ofrecían sangre a Dios. En el segundo quemaban incienso y en el tercero, los hombres se ofrecían a sí mismos a la Gran Divinidad de los Cielos. Y el Anciano de los Días habló de nuevo y dijo:

«Ésta es la no imagen de Dios. Los hombres edifican mitos y hacen de Dios un mito. Pero Dios es una realidad. Dios no precisa de sangre, ni de incienso, ni tampoco del ofrecimiento personal de sus hijos. Dios no bebe sangre. Dios no esclaviza. Dios no contiene su ira ante las ofrendas de sus criaturas humanas. Dios no sabe de la ira. Éstas son manifestaciones de un mundo primitivo que ya evoluciona. Dios no golpea a sus hijos con el hambre, con la miseria o con las catástrofes naturales. Eso es obra de la naturaleza evolucionaria e imperfecta. Estas creencias y prácticas repugnan a los seres que gobiernan los universos. Pero no os desalentéis. En los designios divinos está escrito que vuestro mundo, como todos los mundos evolucionarios de la creación, hallarán al fin la Verdad. Y la no imagen de Dios quedará borrada de los corazones.»

La imagen de Dios

7 Entonces vi al séptimo jefe de los Superuniversos que me mostraba de nuevo el ojo del tiempo. Y dijo:

«Ven, te mostraré la verdadera imagen de Dios.»

Y el ojo del tiempo se abrió, pero no vi nada. Y su interior se hallaba vacío. Y los siete Ancianos de los Días se postraron ante el ojo del tiempo y adoraron la imagen de Dios. Y el séptimo dijo:

«Dios no es humano. Dios no tiene imagen. En toda la gloria de la Creación, Dios es el único ser que no tiene exterior ni más allá. Dios es estacionario y se halla contenido en sí mismo. Dios no conoce pasado ni futuro, pero conoce el pasado y el futuro. Dios es energía intencional, espíritu creador y voluntad absoluta. Y estas cualidades son autoexistentes y universales.

»Y está escrito: "Yo Soy el que Soy. Yo, el Señor, no cambio." Él existe en sí mismo y, en consecuencia, es infinitamente independiente. Dios es hostil al cambio, aunque su obra cambie. Dios pasa de la simplicidad a la complejidad, de la identidad a la variación, del reposo al movimiento, de lo divino a lo humano, de lo infinito a lo finito y de la unidad a la dualidad y a la trinidad y lo hace sin modificar su esencia. Y en su misterioso poder, Él permanece invariable en el torbellino de su propia creación. Su no cambio no significa inmovilidad.

»Estas cosas son inasequibles aún al intelecto imperfecto y limitado de los hombres. Pero ésta es la verdadera imagen de Dios.

»Dios se autodetermina. Y sólo Él determina el límite de sus deseos y de su poder. Pero esos límites son infinitos. Sus actos sólo se hallan condicionados por sus cualidades y atributos perfectos. El vínculo, por tanto, entre Dios y la Creación es el de su Amor. Ésta es la imagen de Dios.

»El Padre es el supremo Creador. Ésta es su imagen. Él hizo la Isla Nuclear de Luz y el universo central y perfecto. Él es el Padre de todos los Creadores. Su imagen está en todos los Hijos Creadores de los cien mil universos de cada Superuniverso. Su imagen está siete veces cien mil veces. Y sólo es una. Él comparte con los hombres y con sus criaturas espirituales subordinadas su personalidad, su bondad, su amor, su sabiduría y su justicia. Pero la voluntad infinita sólo es de Dios. Él elige siempre lo perfecto. Por eso su Sagrada Morada es perfecta. Por eso el universo central de Havona es perfecto. Él elige su creación evolucionaria. Por eso, algún día, la naturaleza y los universos serán perfectos. Él elige y crea a sus hijos evolucionarios. Por eso, algún día, vosotros también seréis perfectos.

»El Padre es eterno e infinito. Ésta es su imagen. Pero, ¿cómo haceros comprender la eternidad si ni siquiera estáis preparados para intuir vuestras limitadas fronteras materiales e intelectuales? ¿Qué sabéis de vuestras esferas físicas y mentales? Apenas una letra en el inmenso abecedario de vosotros mismos. ¿Cómo querer atrapar entonces la idea de infinitud? No juguéis al juego de lo imposible. Sólo después del primer sueño de la muerte es posible despertar a los umbrales de la grandeza divina. La eternidad es consecuencia de la inmortalidad. Es la vida que genera la vida. No miréis atrás, porque jamás alcanzaréis a vislumbrar el principio. Mirad hacia adelante, aunque tampoco distingáis el final. La eternidad, por el momento, debe quedar anclada en vuestra alma como una esperanza. En vuestros mundos evolucionarios, la esperanza sustituye a la eternidad.

»El Padre es Absoluto. Ésta es su imagen. Y su naturaleza absoluta lo impregna todo.

»El Padre es Padre. Ésta es su primera, última y gran imagen. En todas sus vastas relaciones con las criaturas del tiempo y del espacio, el Dios de los universos está gobernado por este máximo sentimiento: su amor. Éste es su gran título: el que mejor le define. En el Dios Padre, sus actos no se hallan únicamente gobernados por el poder o por el intelecto. En todos ellos reina el amor. En consecuencia, en todas sus relaciones con las personalidades creadas en los universos, el Gran Dios es, sobre todo, Padre amantísimo. Para la ciencia, Dios es la Causa Primera. Para la filosofía, Aquel que existe por sí mismo. Para la religión, el Dios Universal. Para Dios, Dios es Padre. Éste es nuestro gran patrimonio y el vuestro. Éste es nuestro descanso y el vuestro. Ésta es nuestra esperanza y la vuestra. Y está escrito: "Aunque mis fuerzas se agoten, Él es mi Padre y me sostendrá." ¡Bendito aquel que se acueste como simple mortal y despierte como hijo de un Dios!»

La segunda fuente

1 Y desde el Santuario, el espíritu de Dios me condujo hasta las tres fuentes que alimentan eternamente a la Ciudad Santa, a la nueva Jerusalén. Y una voz a mi espalda dijo:

«Juan, hijo de la tierra, bebe de la segunda fuente, puesto que la benevolencia de Dios ya te permitió beber de la primera.»

Pero yo no recordaba haber bebido de la primera de las fuentes. Y la voz dijo: «La primera fuente derrama la gracia del Padre y su agua ya está en ti. Bebe, pues, de la segunda: la que derrama la gracia del Hijo Eterno y Original.» Y cumplí la orden del cielo. Y al beber el agua de la segunda fuente caí en un profundo sueño. Y esto fue lo que vi y lo que escuché:

El Hijo original

Vi la Morada Santa y en el centro había tres tronos. Pero dos ángeles de luz ocultaban el primero y el tercer tronos. Y el segundo trono era como jaspe cristalino. Y en él se hallaba sentado el Señor, mi Señor. Y caí de bruces, adorándole y entonando su gloria. Pero el Señor me habló y dijo: «Juan, te equivocas. No soy quien tú crees, aunque soy en todo igual a él.» Pero yo no comprendí. Y mi Señor dijo: «Mira a tu izquierda.» Y en mi visión vi una multitud. Y supe que eran más de trescientos mil. Y el Señor dijo: «Mira ahora a tu derecha.» Y así lo hice. Y vi otra multitud. Y sumaba lo mismo que la primera. Y el Señor, mi Señor, habló de nuevo: «Éstos son mis Hijos Creadores, en todo igual a mí. Su número es siete veces cien mil. Uno de ellos es tu Señor.» Pero no comprendí. Y el que ocupaba el segundo trono habló así: «Todos proceden de mí. Ya te lo he dicho: son mis Hijos y sus nombres son un solo nombre: Micael. Tu Señor es Micael.» Pero yo no comprendí. Y el Señor dijo: «El Señor que tú conociste, y que recibió en vida mortal el nombre de Jesús de Nazaret, es Micael de Nebadon, tu universo. En él reina y gobierna por derecho propio y personal. Él es tu Creador y el Creador de todo Nebadon. Él es mi Hijo y tu Dios. Pero sólo yo soy el Hijo Eterno y Original, la segunda persona de la Trinidad.» Y la confusión se apoderó de mí y lloré amargamente.

Engendrado por el Padre

2 Y en mi visión, la multitud de Hijos Creadores de mi izquierda clamó con una sola voz y dijo:

«¡Gloria al Hijo Eterno y Original, único engendrado por el Padre! Él es el Dios Hijo, la segunda persona de la Deidad y Creador asociado de todas las cosas. Él es nuestro Padre. Él es el Hijo del Padre Universal. Y nosotros, los Hijos Creadores de los universos, los Micael, entonamos su gloria.»

Y mi alma se abrió y el espíritu de Dios penetró en ella como el viento del Este. Y ésta fue mi sagrada revelación sobre el Hijo Eterno y Original, el que ocupa el segundo trono, el que derrama el agua de la segunda fuente:

«En vuestro mundo, en vuestra limitada e imperfecta inteligencia, habéis confundido a Micael de Nebadon —vuestro Creador y Creador del universo local del séptimo de los Superuniversos— con el Hijo Eterno y Original. Pero escucha, hijo de la tierra, porque éstas son palabras de verdad. El Hijo Eterno y Original, la segunda persona de la Deidad, jamás descendió en vida mortal sobre la Tierra. El Hijo Eterno es el centro espiritual y el divino administrador del gobierno espiritual del universo de los universos. El Padre Universal, aquel que ocupa el primero de los tronos, aquel que te habita, es creador y controlador. El Hijo Eterno es creador con Él y administrador espiritual. Dios-Padre es espíritu. Y su Hijo revela ese espíritu a la creación. Dios-Padre es el Absoluto Volitivo. Dios-Hijo es el Absoluto Personal. El Hijo Eterno y Original, en el primitivo lenguaje y en los primitivos conceptos de las cria-

166

turas evolucionarias del tiempo y del espacio, se asemejaría a la expresión final y perfecta del primer concepto personal y absoluto del Padre Universal. En consecuencia, en todas las circunstancias en que el Padre se expresa de una forma personal y absoluta, lo hace a través de su Hijo Eterno y Original. Ha sido escrito: "Él es el Verbo y la Palabra divina y viviente." El Hijo Eterno ha existido, existe y existirá eternamente. Él vive en el centro de las cosas, en asociación con la presencia personal del Padre Universal que todo lo envuelve.»

Nunca tuvo comienzo

«Sólo por acceder a tu limitado intelecto es por lo que esta revelación consiente en pronunciar la expresión "primer pensamiento". Dios-Padre nunca tuvo un primer pensamiento. En consecuencia, no es justo hablar de un origen del Hijo Eterno.

»El Padre Universal tiene un concepto infinito de la realidad divina, del espíritu incondicionado y de la personalidad absoluta. El Hijo Eterno encarna la personalidad de dicho concepto. Es así como el Hijo constituye la revelación divina de la identidad creadora del Padre Universal. Y esta personalidad perfecta del Hijo Eterno revela que el Padre es, en efecto, la fuente eterna y universal de todos los valores y significaciones de aquello que es espiritual, volitivo, intencional y personal. No es posible que el pensamiento humano alcance a comprender las misteriosas relaciones entre los seres que constituyen la Deidad, de igual forma que no podéis beberos los océanos. Pero los océanos están ahí y nadie duda de su existencia. No dudes, por tanto, de cuanto encierra esta revelación, aunque sus conceptos y expresiones sean tan limitados como tu propio pensamiento. Sabemos que el Hijo surge del Padre, aunque ambos sean eternos. Sabemos que el Padre Universal es Creador, aunque su creación sea siempre en coordinación con el Hijo. Fue escrito sobre Micael de Nebadon, vuestro Creador e Hijo Creador del Hijo Eterno: "Al principio era la Palabra. Y la Palabra estaba con Dios. Y la Palabra era Dios. Todas las cosas han sido hechas por ella y nada de lo que ha sido hecho lo ha sido sin ella." Esta revelación, válida para Micael, lo es también para el

Hijo Eterno y Original, la segunda persona de la Trinidad. Pero, aun siendo igual al Hijo Eterno, Micael —vuestro Jesús de Nazaret en vida mortal— no es el Hijo Eterno. He aquí otra lamentable fuente de errores entre los humanos de la Tierra. Habéis confundido al Creador de Nebadon con la segunda de las Deidades del Paraíso. Los Hijos Creadores, los Micael, proceden del Hijo Eterno y son Él, pero no son el Hijo engendrado por el Padre. De vuestro Jesús de Nazaret se ha dicho: "Es aquel que estaba desde el comienzo a quien hemos oído, a quien hemos visto con nuestros ojos, a quien hemos contemplado, a quien hemos estrechado la mano: la Palabra misma de vida." Y así es en verdad. Los Micael que han creado, que sostienen y gobiernan cada uno de los 700 000 universos locales de los siete Superuniversos proceden del Padre Universal con tanta certeza como el Hijo Original y Eterno, pero han sido creados, a su vez, por mediación del Hijo Eterno. Así está escrito: "Y ahora, ¡oh Padre mío!, glorifícame por ti mismo con la gloria de que gozaba a tu lado antes de que este mundo fuera."»

Los nombres del Hijo Eterno

«Y éstos son los nombres que recibe el Hijo Original y Eterno en los diferentes círculos de la creación. En el Universo Central y Perfecto de Havona es conocido como la Fuente Coordinadora, el Co-Creador y el Absoluto Asociado. En la sede del séptimo Superuniverso, el Hijo Eterno es designado como el Centro Coordinado de Espíritu y como el Eterno Administrador Espiritual. En la sede de vuestro universo local de Nebadon es llamado la Fuente Centro Eterna Segunda. Los Melquizedek le atribuyen el título de Hijo de los Hijos y en vuestro mundo, como ha sido escrito, el Hijo Eterno y Original ha sido confundido e identificado con el Hijo Creador de Nebadon: Micael de Nebadon. Y aunque todo Hijo del Paraíso puede ser llamado en justicia Hijo de Dios, y así ocurre con vuestro Micael, la apelación de Hijo Eterno sólo pertenece al Hijo Original, segunda persona de la Trinidad y Co-Creador con el Padre Universal.»

3 Y el espíritu de Dios siguió hablando. Y esto fue lo que dijo: «El Hijo Eterno y Original es el Verbo. Y la Palabra es igual al Padre. La Palabra es el Padre, manifestada "personalmente" en su Creación. Y ha sido escrito con verdad: "Aquel que haya visto al Hijo ha visto al Padre." Y así es para el Hijo Eterno y Original y para todos los Hijos Creadores que suman siete veces cien mil.»

Y vi entonces a la multitud de mi derecha que proclamaba con una sola voz:

«¡Gloria al Hijo Eterno y Original, único engendrado por el Padre! Él es el Dios Hijo, la segunda persona de la Deidad y Creador asociado de todas las cosas. Él es nuestro Padre. Él es el Hijo del Padre Universal. Y nosotros, los Hijos Creadores de los universos, los Micael, entonamos su gloria.»

Y el espíritu de Dios siguió hablando. Y esto fue lo que escuché:

«Juan, hijo de la tierra, ahora conoces la naturaleza del Hijo Eterno. Escribe para que otros crean.»

En todo igual al Padre

«El Hijo Original y Eterno, el único engendrado por el Padre, es en todo semejante al Padre. Cuando adoráis al Padre, aunque lo ignoréis, adoráis igualmente al Hijo Eterno y al Espíritu Infinito. Dios Hijo es tan real y divino en su naturaleza como el Dios Padre. Él posee también la infinita rectitud y justicia del Padre y es el espejo de la santidad de la Causa-Centro-Primera. El Hijo Eterno es perfecto como Dios Padre y con Él comparte la responsabilidad de conducir a las criaturas más humildes hasta la Isla Nuclear de Luz. Cuando al fin tomáis la decisión de elegir hacer la voluntad del Padre, estáis eligiendo hacer la voluntad del Hijo Eterno. Él es también la plenitud. Él encarna la plenitud del carácter absoluto de Dios, tanto en personalidad como en espíritu. Él posee todos los divinos atributos de Dios Padre y los revela a la Creación. Éste es su excelso cometido.

»Dios Padre es espíritu. Más aún: Él es el espíritu universal. Y esa naturaleza espiritual se halla personalizada

169

en la Deidad del Hijo Eterno y Original. Y todas las características espirituales de Dios Padre aparecen realzadas hasta la infinitud en su Hijo Eterno. Y ambos comparten ese espíritu divino —en plenitud y sin reservas— con el Actor Conjunto o Espíritu Infinito, la tercera persona de la Trinidad.

»En cuanto a la Bondad del Padre Universal y del Hijo Eterno, ¿quién puede establecer fronteras? Ambas son una misma cosa. No es posible separarlas ni distinguirlas. El Padre ama como un Padre y el Hijo, como un Padre y como un Hermano. Y el amor de ambos por la Verdad y la Belleza es similar, aunque el Hijo Eterno se consagre en mayor medida que el Padre a desarrollar la belleza exclusivamente espiritual de los valores universales.

»El Hijo Eterno y Original es, pues, igual en todo al Dios Padre. Sin embargo, aunque apenas le conocéis, Él debe representar para vosotros, criaturas mortales del reino, un escalón previo a la Morada Santa. Habéis visto al Hijo Eterno en su Hijo Creador, encarnado en la Tierra. Él es como vuestro Jesús de Nazaret. Escuchad las palabras de Micael de Nebadon y habréis escuchado las palabras de la Palabra.»

Así es el Hijo Eterno

4 Y el espíritu de Dios siguió hablando en mi corazón. Y esto fue lo que dijo:

«Así es el Hijo Eterno y Original. Escribe para que otros le glorifiquen.

»A diferencia de Dios Padre, el Hijo sólo es omnipotente en el reino del espíritu. Nunca encontraréis derroche de funciones en la Deidad. La Deidad no consiente ni se entrega jamás a una duplicidad de sus funciones en todo lo creado.

»El Hijo Eterno es también omnipresente. Y esa omnipresencia es la unidad espiritual del universo de los universos. La cohesión espiritual de todo lo creado descansa y se nutre en la ubicuidad real e infinita del espíritu divino del Hijo Original. Es el cemento y el alma de toda vida y signo espirituales. Y el espíritu del Padre está en el del Hijo. El Padre es espiritualmente omnipresente, pero esta omnipresencia es inseparable del espíritu omnipresente del

Hijo. Y en todas las realidades y situaciones de doble naturaleza espiritual, en las que Padre e Hijo están presentes, el espíritu del Hijo Eterno se halla coordinado con el de Dios Padre.

»En su contacto con las personalidades, el Padre opera siempre mediante el circuito de personalidad. En su contacto personal con la creación espiritual aparece en los fragmentos de su Deidad. Y estos fragmentos del Padre tienen una función solitaria, única y exclusiva desde que surgen en cualquier punto del Maestro Universo. Y en todas estas situaciones, el espíritu del Hijo Eterno se halla coordinado con la función espiritual de la presencia fragmentada del Padre Universal.»

La presencia del Padre y la presencia del Hijo

«Mas no os engañéis. Aunque el Hijo Eterno es espiritualmente omnipresente y su espíritu todo lo llena, sólo el Padre os habita. Sólo el Monitor de Misterio —la presencia viva de Dios— se instala en lo más profundo de vuestro corazón, ajustando vuestros pensamientos, deseos y voluntad a los excelsos planes divinos de perfección. Y es mediante esta progresiva elevación del pensamiento, del alma y del espíritu del hombre cómo los hijos evolucionarios de Dios van siendo atraídos hacia el todopoderoso núcleo del espíritu del Hijo.»

El Hijo Eterno lo sabe todo

«Como el Padre Universal, el Hijo Original es infinitamente sabio. Nada escapa a su conocimiento. Y al igual que Dios Padre, ningún acontecimiento universal le pilla por sorpresa. Él es parte del principio sin principio y del final que nunca termina. Él conoce el final antes del principio y es, como el Padre, un eterno presente. Ambos, Padre e Hijo Eterno, saben del número y del emplazamiento de todos los espíritus perfectos y de todas las criaturas evolucionarias del tiempo y del espacio. Y lo saben en cada instante del tiempo y del no tiempo. El Hijo Eterno conoce todas las cosas por sí mismo y en virtud de su omnipresencia espiritual, conociendo además la vasta inteligencia del Ser

Supremo. Por ello fue escrito: "El Hijo conoce el interior y el exterior del Padre y se conoce a sí mismo." Nadie en la Creación puede hacer distinción entre la sabiduría de la primera y de la segunda fuentes. Aunque las veáis brotar por separado, ambas fluyen de idéntico manantial.»

Tan amoroso como los Micael

«En cuanto al amor, la misericordia y la benevolencia del Hijo Eterno y Original, en nada difieren de los del Padre. Son una misma cosa en el misterio impenetrable de la Deidad. El segundo ama como el primero y éste, igual al segundo. Y no hay amor, misericordia o benevolencia primeros o segundos. Y esta forma de ser es transmitida íntegra e infinitamente ilimitada a los Hijos del Hijo. En vuestra limitada inteligencia podéis imaginar a los Micael, Soberanos Creadores de cada uno de los universos locales de los siete Superuniversos, como el espejo que refleja la imagen del Hijo Eterno. Ellos son tan misericordiosos, indulgentes, sabios y amorosos como el Hijo Único, engendrado por el Padre. Ellos son Él y son el Padre en Él. Ellos son un puente hacia el núcleo todopoderoso del Hijo. Ellos, los Micael, los Hijos del Hijo Eterno y Original, tienen la potestad de crear y son los creadores de cada uno de los universos que gobiernan. Y en ellos está el Padre y en ellos está el Hijo. Y son uno con ambos y una es la creación en ellos.»

El Hijo es misericordia

5 Y en mi visión fui invadido por el espíritu de Dios. Y el espíritu de Dios le habló a este humilde siervo del Señor. Y esto fue lo que escuché:

«En el estandarte del Hijo Eterno y Original hay escrita una palabra: "misericordia". En la bandera del Padre ondea una palabra: "amor". Y el Hijo es la revelación de ese amor divino a los universos. Y el Hijo es la misericordia. El Hijo comparte la rectitud y la justicia de la Trinidad pero, sobre estos rasgos de la Deidad, su misericordia ondea sobre todo lo creado. He aquí el peldaño que os aproxima al Hijo Eterno. Él ama como el Padre pero, como

Hijo, comparte con las criaturas el sentimiento de filiación hacia un Dios. Mirad, pues, al Hijo Eterno, mirad a sus Hijos Creadores, mirad a los Micael, mirad a Jesús de Nazaret y os hallaréis ante un hermano. Un hermano cuyo gran ministerio es la misericordia. La misericordia es la esencia del carácter espiritual del Hijo. Ninguno de sus mandamientos, ninguno de sus actos, ninguno de sus pensamientos y designios se halla huérfano de misericordia.»

El trabajo del Hijo

«Y el trabajo del Hijo Eterno y Original es uno: revelar ese Dios Padre a toda la creación. Revelar a los universos que existe un Dios de Amor. Revelar a los espíritus que existe un único camino hacia la Isla Nuclear de Luz: el sendero amoroso del Padre. Revelar a los universos de los Superuniversos que sois hijos de un Dios y que, en consecuencia, todos sois hermanos. Recordad a vuestro Micael, Hijo Creador del Hijo Eterno. Ése fue su mensaje. Ése fue su testimonio en la encarnación sobre la Tierra. Ésa fue su vida. Él denunció la gran verdad, escondida y olvidada a los ojos de los hombres. La palabra "Padre" fue su única y gran palabra. Y cumplió consigo mismo y con los deseos del Hijo Eterno. Y así será más allá del tiempo y del no tiempo.

»El trabajo del Hijo Eterno es la aplicación espiritual del amor del Padre. Esto es la misericordia. ¿Conocéis a hombres que amen realmente y que no sean misericordiosos? Todo el que ama es misericordioso. El que ama pone en práctica su amor. Y lo hace a través de la donación de sí mismo, de la entrega de su alma, de sus posesiones y hasta de sus defectos. Y en todo ello ondea siempre el sentimiento divino de la misericordia. Misericordia hacia los demás y, en especial, hacia sí mismo. Esta es, a escala humana, la acción permanente del Hijo Original y Salvífico. En vuestro limitado intelecto podéis imaginar el amor de Dios Padre como el amor de un padre terrenal hacia los suyos. Y estaréis próximos a la verdad. El amor del Hijo Eterno sería entonces similar al amor de una madre terrenal. E igualmente estaréis próximos a la verdad. Aunque el amor del Padre y del Hijo sean en verdad una misma cosa, existen sutiles diferencias en cuanto a la calidad y a la forma de expresión de ambos.»

Una personalidad puramente espiritual

«Escucha, Juan. A lo largo de este segundo *Apocalipsis* ha sido repetido hasta la saciedad: el Padre es la personalidad paternal. Dios Padre regala y distribuye la personalidad a cada una de sus criaturas. A los perfectos y a los limitados por el tiempo y por el espacio. De Él nacen y a Él vuelven. Pues bien, también la personalidad del Hijo Eterno nace del Padre. Pero esta personalidad de la segunda persona de la Trinidad es pura y absolutamente espiritual. El Hijo es personalidad absoluta. Y esta personalidad absoluta es, al mismo tiempo, el gran modelo divino y eterno. Modelo del don de personalidad del Padre al Espíritu Infinito y Actor Conjunto de la creación y modelo del don de personalidad del Padre al resto de sus hijos. Pero no es posible penetrar en el misterio de la personalidad del Hijo Original. Vuestro intelecto se halla aún imposibilitado para entender su naturaleza. Baste decir que esa personalidad es lo más noble y brillante de todo lo que existe y existirá.

»El Hijo Eterno es el gran ministro de la Misericordia, el gran Espíritu Divino y la gran reserva espiritual del Maestro Universo y de los espacios increados. Y esa reserva espiritual es como el amor de una Madre Divina: inagotable, siempre dispuesta, inasequible al desaliento, amante y, por encima de todo, misericordiosa.»

El Hijo Eterno no se fragmenta

«Sólo Dios Padre actúa personalmente sobre la creación física y material. No son éstos los dominios y los cometidos del Hijo. En la ayuda mental y espiritual a las criaturas de los universos, el Hijo Eterno actúa siempre en cooperación con el Espíritu Infinito. Él lo envía a vosotros y Él os envuelve así con su gracia y poder. Pero el Hijo Original no forma parte de vuestro Monitor de Misterio. Esta chispa divina —así ha sido escrito— es y procede del Padre. El Hijo coopera con el Padre en la creación de personalidades, pero no las crea por sí mismo. Es con el Padre Universal, en su acción conjunta, como el Hijo Eterno y Original crea a los Hijos Creadores de los universos. He aquí una ley inmutable que no debéis olvidar: el Hijo crea, pero en unión con el Padre. Dios Padre le ha conferido el poder y el privilegio de unirse a Él en el acto divino de la creación de otros Hijos que, a su vez, son creadores. Éstos son los Micael. Y cuando el Padre y el Hijo se unen para crear un Micael, esa sagrada acción es conocida como "designio". Pero los Micael no pueden transmitir su poder creador a sus criaturas subordinadas de los universos. Ese poder creador nace y muere en sí mismo.

»El Hijo Eterno no está capacitado para fragmentarse, ni para fragmentar su naturaleza. Ése es un exclusivo atributo del Padre. Y Él os habita, mientras el espíritu del Hijo os envuelve. La fracción prepersonal del Padre es regalada a las criaturas evolucionarias del tiempo y del espacio y en ellas se instala. El espíritu del Hijo es regalado a toda la creación, impregnándola y envolviéndola hasta sus últimos límites. Y es por esa sagrada "agua" —la que mana de la segunda fuente—, y que todo lo cubre, por la que los universos de los universos flotan hacia Dios.

»El Hijo Eterno es el reflejo de Dios Padre en todo lo creado. El Hijo es personal y, en consecuencia, jamás podrá ser fragmentado. No equivoques tus juicios. Los Hijos Creadores, los Micael, no son una fragmentación del Hijo Eterno y Original: son el reflejo del Padre y del Hijo, de igual forma que el Hijo lo es del Padre. Y los Micael son Dios y son el Padre y son el Hijo. De ahí que, con justicia y verdad, podáis llamar a Jesús-Micael de Nebadon vuestro Padre y el Hijo de Dios vivo. Y Dios Padre dijo: "Hagamos al hombre a nuestra imagen y semejanza." Y en ese instante, Padre e Hijo Eterno consintieron en derramar la chispa divina y real del Padre sobre los corazones de los hombres. Y el Monitor de Misterio habitó en vosotros y el espíritu del Hijo os envuelve. Y ambos trabajan en vuestra perpetua elevación hacia el Paraíso.»

6 Por sexta vez fui penetrado por el espíritu de Dios. Y yo, Juan de Zebedeo, el último de los mortales, escuché la palabra divina. Y esto fue lo que escuché:

«Tú, Juan, hijo de la tierra, a pesar de ser templo del Padre, eres una criatura enteramente material y sometida a las leyes de la naturaleza evolucionaria. Simplemente, no conoces. Tú eres material y el Hijo Eterno es espiritual. ¿Cómo hacer comprender a la bestia los circuitos inmateriales del pensamiento? Está escrito en los designios de la Deidad: "Todo se cumplirá en su momento. La bestia se alzará hacia el hombre y el hombre hacia la luz." Debéis esperar, pues, a obtener el definitivo estatuto espiritual para asomaros a las realidades divinas y espirituales del Hijo. Sólo entonces, mientras atraveséis los universos, descubriréis el pensamiento del espíritu. Y éste clarificará los misterios que ahora os consumen. Sólo entonces empezaréis a intuir que el Hijo Eterno es espíritu y que su pensamiento, como su naturaleza, nada tienen que ver con el pensamiento y la naturaleza humanos. El pensamiento del hombre es uno. El pensamiento del espíritu es todo. Sólo después del primer sueño de la muerte aparecerá en vosotros el pensamiento del espíritu. Y este pensamiento del espíritu no puede ser comparado con el que rige la materia, ni tampoco con el que rige vuestro intelecto. El pensamiento del espíritu es mucho más: es la percepcion espiritual. El pensamiento es un suceso universal en las criaturas dotadas de voluntad. Sin él no existiría conciencia espiritual en la creación. Y este pensamiento, en su expresión infinita, es igualmente común y natural en la Deidad. La Deidad puede ser personal, prepersonal, superpersonal o impersonal, pero nunca aparece desprovista de inteligencia. El pensamiento del espíritu, aquel que llena a los Hijos del Paraíso, no se parece en nada al pensamiento de los hombres mortales. El camino que os separa de la perfección es tal que vuestra mente, si pudiera intuirlo, resultaría fulminada. Pero no os desalentéis. Otros muchos, antes que vosotros, han emprendido ese camino de ascensión hacia el Paraíso y ahora saben y entienden que el Hijo Eterno es real.»

«Esto servirá a vuestro limitado intelecto: la creación es como una gran familia. En ella reina y gobierna el Padre. En ella reina y gobierna el Hijo: la Divina Madre que ostenta la misericordia. En ella participan los Hijos Mayores de la Deidad y los hijos menores de los mundos del tiempo y del espacio. Y el amor, la justicia, la belleza y la rectitud cubren a la Gran Familia. Y así será en el tiempo y en el no tiempo. Y como en una familia humana, los hijos menores deben crecer en espíritu y en sabiduría para intentar aproximarse al padre y a la madre, conociendo así sus voluntades y designios. Al infante le basta con el amor de sus padres. Al adolescente no le basta el amor. Su personalidad demanda conocer. Y el padre y la madre se entregan entonces al hijo, abriendo las puertas de sus inteligencias. Pero todo ello requiere un tiempo y exige un crecimiento. Ésta es la verdad espiritual que os aguarda. Y llegará el día en que los hijos menores serán llamados Hijos de la Deidad y estarán en la presencia del Padre y de la Madre, conscientes y preparados para entender y asumir sus sagrados designios. El amor, entonces, se habrá sublimado. En la realidad de la Isla Nuclear de Luz ocurre lo mismo. Dios-Padre y Dios-Hijo, en tanto que personalidades divinas, no pueden ser fácilmente distinguibles por los órdenes de inteligencias inferiores. Para los Hijos del Paraíso y los Hijos perfectos del Universo Central, esa dificultad es menor. Los seres nativos de Havona están capacitados para distinguir al Padre y al Hijo Eterno, no sólo como una unidad personal de control universal, sino también como dos personalidades separadas que operan en planos y territorios definidos de la administración universal. Vosotros, criaturas mortales y evolucionarias, podéis imaginar a Dios Padre y a Dios Hijo como individualidades separadas. De hecho lo son. Pero, en la administración de lo creado, se hallan de tal forma entrelazadas que no resulta fácil distinguir a uno del otro. Ante semejantes circunstancias es mejor postrarse en señal de humilde aceptación. Recordad entonces que Dios Padre es el pensamiento iniciador y el Hijo Eterno y Original, la palabra expresiva. Y en cada uno de los cien mil universos de cada Superuniverso, esta divina asociación aparece personalizada en sus respectivos Hijos Creadores o Micael. Él representa al Padre y al Hijo. Y así debe ser aceptado por los millones de criaturas que habitáis esos universos del tiempo y del espacio. Mientras no crucéis la barrera de los Superuniversos, rumbo a Havona, los Micael son vuestra esperanza y la encarnación viva y verdadera del Padre y del Hijo Eterno. Después, una vez en el Universo Central, olvidaréis a los Micael y el pensamiento del espíritu se preparará para el último y definitivo salto hacia la comprensión de la Deidad. A medida que ese camino hacia el Paraíso sea más corto, la personalidad del Hijo Eterno se volverá cada vez más real y distinguible, de igual forma que ahora, en los mundos del tiempo y del espacio, vuestro pensamiento, vuestra alma y vuestro espíritu empiezan a estar capacitados para discernir la grandeza y la personalidad de los Micael. El concepto de Hijo Eterno no puede brillar en plenitud en el corazón de los mortales del reino. Pero, en su lugar, brilla el de sus Hijos Creadores. Y la comprensión de la naturaleza de Micael compensará la incomprensión de la naturaleza del Hijo Eterno. No intentéis tomar el cielo con las manos. Micael es vuestro Dios, vuestro Padre y la encarnación del Hijo, segunda persona de la Trinidad. Y Él descendió sobre vuestro mundo terrenal, con el propósito de conocer vuestra propia experiencia mortal y de que conozcáis la buena nueva: que sois hijos de un Dios y, consecuentemente, hermanos.»

Los Micael

«Y ahora, Juan, hijo de la tierra, escucha lo que dice la revelación. Éstos son los Micael, los Hijos Creadores de los universos de los Superuniversos: Ellos son Hijos del Paraíso. Ellos han sido creados por el Padre y el Hijo Eterno. Ellos son parte de la Deidad. Y cada Micael es eterno y, como fieles reflejos del Padre y del Hijo Original, su poder es infinito y su amor, bondad y misericordia no tienen fin. Ellos son los creadores de los cien mil universos de cada Superuniverso. Y sólo al Padre y al Hijo se deben y sólo a Ellos rinden cuentas. Y todo lo creado en cada universo local es obra suya, por expreso designio de la Deidad. Y cuantas criaturas pueblan cada universo local son igualmente hijos de cada Hijo Creador. Tú eres su obra. Y el espíritu del Padre habita en ti. Es Micael de Nebadon, el universo al que perteneces, el amantísimo creador de sus constelaciones, de sus sistemas de mundos y de todos los mundos que en él giran, nacen y mueren. Y nada escapa a su mirada y a su poder. Él ostenta la gloria de todo lo creado en Nebadon por designio del Padre y del Hijo y por designio propio. Él conoce a sus criaturas y, en su infinito amor, ha descendido siete veces hasta ellas, "encarnándose" en los diferentes círculos de sus existencias. Él os ha creado y Él os conoce en la carne. Y su séptima y última efusión en los mundos evolucionarios del tiempo y del espacio ha marcado su gloria hasta la eternidad. En esa séptima encarnación, Micael de Nebadon se hizo hombre y recibió el nombre de Jesús de Nazaret. Y compartió la vida y la muerte con sus criaturas más humildes. Y hoy reina y gobierna en su universo con plena autoridad. El llamado Jesús de Nazaret es, pues, con pleno derecho, el Hijo del Dios vivo, el fiel reflejo del Padre Universal. Él os ha sacado de las tinieblas ancestrales para mostraros el camino que os aguarda. Él os ha revelado al Padre y al Hijo Eternos y, por encima de todo, os ha revelado vuestra propia esencia y naturaleza divinas. Él os ha dicho con verdad y justicia: "Sois hijos del Padre y nadie os arrebatará tal privilegio."

»Él os aguarda al final de vuestra ascensión por el universo de Nebadon, pero no es ése vuestro final. Llegado el día, Micael de Nebadon os verá partir hacia la Isla Nuclear de Luz y con vosotros viajará toda su gloria. Y así es en cada uno de los cien mil universos de cada Superuniverso.»

Y en mi visión miré a mi izquierda. Y vi a la primera multitud de Hijos Creadores. Y comprendí. Y miré a la derecha y vi a la segunda multitud de los que llaman Micael. Y comprendí. Y aquel que se sienta en el segundo de los tronos de la Morada Santa habló así:

«Yo soy el Hijo Eterno y Original, la segunda persona de la Trinidad. Éstos son mis Hijos Creadores.»

Y entonces comprendí y caí de rodillas, entonando la gloria de mi Señor. Y los que se hallaban a mi izquierda y a mi derecha proclamaron con una sola voz:

«¡Gloria al Hijo Eterno y Original, único engendrado del Padre! Por Él somos y en Él somos. Su gloria es nuestra gloria. Su poder es nuestro poder. Y todo es uno en el Padre y en el Hijo Eterno.»

7 Y el espíritu de Dios entró en mí por séptima vez. Y
ésta fue su revelación: «Escucha, hijo de la tierra, lo
que nadie conoce. Y escribe después para que otros crean.
Así han surgido los Micael. Los Hijos Creadores de los universos de cada Superuniverso son consecuencia del pensamiento creador conjunto del Padre y del Hijo Original y
Eterno. Cuando ambos proyectan un nuevo, absoluto y original pensamiento, esa idea se ve materializada al momento en un Hijo Creador: en un Micael. Para vuestros limitados conceptos, éste podría ser el "nacimiento" de un Dios.
Y cada Hijo Creador es potencialmente igual al Padre e
igual al Hijo. Y su naturaleza es igualmente divina, igualmente sabia e igualmente misericordiosa. Y en Él yace el
poder y la gloria. Cada Micael es un Dios y cada Micael
es Dios. Y antes de su partida hacia los reinos del tiempo
y del espacio, cada Micael recibe del Hijo Eterno todos los
atributos y toda su naturaleza divina. Y son, a un mismo
tiempo, el Padre y el Hijo. Y su misión es una desde el
principio: revelar a los universos materiales la existencia
del Padre y la del Hijo Eterno. Y esa revelación sagrada
tiene lugar de forma directa y personal. Jesús de Nazaret,
vuestro Micael, es el más vivo y elocuente ejemplo de tan
sublime ministerio.

»Es pues el Paraíso la "cuna" de cada Hijo Creador.
Es por ello que los llamados Hijos del Paraíso. Pero los
Micael no son los únicos Hijos del Paraíso. Una vez perso-
nalizados por la acción conjunta del Padre y del Hijo Eterno, los Micael emprenden el gran viaje y la gran aventura
de su propia creación en los universos sujetos al tiempo y
al espacio. Ellos son los Soberanos y Creadores de cada
universo local, aunque la divina presencia del Padre Creador se halla igualmente en cada átomo y en cada energía
de toda la creación. Y con la ayuda de los agentes contro-
ladores y creadores del Padre, cada Micael emprende la
gloriosa tarea de crear y organizar su propio universo. Y
el vuestro recibe el nombre de Nebadon y es uno de los
cien mil que glorifican a la Deidad en el séptimo de
los Superuniversos que giran en torno al Gran Universo
perfecto de Havona. Fue escrito por tanto con verdad y justicia: "Yo soy antes que vuestro padre Abraham." Micael
de Nebadon, en cuanto Padre e Hijo, no tiene principio y

Él marca el principio de Nebadon y de todas sus criaturas evolucionarias.»

Comunicación permanente entre el Hijo y los Hijos Creadores

«Y en razón de su divino "parentesco", todos los Hijos Creadores de los universos evolucionarios gozan de la comunicación permanente e instantánea con el Hijo Eterno. Son una misma cosa, independientemente del tiempo y del espacio. Sólo en determinadas encarnaciones de los Micael, y por expreso deseo de éstos, esa íntima y permanente unión con la Morada Santa se ve temporalmente interrumpida. Micael de Nebadon —vuestro terrenal Jesús de Nazaret— así lo dispuso antes de partir hacia la vida mortal de vuestro mundo. Y durante un tiempo del tiempo de la Tierra, Micael de Nebadon no supo de su verdadero origen y naturaleza divinos. Micael de Nebadon, por voluntad propia, se negó a sí mismo. Y durante los años de su infancia y adolescencia, su pensamiento humano y evolucionario se debatió en vuestra misma angustia, padeció vuestras mismas incertidumbres y combatió en vuestras mismas tinieblas. Fue igual en todo a sus más humildes criaturas. Y lenta y progresivamente, de acuerdo con los designios del Padre y del Hijo Eterno, el Micael encarnado fue elevándose en la perfección espiritual, descubriendo que, al igual que los restantes mortales, su pensamiento, su alma y espíritu se hallaban habitados por una porción del Padre. Y Jesús de Nazaret fue uno con su Monitor de Misterio. Y en ese histórico momento, Micael supo quién era en verdad. Y su naturaleza divina estalló en todo su esplendor. Y sólo entonces fue Dios y hombre a un mismo tiempo. Sólo entonces se restableció el divino contacto con el Hijo Eterno y Padre e Hijo Creador fueron nuevamente una sola cosa. Y su misión en la Tierra —la revelación del Padre y del Hijo— entró en su última y decisiva etapa. Filósofos, pensadores y ministros de vuestras iglesias se esfuerzan en demostrar el absurdo de un Dios encarnado y consciente de su origen y naturaleza paradisíacos desde el momento mismo de su nacimiento. Micael de Nebadon se entregó tan generosamente a su experiencia de efusión en la carne mortal que, incluso, renunció voluntariamente, y durante un tiempo, a su real y genuina personalidad de Hijo Creador. Y su sacrificio en la cruz ha sido tomado por las jerarquías y criaturas celestes como el más bello ejemplo de sumisión a la voluntad del Padre. ¿Comprendéis ahora el estremecedor sentido de sus palabras en el huerto de Getsemaní? Él, supremo creador de los hombres, aceptó el dolor y la humillación, sin proclamar sus títulos y derechos. Él, soberano de esa tierra, consintió con amor y benevolencia que sus propias criaturas le infamaran y ejecutaran. Y ha sido escrito con verdad: "Padre, si es posible, aparta de mí este cáliz, pero no se haga mi voluntad, sino la tuya." Todo un Dios hecho hombre se entrega a la voluntad del Padre. He ahí la suprema lección. He ahí la suprema elección. Y Él hizo la voluntad del Padre y su soberanía es proclamada por todo lo creado. ¡Bendito aquel que, al igual que Micael de Nebadon, acepte siempre la voluntad del Padre Universal!»

El Hijo Eterno, un ejemplo para los Micael

«También ha sido escrito: "El Hijo Original es indivisible." Escucha, Juan, hijo de la tierra. Ésta es la revelación de los secretos del Hijo, la segunda fuente. El Hijo Eterno, a diferencia del Padre, no puede penetrar y habitar el corazón humano. Éste es un don exclusivo del Padre. El Monitor de Misterio es la chispa y la fracción prepersonal de Dios Padre, que sólo de Él procede. Pero el Hijo tiene sus propios caminos para alcanzar el pensamiento de los hombres y de todas las criaturas evolucionarias. Ese "camino" son sus Hijos Creadores: los Micael. A través de las encarnaciones de éstos, el Hijo Eterno y Original se muestra y manifiesta a toda la creación, haciendo posible su divino trabajo de revelación del Padre. Está escrito: "Sed perfectos como lo es vuestro Padre del Paraíso." Este deseo se cumple a la perfección a través de las efusiones de los Micael en sus diferentes esferas evolucionarias. Ellos, por orden y mediación del Hijo Eterno, revelan al Padre y revelan al Hijo. Y el Hijo Original se hace uno en las encarnaciones de los Micael. De esta forma, los hombres de la Tierra habéis conocido al Hijo. Y el Hijo se hizo hombre, instalándose en vuestra Historia y en vuestros pensamientos. Y ha sido igualmente escrito con verdad y justicia: "Yo soy el camino, la verdad y la vida." Micael de Nebadon, en su encarnación como Jesús de Nazaret, os ha revelado el "camino" hacia el Padre y el Hijo. Él os ha desvelado también la "verdad" de vuestra filiación divina y la "vida" que encierra y supone esa suprema elección de toda criatura humana: hacer la voluntad del Padre. Jesús de Nazaret os ha mostrado al Hijo Eterno y, por su mediación, lo ha hecho hombre. Y es llamado en justicia el Hijo del Hombre. Ésta es su gran experiencia. Lo que los Monitores de Misterio representan para el Padre es equilibrado en la experiencia del Hijo por las encarnaciones de sus propios Hijos Creadores. Pero no son estas encarnaciones en los mundos del tiempo y del espacio las únicas experiencias del Hijo Eterno y Original. Está escrito en la Morada Santa: "Hubo un Micael original. Y ése fue el Hijo Eterno, en su divina y misteriosa encarnación en Havona." Y ésta es su historia: en un principio, el Hijo Eterno, haciendo uso de sus divinas prerrogativas, decidió encarnarse en cada uno de los circuitos perfectos que rodean la Isla Nuclear de Luz, haciéndose un "peregrino" más en el camino hacia la Divina Perfección del Paraíso. Y fue uno más entre los divinos seres de Havona y entre las criaturas ascendentes de los mundos evolucionarios que se hallaban en el Perfecto Universo Central. Y por siete veces conoció a las criaturas de los siete circuitos. Y su paso es recordado como el paso del Micael original: el primer Hijo Creador del Hijo Eterno. Pero sus efusiones están fuera de vuestra limitada comprensión de los asuntos divinos. Él fue un auténtico "peregrino" y vivió las experiencias reales de los espíritus ascendentes. Él, Dios Hijo y Eterno, abdicó siete veces de su poder y de su gloria, participando así en la postrera experiencia de los afortunados que ya conocen y escalan los últimos peldaños que conducen a la Morada Santa de la Deidad. El Hijo Eterno, con su misteriosa "encarnación", constituye hoy un sublime ejemplo para sus propios Hijos Creadores, que deben imitarle en las esferas evolucionarias de sus respectivos universos locales. Y los Micael viven impacientes por culminar sus propias efusiones en las esferas de su soberanía. Micael de Nebadon alcanzó su plenitud con su séptima y última experiencia, registrada en su vida mortal en la Tierra. Como hombre fue perfecto. Como Soberano de Nebadon, su paso por la Tierra ha ratificado su Divina Perfección. Él ha abierto el mundo al Hijo Eterno. Y el Hijo Eterno mora entre vosotros.»

El misterio de las siete encarnaciones de Micael de Nebadon

1 Y en mi visión, uno de los Micael se destacó de entre la multitud de Hijos Creadores. Y era mi Señor, aquel a quien llaman el Cristo. Pero su faz no era la de mi Señor. Y su faz era como fuego divino, que jamás se consume. Y caí aterrado a sus pies. Entonces escuché una voz. Y esa voz sí era su voz, la que yo había escuchado en la Galilea y en la Perea y en Jerusalén y en los montes de la Judea. Y esa voz era tan cálida y armoniosa como la de mi Señor. Y me dijo:

«Juan, hijo del trueno, mi hijo y hermano, éste es el libro de mi historia en la creación. Devóralo y mi historia será parte de tu historia.»

Y vi un libro entre sus manos de fuego. Pero el libro no se consumía. Y lo devoré y entonces fui parte de la historia de mi Señor. Y esa historia tiene siete páginas y siete nombres y siete lugares. Y esto fue escrito en la primera de las siete páginas:

«¡Gloria a Micael de Nebadon, Hijo del Hijo Eterno! Yo, Gavalia, jefe de las Estrellas de la Tarde de Nebadon, escribo por orden de Gabriel. Éste es el misterio de las siete encarnaciones de Micael, Soberano Creador del universo de Nebadon. Ésta es la historia de su plenitud y de la plenitud de todas sus criaturas evolucionarias.

»Está escrito en los designios divinos: cuando el Hijo Eterno y Original, en cooperación con el Padre Universal, hace realidad un Micael, este Hijo Creador asume la responsabilidad de crear, sostener y pacificar el universo sede de su soberanía. Y ante la Sagrada Trinidad hace el solemne juramento de no asumir esa plena soberanía hasta que no haya culminado sus siete obligadas encarnaciones

185

en las esferas de su creación. Así está escrito desde el principio de los principios. Y esas encarnaciones deben registrarse bajo las formas de lás criaturas que habitan en el reino del tiempo y del espacio de cada uno de los cien mil universos de cada Superuniverso. Es así como los Hijos Creadores llegarán a ser soberanos sabios, justos, compasivos y comprensivos, por encima, incluso, de su natural e infinita sabiduría, justicia, bondad y comprensión. Será por sus encarnaciones como alcanzarán la suprema expresión de la inteligencia misericordiosa y su plena y definitiva soberanía sobre toda su creación. Así es y así está escrito desde el principio de los principios. Y yo, Gavalia, doy testimonio de ello.

»Está escrito en los designios divinos: todo Hijo Creador debe encarnarse, al igual que el Hijo Eterno y Original se encarnó en los siete circuitos de Havona. Sólo así serán uno con su creación. Sólo así revelarán al Padre y al Hijo a las legiones de criaturas inteligentes pero imperfectas que le están sometidas. Sólo así conseguirán la definitiva investidura de su soberanía. Sólo así estarán preparados para experimentar y conocer el punto de vista personal de los hijos evolucionarios a su cargo. Sólo así harán suya la experiencia viviente, el juicio, la paciencia, la soledad y los errores de los seres en proceso de perfección.

»Está escrito en los designios divinos: sólo aquellos Micael que acepten el plan divino de las siete encarnaciones serán coronados por los Ancianos de los Días y jefes de los Superuniversos.

»Ésta es la historia de las siete encarnaciones de uno de los Hijos Creadores del Paraíso: Micael de Nebadon, que gobierna y sostiene su universo desde hace cuatrocientos mil millones de años de la Tierra.»

Un extraño Hijo Melquizedek

Y así dice la primera página:

«Hace mil millones de años de la Tierra, algo singular ocurrió en el universo local de Nebadon. Fue entonces cuando los administradores y jefes del reino supieron de un extraño deseo de su Hijo Creador: Micael se ausentaría durante un tiempo y Emmanuel, su hermano mayor, asumiría la soberanía del universo. Y antes de partir para la inexplicada misión, Micael de Nebadon se despidió con las siguientes palabras: "Os dejo por un corto período. Sé que muchos de vosotros desearíais acompañarme, pero no podéis venir allí donde yo voy. Vosotros no podéis ejecutar aquello que estoy a punto de cumplir. Parto para hacer la voluntad de las Deidades del Paraíso. Cuando acabe mi misión y adquiera la experiencia necesaria, retornaré a mi lugar, con vosotros." Y Micael desapareció de la vista de sus criaturas. Tres días más tarde, en un remoto mundo, habitado por seres de la llamada Orden de los Melquizedek, aparecía un desconocido Hijo Mequizedek, igual en todo a estas excelsas criaturas, pero de origen desconocido. En Nebadon se sospecha hoy que aquel Melquizedek era en realidad el Soberano de nuestro universo: Micael, que había adoptado la forma y la personalidad de uno de estos hijos de la creación. El misterioso recién llegado a la esfera de los Melquizedek portaba instrucciones por las que debía ser acogido en dicho grupo e integrado en los servicios de socorro de la Orden. Y así vivió y compartió las experiencias de los Melquizedek, siendo uno con ellos. Y esta experiencia se prolongó por espacio de un siglo del tiempo de la Tierra. Transcurridos esos cien años, el humilde y anónimo Melquizedek desapareció. Y en esos precisos instantes, Micael de Nebadon retornó a su trono, asumiendo de nuevo su soberanía. En el mundo de los Melquizedek se puede leer hoy una significativa leyenda, depositada en un humilde templo, en la que se relata la ejemplar vida de este desconocido Hijo Melquizedek y su arrojo y valentía en un total de veinticuatro misiones de urgencia y socorro por el universo. Y esta inscripción conmemorativa finaliza así: "... Hoy, sin advertencia previa y en presencia de tres de nuestros hermanos, este Hijo visitador de nuestra Orden ha desaparecido tal y como llegó, acompañado simplemente de un omniafín solitario. Este visitante ha vivido como un Melquizedek. Fue en todo semejante a un Melquizedek y como tal ha trabajado, cumpliendo fielmente todas sus misiones de urgencia. Por consentimiento universal ha llegado a ser jefe de los Melquizedek, pues ha ganado nuestro amor y nuestra adoración, por su sabiduría incomparable, su amor supremo y su espléndida consagración a sus deberes. Él nos ha amado, nos ha comprendido, ha servido con nosotros y nosotros somos para siempre sus leales y devotos compañeros Melquizedek.

A partir de ahora, este extranjero será reconocido como un ministro universal de la naturaleza Melquizedek."

»Sólo en los archivos secretos de Nebadon se tiene puntual y exacto conocimiento de esta primera "encarnación" de Micael. Pero esos archivos son inaccesibles a las criaturas evolucionarias. Tampoco es posible comprender cómo todo un Creador puede dejar de serlo y transformarse en una criatura Melquizedek, viviendo y trabajando durante un siglo al servicio de dicha Orden. Pero así es y así figura en la primera página de la historia que he escrito por mandato del excelso Gabriel.»

Un Soberano salvador

2 Y esto fue escrito en la segunda página:
«¡Gloria a Micael de Nebadon, Hijo del Hijo Eterno! Yo, Gavalia, jefe de las Estrellas de la Tarde de Nebadon, escribo por orden de Gabriel. Éste es el misterio de la segunda encarnación de nuestro Soberano. Ésta es la historia de su plenitud y de la plenitud de todas sus criaturas. Está escrito en los designios divinos: "Él se hará uno de nosotros y nos revelará su gloria."»

Y así dice la segunda página: «Pasados ciento cincuenta millones de años de la Tierra desde la primera encarnación de Micael, una gran rebelión estalló en uno de los sistemas de mundos de Nebadon. Esta revuelta fue muy anterior a la sedición que ha padecido vuestro mundo. Según consta, el Soberano de aquel sistema —el número once de Nebadon— se mostró disconforme con el veredicto de los Padres de la Constelación, que condenaban a dicho Soberano por antiguas discrepancias e insubordinaciones al orden establecido. El mencionado Soberano, de nombre Lutencia y perteneciente, como todos los soberanos de sistemas de mundos, a la Orden de los Hijos Lanonandec, rechazó la sentencia, arrastrando en su rebeldía a legiones de sus criaturas y asociados. Fue una de las más graves rebeliones contra Micael de Nebadon. Pero, finalmente, el sedicioso fue juzgado y apartado de su reino, mientras las altas jerarquías del universo solicitaban a la sede-capital de Nebadon un Soberano sustituto para el afligido y perturbado sistema de mundos. Y fue justamente en esos tiempos, y en tales circunstancias, cuando el Hijo Creador anunció su deseo de ausentarse por segunda vez de su trono y de su gloria, con el fin de "hacer la voluntad del Padre Universal". Y el poder y la autoridad de Micael reposaron nuevamente en las manos de Emmanuel, su divino hermano del Paraíso. Y su partida fue tan súbita y misteriosa como la primera.

»Tres días después, un desconocido Hijo de la Orden de los Lanonandecs —aquellos que ocupan el trono de los Sistemas de mundos— hizo acto de presencia en el llamado Cuerpo de Reserva de los Hijos Lanonandecs Primarios del universo de Nebadon. En su poder se hallaba una orden, confirmada por Emmanuel, por la que este desconocido Soberano debía hacerse cargo, a título provisional, del Sistema número once, asolado por la reciente rebelión, como sucesor de Lutencia. Y durante más de 17 años del tiempo de Nebadon, este nuevo Soberano administró justicia entre los mundos arrasados y confundidos, ganándose la estima y la confianza de sus criaturas. Jamás un Soberano Sistémico fue tan amado y respetado. Y a lo largo de su sabio y misericordioso reinado llegó a ofrecer al Soberano destronado la posibilidad de compartir con Él el gobierno y la administración del Sistema, siempre y cuando se retractara de sus ataques e injurias al Hijo Creador. Pero Lutencia rechazó el ofrecimiento. El rebelde conocía la auténtica personalidad que se escondía tras la figura de aquel nuevo Soberano. Y sus ataques al Hijo Creador se recrudecieron. En esta ocasión, sin embargo, las criaturas que le habían secundado anteriormente optaron por la sabiduría y por la misericordia del nuevo jefe de los mundos, conocido en todo el Sistema por el Soberano Salvador.

»Cuando el reino fue pacificado, la sede-capital del universo envió al Soberano que debía ocupar definitivamente el trono. Y todo el Sistema lamentó la marcha del Soberano Salvador. Y, desde entonces, los Hijos de la Orden de los Lanonandecs —entre los que se encuentra vuestro igualmente destronado Lucifer— veneran y aman a este ignorado hermano de Orden, considerándolo como el más grande y sabio que jamás haya ocupado la soberanía de un sistema de Nebadon. Y está escrito que, incluso el Soberano rebelde y destronado le hizo llegar el siguiente mensaje: "Tú eres justo y recto en todos tus caminos. Aunque yo no acepte la regla del Paraíso, estoy obligado a reconocer que eres un administrador equitativo y misericordioso."

»Tres días más tarde de su despedida del Sistema número once, Micael regresaba a su gloria en la sede-capital de Nebadon. Y todos en el universo supimos que el Hijo Creador había ejecutado su segunda "encarnación". En esta ocasión, como un Soberano de Sistemas de mundos de su propio universo. Y su poder y su gloria fueron igualmente reconocidos. Así es y así figura en la segunda página de la historia que he escrito por mandato del excelso Gabriel.»

Un Adán único

3   Y esto fue escrito en la tercera página:

«¡Gloria a Micael de Nebadon, Hijo del Hijo Eterno! Yo, Gavalia, jefe de las Estrellas de la Tarde de Nebadon, escribo por orden de Gabriel. He aquí el misterio de la tercera "encarnación" de un Dios.»

Y así dice la tercera página:

«Y se produjo una nueva rebelión en los cielos. Y ésta fue la segunda gran rebelión en el reino de Nebadon. Y los Portadores de Vida del universo reclamaron en la sede-capital de Nebadon la urgente ayuda de un Hijo Material —un Hijo de la Orden de los Adanes—, que tomara posesión del planeta 217, ubicado en el sistema 87 de la constelación 61. Micael demoró el auxilio solicitado por los Portadores de Vida y, ante la sorpresa general, volvió a ausentarse por tercera vez. Como en ocasiones precedentes, el Hijo Creador de Nebadon delegó sus poderes en su Hermano del Paraíso, confiando el mando de las legiones celestes a Gabriel. Y tras despedirse del Espíritu Madre, Micael desapareció con destino desconocido. No fue difícil asociarle al Hijo Material que, tres días más tarde, se materializaría en el mundo sede del Sistema en rebelión. Y este nuevo y anónimo Adán fue confirmado como Príncipe Planetario provisional del mundo 217. De esta forma, Micael daba cumplimiento a la tercera de sus "encarnaciones" entre las criaturas que conforman y habitan su reino. Y lo hacía en forma de Príncipe de un mundo igualmente destrozado por la sedición y sometido, como el resto del Sistema, a la total incomunicación con el universo. Durante el tiempo de una generación de hombres evolucionarios, este sacrificado y ejemplar Adán trabajó en solitario, logrando lo que parecía imposible: el arrepentimiento del anterior y disidente Príncipe Planetario y de todo su Estado Mayor. Y el orden reinó de nuevo en aquel Sistema. Cuando la sede-capital de Nebadon lo estimó conveniente, otros Hijos Materiales fueron enviados y materializados en el mundo 217 y el provisional Príncipe Planetario delegó en ellos, desapareciendo tan misteriosamente como había llegado. A los tres días, Micael reaparecía en su trono y los Ancianos de los Días proclamaban su gloria y su soberanía. Sólo en los archivos secretos de Nebadon se conoce con exactitud y detalle la dura prueba experimentada por Micael durante su experiencia como Príncipe Planetario de un mundo evolucionario. La rehabilitación de este mundo en cuarentena, perdido en la confusión y arruinado por los rebeldes, constituye uno de los capítulos más hermosos y esperanzadores de toda la historia de Nebadon.

»Estas "encarnaciones" son y serán un impenetrado misterio para muchas de las criaturas del universo. ¿Cómo puede un Dios hacerse criatura subordinada? ¿Cómo un Hijo Creador puede descender, plenamente desarrollado y conformado, a los círculos y a los estratos inferiores de su propia creación? Lo cierto es que, después de esta tercera efusión, ningún Adán ni Príncipe Planetario se ha lamentado de las dificultades de sus misiones planetarias. Todos saben que, un día, su Dios y Creador adoptó esas mismas formas, desempeñando con honor, amor y sabiduría idénticas tareas a las que ellos desempeñan. Los Hijos Materiales saben ahora que su Soberano ha sido igualmente tentado y probado. Y la gloria y el poder de Micael de Nebadon son reconocidos en todo el universo. Así es y así figura en la tercera página de la historia que he escrito por mandato de Gabriel.»

Bajo la forma de un serafín

4 Y esto fue escrito en la cuarta página:
«¡Gloria a Micael de Nebadon, Hijo del Hijo Eterno! Yo, Gavalia, jefe de las Estrellas de la Tarde de Nebadon, escribo por orden de Gabriel. Éste es el misterio de la cuarta "encarnación" de quien todo lo puede.»

Y así dice la cuarta página:
«Y Nebadon conoció entonces un largo período de paz. Y en ese período, de acuerdo con los designios del Paraí-

so, Micael de Nebadon conoció su cuarta y gloriosa experiencia en las esferas inferiores de su reino.

»Tras ausentarse de su trono, el universo supo de una noticia procedente del cuartel general seráfico. Y esa noticia decía así: "Damos cuenta de la llegada imprevista de un serafín desconocido, al que acompaña un supernafín solitario y el excelso Gabriel de Nebadon. Este serafín posee todas las características de la Orden de los Serafines de Nebadon y porta las credenciales de los Ancianos de los Días, confirmadas por el muy noble Emmanuel, divino Hijo del Paraíso. Este serafín pertenece a la Orden Suprema de los Ángeles del universo y trabajará en el Cuerpo de Consejeros Instructores."

»A partir de ese momento, el misterioso serafín desempeñó el cargo de consejero instructor seráfico, a las órdenes de veintiséis sucesivos maestros instructores. Y su labor se prolongó por espacio de cuarenta años del tiempo universal de Nebadon, habitando en veintidós mundos diferentes. Su último cargo fue el de consejero y asistente agregado a la misión de encarnación de un Hijo Instructor de la Trinidad. Y durante esos postreros siete años, este Hijo Instructor de la Trinidad jamás tuvo conocimiento de la verdadera identidad de su humilde acompañante seráfico.

»Ahora, todos los órdenes de ángeles del universo de Nebadon son conscientes de que su Creador se hizo igual a ellos y de que fue tentado y probado, exactamente igual que ellos. Y aunque seguimos sin comprender el misterio de semejante "encarnación", Nebadon entero se une al cántico de los ángeles: "¡Gloria a Micael, nuestro Dios y Creador, que es sabio y misericordioso en lo alto y en lo bajo!"

»Y el poder y la gloria de nuestro Creador fueron reconocidos en todo Nebadon. Así es y así figura en la cuarta página de la historia que he escrito por mandato de Gabriel.»

En el centro del séptimo Superuniverso

5 Y esto fue escrito en la quinta página:

«¡Gloria a Micael de Nebadon, Hijo del Hijo Eterno! Yo, Gavalia, jefe de las Estrellas de la Tarde de Nebadon, escribo por orden de Gabriel. Éste es el misterio de la quinta "encarnación" de quien asciende y desciende por su poder.»

Y así dice la quinta página:

«Es confesión del excelso Gabriel: ni él mismo, la brillante Estrella del Alba, está en disposición de entender cómo su Creador, Micael de Nebadon, puede prescindir de su estatuto de Hijo del Paraíso para ser y parecer una criatura evolucionaria del tiempo y del espacio. Pero él, como nosotros, cree y acepta. Y se inclinó humilde y leal ante la quinta "encarnación" del gran Soberano. Esto fue hace trescientos millones de años, según el cómputo de la Tierra. En aquel tiempo, las altas jerarquías y jefes del universo local de Nebadon asistimos a una nueva transferencia de poderes de Micael a su hermano e Hijo del Paraíso, Emmanuel. Pero, en esta solemne ocasión, todo fue distinto: Micael anunció pública y oficialmente el lugar al que se dirigía. Y este lugar era Uversa, la sede-capital del séptimo de los Superuniversos: nuestro Superuniverso. Y su ingreso en Uversa ha quedado registrado así en los anales de la Historia: "Sin anuncio previo ha llegado hoy a esta sagrada sede-capital un peregrino de origen humano, en su camino ascendente desde los mundos del universo local de Nebadon. Se halla acompañado por Gabriel y confirmado por la autoridad de Emmanuel. Esta criatura desconocida presenta el estatuto de un verdadero espíritu y así ha sido acogido en nuestra comunidad."

»En Nebadon se siguió con profundo interés la carrera ascensional de este humilde peregrino hacia la Perfección. La escolta permanente del poderoso Gabriel fue definitiva. Todos supimos que aquel espíritu originario de los mundos del tiempo y del espacio era en verdad nuestro Soberano y Creador. Pero, aún hoy, no podemos comprender cómo fue posible semejante transformación. Era la primera vez que Micael se encarnaba en un espíritu perfectamente desarrollado, pero de origen humano. Y durante once años del tiempo del Superuniverso trabajó y se comportó como uno más de los peregrinos que llegan a Uversa, procedentes de los más modestos e imperfectos mundos evolucionarios. Y Eventod —éste fue su nombre— fue tentado y probado como el resto de sus compañeros peregrinos ascendentes de todos los universos locales del Superuniverso. Y fue un leal aspirante a la Perfección, ganándose la estima y la admiración de cuantos le rodearon. Su quinta experiencia como una criatura más de su propia creación culminaría cuando el grupo de peregrinos al que pertenecía se dispuso para el siguiente y gigantesco "salto" hacia el Gran Universo de Havona. Tras una entrevista con los Ancianos de los Días, jefes del séptimo de los Superuniversos, el misterioso "peregrino" desapareció. Al poco, Micael reaparecía en la sede-capital de su universo local. Y su gloria y poder fueron reconocidos y todo Nebadon fue uno con su Soberano.

»Esta quinta encarnación de Micael abrió los ojos de sus más cercanas criaturas, engrandeciendo aún más, si cabe, el divino plan de elevación de los mortales del reino desde sus remotos planetas hasta la Isla Nuclear de Luz. Y en esos momentos fuimos conscientes de que la grandeza de este divino Hijo del Paraíso podría conducirle a encarnar, incluso, en el último y más imperfecto de los círculos de su obra: en el hombre físico y mortal. Tales apreciaciones serían confirmadas algún tiempo después. Y así es y así figura en la quinta página de la historia que he escrito por mandato de Gabriel.»

En el mundo moroncial

6 Y esto fue escrito en la sexta página:
«¡Gloria a Micael de Nebadon, Hijo del Hijo Eterno! Yo, Gavalia, jefe de las Estrellas de la Tarde de Nebadon, escribo por orden de Gabriel. Éste es el misterio de la sexta encarnación de Micael, dueño y señor de la vida y de la muerte.»

Y así dice la sexta página:

«Por expreso deseo de Micael, todos los habitantes de la sede-capital de Nebadon supimos de sus inminentes designios. El Soberano y divino Hijo Creador llevaría a cabo sus dos últimas encarnaciones muy cerca de los mortales del reino. Y el universo entero se conmovió. La sexta efusión tendría lugar en el mundo-sede de la quinta constelación. La séptima y última, en un remoto planeta del Sistema de mundos conocido por Satania. Y Nebadon entonó la gloria de su Dios, que no olvida a los más humildes. Y Micael abandonó su trono, en unión de un serafín solitario y de la Radiante Estrella del Alba. Y este Hijo del Paraíso apareció en el mundo de moroncia: aquel que se abre después del primer sueño de la muerte. Pero mis labios están sellados y no me es permitido seguir. La sexta encarnación de Micael sólo puede ser desvelada tras el primer sueño de la muerte. Aquellas criaturas mortales del tiempo y del espacio que ya han entrado en el mundo moroncial saben que, con su experiencia en este círculo de lo creado, Micael descendió al penúltimo de los escalones de su reino. Y así es y así figura en la sexta página de la historia que he escrito por mandato de Gabriel.»

El mundo de la cruz

7 Y esto fue escrito en la séptima página:
«¡Gloria a Micael, Hijo del Hijo Eterno! Yo, Gavalia, jefe de las Estrellas de la Tarde de Nebadon, escribo por orden de Gabriel. Éste es el misterio de la séptima y última encarnación de Micael: aquella que maravilló al universo.»

Y así dice la séptima página:
«Fue preciso que Nebadon esperase millares de años para asistir al gran prodigio. Nadie en el universo conocía el lugar, ni el día, ni la hora, ni la forma en que se registraría la séptima encarnación del Hijo Creador. Hasta que, hace treinta y cinco mil años del tiempo de la Tierra, la Brillante Estrella del Alba proclamó el deseo de Micael de hacerse uno con la carne humana y mortal. Las sospechas de las criaturas de Nebadon eran fundadas. Y el nombre de un ínfimo y lejano mundo material —"Iurancha"— resonó en el reino. "Iurancha", vuestra Tierra, había sido escogida como escenario de la más increíble de las aventuras experienciales de un Dios. Hace treinta y cinco mil años del tiempo de "Iurancha", los Hijos Materiales (Adán y Eva) enviados para elevar el nivel de vuestras razas evolucionarias fracasaron en su sagrada misión. Aquél era un mundo confuso y confundido, víctima de la rebelión de Lucifer, con un Príncipe Planetario destronado, incomunicado con el resto del universo y sin aparente futuro. Y Nebadon puso sus ojos en la Tierra, estremecido ante la idea de que un Hijo Creador pudiera descender hasta una esfera tan precaria y convulsionada. Pero la gloria, la magnificencia y el valor de Micael no conoce límites. Y el misterio de su encarnación desconcertó a la creación. En las efu-

siones precedentes, Micael siempre había aparecido como una criatura perfectamente desarrollada. En la Tierra, al nacer como un ser indefenso, en todo igual al resto de los mortales, rompió normas y previsiones, alcanzando así, desde el comienzo, un máximo de gloria y provocando la admiración de sus criaturas celestes subordinadas. Su nacimiento en la aldea de Belén causó sensación en Nebadon. Y está escrito: "Fue en todo igual a sus hijos y hermanos mortales, excepto en el misterio de su encarnación." Nadie en Nebadon puede penetrar este insondable misterio de su encarnación como criatura humana del tiempo y del espacio. Sólo Él y el Paraíso lo conocen. Y durante un tercio de siglo del tiempo de "Iurancha", el reino asistió conmovido, maravillado y aterrado al ejemplar y titánico empeño del llamado Hijo del Hombre por conocer de cerca a las criaturas más limitadas, humildes e indefensas. Nebadon lo comprendió: esta última y peligrosa experiencia de Micael, transformándose en carne y sangre, podía acarrear violentos sufrimientos e, incluso, la muerte al Hijo del Paraíso. Pero también estaba escrito: si el Hijo del Hombre superaba la gran prueba, su autoridad y soberanía sobre el reino de Nebadon serían ya indiscutibles.

»Y Micael se hizo carne y habitó entre vosotros. Su concepción y nacimiento en nada difieren de los de cualquier mortal. Como fue dicho, sólo la técnica de su encarnación ha quedado sumida en el misterio. Años más tarde, cuando los hombres de "Iurancha" escribieron la historia de Dios hecho hombre, sus muchos errores han contribuido a deformar esta excelsa e inimitable etapa de la divina existencia del Hijo del Paraíso. Sus padres terrenales, aunque previamente elegidos por Gabriel, fueron en todo normales. Y la vida del llamado Jesús ben Joseph fue igualmente similar a las de sus hermanos de raza y de mundo. Él reveló a la Tierra y a todos los mundos materiales de Nebadon el supremo mensaje de la paternidad de Dios. Jesús de Nazaret pudo haber abandonado la Tierra, sin necesidad de haber gustado el primer sueño de la muerte. He aquí una parte de su historia que vosotros ignoráis. Su misión jamás fue de rescate. Micael no pretendía saldar una vieja y absurda deuda de los hombres con el Padre Universal. Los hombres no son responsables de la rebelión de Lucifer y de Caligastía, vuestro Príncipe Planetario o del fracaso de la pareja de Hijos Materiales. Sois sus víctimas.

El llamado Jesús de Nazaret, una vez cumplida la misión de revelar al Padre y, una vez enriquecido con la experiencia del contacto directo y personal con sus criaturas evolucionarias, pudo haber regresado a su trono. Su soberanía estaba garantizada. Pero, sublimando su propia encarnación, eligió hacer la voluntad del Padre del Paraíso hasta el final. Era preciso que la criatura humana recibiera la gran prueba de la vida después de la vida. He ahí la justificación a su muerte. Y desde su gloriosa resurrección de entre los muertos, todos los seres mortales del reino de Nebadon han crecido en su fe y fortaleza. Y ahora saben que su Creador también pasó por el primer sueño de la muerte. Y hoy no temen a la muerte.

»A su regreso a la sede-capital del universo, Micael fue definitiva y oficialmente aceptado por los Ancianos de los Días y por la Deidad del Paraíso como Jefe Soberano de Nebadon. Sus siete encarnaciones habían sido culminadas. Habían transcurrido mil millones de años del tiempo de la Tierra. Micael es, pues, la Suprema Autoridad de su universo. Padre e Hijo Eterno le hicieron Creador, pero su soberanía es fruto de su experiencia. Hoy, merced a la prodigiosa gesta de Micael, vuestro mundo —"Iurancha"— brilla con luz propia en el firmamento de Nebadon. La Tierra es un templo simbólico, la mansión humana de un Dios y el planeta más envidiado. Y es llamado el Mundo de la Cruz, en recuerdo de la muerte del Hijo Creador. Así es y así figura en la séptima página que he escrito por mandato de Gabriel.»

Y al devorar el libro de la historia de mi Señor fui parte de su historia. Y, conmigo, todos los hombres. Y esa historia tiene siete páginas, siete nombres y siete lugares en el universo. Y cada uno es una revelación. Y en cada página aparece el nombre de Cristo Micael, rey de Nebadon, ministro Melquizedek, salvador Sistémico, redentor Adámico, compañero Seráfico, asociado de los Espíritus Ascendentes, ser Moroncial e Hijo del Hombre.

Y de nuevo caí a los pies de mi Señor, entonando su gloria:

«Tú eres mi hermano y mi Dios. Tú nos has revelado al Padre y al Hijo Eterno y Original, segunda persona de la Trinidad. Tú estás en mí y más allá del primer sueño de la muerte.»

Y mi alma se abrió de nuevo y el espíritu de Dios penetró en ella como el viento del Este. Y éste fue el final de la sagrada revelación sobre la segunda fuente del Paraíso: el Hijo Eterno, el que ocupa el segundo trono.

Las tres aventuras universales

1 «Ven y verás lo que ya ha sucedido, lo que sucede y sucederá hasta la eternidad. Éste es el cónclave de Dios.»

Y en mi visión vi cómo los cielos se abrían. Y vi dos soles. Y una voz dijo: «He aquí el cónclave del Padre y del Hijo. Esto fue antes del tiempo y del no tiempo. Esto es ahora. Esto será.»

Y los dos soles se hicieron uno. Y de este único sol brotó una lluvia de luz que se extendió sobre todo lo creado. Y el espíritu de Dios habló de nuevo. Y esto fue lo que dijo:

«Ésta es la primera aventura universal. El Padre y el Hijo Eterno, como creadores conjuntos, estuvieron de acuerdo desde el tiempo y desde el no tiempo. Y el Padre dijo: "Hagamos a las criaturas mortales a nuestra imagen y semejanza." Y desde entonces, desde siempre, el Padre Universal es como un diluvio que no cesa. Cada gota de luz que mana de su esencia es un Monitor de Misterio que busca y habita a una criatura del tiempo. Y esa lluvia divina no tiene fin. Ésta fue la primera renuncia de la Deidad. Éste es el primer paso de su plan divino de Perfección Universal. Ésta es la primera aventura de Dios.»

La cadena de los Micael

2 Y en mi visión vi cómo el gran sol se hacía dos soles. Del primero siguió manando la lluvia de luz. Del segundo vi caer lo que me pareció una cadena que, al punto, sujetó todo lo creado. Y esa cadena tenía siete veces cien mil eslabones. Y cada eslabón asemejaba un anillo de oro, tan refulgente que ningún ojo humano podría sostener su visión. Y el espíritu de Dios dijo:

«Ven y verás lo que ya ha sucedido, sucede y sucederá hasta la eternidad. Esto fue antes del tiempo y del no tiempo. Esto es ahora. Esto será. Ésta es la segunda aventura universal. Ésta es la aventura del Hijo Eterno y Original. Ésta es la cadena de los Micael, los Hijos Creadores del Hijo Original. Ellos proceden del sol eterno del Hijo y sujetan todo lo creado. Está escrito: "Un Micael es un universo. Y todos amarran los siete Superuniversos."

»Es así como el Hijo Eterno y Original prosigue la empresa del Padre Universal. La cadena de los Micael sostiene los universos y cumple la voluntad del Hijo: revelar la magnificencia y la paternidad del Padre. Los Micael, a través de sus encarnaciones en las esferas de su creación, descubren los secretos de la Deidad y, si es menester, rehabilitan lo imperfecto y lo tenebroso. Éste es el segundo paso y la segunda renuncia de la Deidad del Paraíso. Ésta es la segunda aventura de Dios.»

El tercer sol

3 Y vi después un tercer sol. Y éste se hallaba por encima de los otros dos soles. Y de él partía un viento tempestuoso que envolvía la lluvia de luz y la cadena de oro. Y todo lo creado se hallaba tocado por este viento. Y el espíritu de Dios que me habita habló de nuevo. Y esto fue lo que dijo:

«Ven y verás lo que ya ha sucedido, lo que sucede y lo que sucederá hasta la eternidad. He aquí el cónclave del Padre, del Hijo y del Espíritu Infinito. Esto fue antes del tiempo y del no tiempo. Esto es ahora. Esto será.

»Ésta es la tercera aventura universal. Padre, Hijo y Espíritu, como creadores conjuntos, estuvieron de acuerdo desde el tiempo y desde el no tiempo. Y el Padre dijo: "Hagamos a las criaturas mortales a nuestra imagen." Y Él se fragmentó. Y dijo el Hijo Eterno: "Enviemos a los Micael para que revelen la gloria del Padre y del Hijo." Y Él creó a los Hijos Creadores. Y el Espíritu Infinito dijo: "Hagamos misericordia." Y Él es el viento de la misericordia infinita que todo lo llena. Éste es el tercer paso del plan divino de Perfección Universal. Y sin la misericordia, nada de lo anterior sería posible. Y ese viento impetuoso no tiene fin. Ésta es la tercera renuncia de la Divinidad. Ésta es la tercera aventura de Dios.»

El control del Hijo Eterno

4 Y la voz que hablaba dentro de mí dijo:
«Es el Hijo Eterno y Original quien gobierna y sostiene los reinos del espíritu. Del Padre depende la creación. Del Hijo, las realidades y los valores del espíritu. Hijo y Espíritu Infinito ponen en práctica, vigilan y mantienen lo que procede del Padre. Es el Hijo el horno eterno del que mana toda energía espiritual. Y esta fuerza espiritual es independiente del tiempo y del espacio. Jamás se debilita. A diferencia de las restantes fuerzas físicas, la espiritual tiene sus propios circuitos. Todos nacen en el Hijo Eterno y a Él retornan. Y esa fuerza que nace del Hijo no conoce el freno: penetra en lo material y no se debilita con la distancia. Desde el punto de vista de la personalidad, el espíritu es el alma de la creación. La materia representa su cuerpo físico. El primero es inmortal. El segundo, fugaz. Y cada entidad espiritual es atraída hacia el Hijo, de igual forma que la piedra lanzada al aire es reclamada por la tierra. Nada ni nadie podrá contener esa atracción del horno espiritual divino. Y vuestro destino espiritual será siempre el Hijo Eterno. Cuando una criatura evolucionaria manifiesta una inquietud espiritual, esa "realidad" intangible pero física es proyectada hacia el Hijo, a través de los inmensos circuitos espirituales que envuelven los universos. Y esos circuitos espirituales son tan ciertos como la luz que os cubre. Jesús de Nazaret reveló en vida al Padre y al Hijo. Reveló la paternidad amorosa de Dios y la realidad espiritual del Hijo. Todo "gesto", toda manifestación y todo deseo espirituales pasan primero por la segunda fuente. En ella desembocan y en ella se subliman. Y fue escrito con verdad y justicia: "Ni una sola de vuestras súplicas quedará desatendida." Nada que nazca del espíritu cae en el vacío. El poder de atracción espiritual del Hijo Eterno es absoluto e infinito. Él tiene el control de cuantas realidades y valores espirituales brotan de vuestro espíritu. Nada se pierde en la vasta creación de la Deidad. Hasta el último de vuestros pensamientos es archivado en los circuitos espirituales de los cielos.»

«Y esa atracción espiritual del Hijo Eterno se ramifica igualmente entre los universos de los siete Superuniversos y entre todas sus criaturas evolucionarias. Y la infinita red de circuitos que parten y que regresan al horno divino espiritual se reparte y penetra en cada mundo, provocando, a su vez, el sublime fenómeno de la afinidad entre los espíritus humanos. Esos circuitos que brotan del Hijo Eterno son los auténticos responsables de la atracción espiritual entre los hombres y entre los grupos humanos. Aquellos que comparten los mismos deseos espirituales, idénticos gustos y anhelos se hallan tocados por los circuitos del Hijo. Y vosotros, en vuestra limitación, lo llamáis "casualidad".

»Tales circuitos espirituales son indestructibles. En la desolación, en la angustia, en las tinieblas de las rebeliones, en el fracaso de las criaturas del tiempo y del espacio, siempre aparece una esperanza u otro ser humano que comparte vuestra tristeza y que se siente identificado con las más íntimas de vuestras aspiraciones. Si levantáis los ojos del espíritu hacia los cielos comprobaréis maravillados cómo la mano espiritual del Hijo Eterno os cubre eterna y misericordiosamente. La rebelión de Lucifer ha sumido a vuestro mundo en una incomunicación con el resto del universo de Nebadon. Pero los circuitos espirituales del Hijo sobre "Iurancha" siguen intactos. Él está con vosotros.»

La respuesta del Hijo

5 «Nosotros, las criaturas perfectas de Havona, sabemos que toda pregunta o súplica espirituales reciben cumplida respuesta. Mas no confundáis lo material con lo espiritual. Las plegarias que sólo buscan beneficios materiales, para sí o para otros, no penetran en los circuitos espirituales del Hijo. Aquellas que, en cambio, nacen del espíritu, son atraídas instantáneamente hacia la segunda fuente del Paraíso. Y jamás quedan sin respuesta. Y sabemos también que esa intensidad espiritual puede ser medida, al igual que las criaturas del tiempo y del espacio miden las fuerzas físicas de la creación. Y la respuesta de

los circuitos espirituales es tanto más intensa cuanto mayor es el grado de elevación o de ansiedad espirituales de la criatura que la protagoniza. Y ha sido escrito con verdad: "Buscad, pues, el reino de Dios y su justicia y el resto se os dará por añadidura." Pedid la luz y el Hijo se hará luz en vuestro espíritu. Buscad la sabiduría y el Hijo se hará conocimiento en vuestros corazones. Solicitad respuestas y los circuitos espirituales os responderán con el ciento por uno.»

El Hijo en los Hijos Creadores

Y la voz del espíritu de Dios llenó mi corazón. Y esto fue lo que dijo:

«No busquéis, por tanto, a la persona del Hijo Eterno y Original en los universos de los Superuniversos. Su presencia en lo creado es espiritual y se manifiesta a través de sus circuitos y de la soberanía de sus Hijos Creadores y Paradisíacos. El Hijo está en los Hijos. Y su presión espiritual lo llena todo. Sólo en el Universo Central de Havona es posible distinguir su divina actividad personal, siempre a través de la armonía y de la perfección de lo allí creado. Havona es tan perfecta que su estatuto espiritual y energético se encuentra en perpetuo equilibrio.»

El progresivo descubrimiento del Hijo Eterno

«Ahora, en vuestra actual existencia mortal, las criaturas evolucionarias identificáis al Hijo Eterno y Original con el Hijo Creador o Micael que rige vuestro universo local. Y el Hijo, en efecto, se halla personalizado en cada uno de sus Hijos Paradisíacos. Más adelante, conforme vayáis peregrinando por los universos del Superuniverso, esa presencia vivificante del Hijo Original se hará más y más palpable. Y tras el gran "salto" al Universo Central, cada criatura ascendente será plena y definitivamente consciente de esa presencia divina de la segunda fuente del Paraíso, que todo lo llena. Y su amor os cubrirá como una segunda e invisible piel. No busquéis, por tanto, la presencia del Hijo en vuestros corazones o en vuestro espíritu. Es el Padre quien os habita. El Hijo os envuelve y atrae como la flor a la abeja. Es el horno divino del Hijo Eterno quien ejerce una permanente e inmutable atracción espiritual hacia la Isla Nuclear de Luz. Y ha sido escrito con verdad y justicia: "Tarde o temprano os fundiréis y confundiréis con la suprema felicidad." He aquí el gran secreto de la ascensión imparable de las criaturas evolucionarias y de los peregrinos del tiempo y del espacio hacia Dios. El Hijo arrastra y conduce como un faro en la oscuridad. He aquí el único sendero hacia la Deidad. Y sus circuitos de espiritualidad son las únicas vías abiertas y seguras hacia el interior de Havona. Nadie puede llegar a la Perfección por la carne: sólo por el espíritu. Cada vez que vuestro espíritu se alza, los cielos se alzan, pendientes de vuestras súplicas. Cada vez que vuestro espíritu experimenta un anhelo, los cielos responden prestos a vuestro anhelo. No existe poder en los cielos o en la tierra capaz de abortar vuestras inquietudes espirituales. Y cada vez que se manifiestan, viajan más rápidas que la luz hasta el corazón del Hijo Creador, supremo reflejo del Hijo Eterno. Por el contrario, también ha sido dicho: si vuestras súplicas son enteramente materiales, jamás serán canalizadas por los circuitos espirituales del Hijo. Estos requerimientos materiales son como el humo que se disipa. Caen muertos antes de nacer. Son como piezas de cobre y como platillos de bronce que resuenan inútilmente. Ha sido escrito: "Dejad vuestras preocupaciones materiales al amor del Padre. Los anhelos espirituales pertenecen al reino del Hijo."»

El Hijo: único camino hacia el Padre

6 Y en mi visión vi el mundo en el que habito. De él partía una escala y una multitud ascendía por ella. Y el espíritu divino que me habita dijo:

«Ven y te mostraré el único camino hacia el Padre.»

Y la escala moría en un mundo de cristal y de luz que no supe reconocer. Y de éste partía una segunda escala hacia el centro del universo. Y de los cien mil universos partían otras tantas escalas, que morían en Uversa. Y de las siete sedes-capitales de los Superuniversos vi cómo siete ángeles tendían siete escalas, igualmente de luz, que morían en la oscuridad de los mundos sin luz que envuelven Havona. Y el espíritu de Dios dijo:

«He aquí el único camino hacia el Padre Universal. Aquel que elige hacer la voluntad del Padre entra en los circuitos espirituales del Hijo Eterno. Y ese circuito, tras el primer sueño de la muerte, le conducirá a los mundos superiores de Moroncia. Y tras el segundo sueño será atraído hacia las profundidades de lo creado. Y allí, en la divina presencia de los Hijos Creadores, advertirá la sombra luminosa del Padre. Pero su camino no habrá hecho sino empezar. Su espíritu, entonces, quedará aliviado de las últimas estelas de imperfección y será proyectado hacia los mundos perfectos y armoniosos del Universo Central. Vuestro peregrinaje hacia la Isla Nuclear de Luz será entonces menos borrascoso que en los mundos evolucionarios de los siete Superuniversos. La primera parte del trabajo del Hijo Eterno y Original —revelar a las criaturas la existencia del Padre— se habrá cumplido.»

La tercera fuente

1 Después de esto, la voz que hablaba a mi espalda dijo:
«Juan, hijo de la tierra, bebe de la tercera fuente:
la que alimenta a la nueva Jerusalén. La primera fuente derrama la gracia del Padre y su agua ya está en ti. La segunda brota del seno del Hijo Eterno y Original y su agua ya está en ti. Ahora bebe de la tercera y el agua santa del Espíritu Infinito te reconfortará por toda la eternidad.»

Y bebí y caí como muerto. Y en sueños tuve la siguiente visión:

El que Actúa

Vi de nuevo la Morada Santa, aquella que contiene los tres tronos. Pero el primero y el segundo se hallaban ocultos a todas las miradas. Dos ángeles de luz montaban guardia frente a los tronos y su luz era cegadora. Y en el tercer trono se sentaba un anciano. Pero su rostro jamás era el mismo. Miré una vez y su faz era tierna, como la Misericordia. Miré después y sus ojos eran dulces, como el Amor. Y miré por tercera vez y el anciano tenía la serenidad de la Justicia. Y también vi un rostro de Poder y un rostro de Sabiduría y un rostro de Creador. Y caí a los pies del tercero de los tronos, clamando piedad. Y la voz del espíritu de Dios habló así:

«No temas, Juan, hijo de la tierra, porque estás ante la presencia del que Actúa. Éstos son sus doce nombres. Escríbelos para que otros conozcan la revelación que te ha sido confiada.»

Y escuché los doce nombres del que Actúa. Y son éstos: «Espíritu Infinito, Supremo Guía, Creador conjunto con el Padre y el Hijo, Divino Administrador, Pensamiento Infinito, Espíritu de los Espíritus, Aquel que Actúa, Espíritu Omnipresente, Coordinador Final, Acción Divina, Espíritu Madre de la Isla Eterna e Inteligencia Absoluta.»

Y el espíritu de Dios dijo:

«Éste es el Espíritu de la Trinidad, la tercera persona de la Deidad. Él es desde la aurora de la Eternidad. Él es la consecuencia del Dios Pensamiento y del Dios Palabra. Él es el Dios Acción: el divino ejecutor de los planes del Padre y del Hijo Eterno y Original. Tu pensamiento mortal y limitado no puede concebir su naturaleza. Limítate a sentirla. Él es desde siempre y desde que Dios Padre y Dios Hijo concibieron el gigantesco plan de la creación universal. Ése fue su "nacimiento sin nacimiento". Y el Dios Espíritu es uno y trino. Es uno entre tres y uno en la Unidad.»

Fiel al Padre y dependiente del Hijo

«Y en su comienzo sin comienzo, el Dios que Actúa cerró el ciclo perfecto de la Infinitud. Y desde su "nacimiento sin nacimiento", el Espíritu Infinito reconoció a sus divinos padres: al Padre-Padre y al Hijo-Madre. Y Él sabe de sus distintas naturalezas y de su naturaleza conjunta. Y Él es parte de esa naturaleza conjunta. Y aun siendo una misma cosa, Aquel que Actúa es fiel al Dios Padre e infinitamente dependiente del Dios Hijo. Y así será en el tiempo y en el no tiempo. El vasto plan de la creación establece la primogenitura del Padre, la revelación perpetua del Hijo y la continua, sabia y misericordiosa acción del Espíritu. Éste es el ciclo de la Eternidad. Son independientes y necesariamente dependientes. Dios Padre establece sus designios y, conjuntamente con su Hijo, los activa y revela. El Dios de Acción, por su parte, los ejecuta. Él anima las bóvedas desoladas del espacio. Es el Coordinador Final quien hizo, hace y hará realidad las esferas perfectas y los siete Superuniversos materiales. Él transforma las divinas ideas del Padre y del Hijo y las hace flotar y girar en los espacios creados y en los increados. Y las energías potenciales del "antes" de la Eternidad fueron encomendadas a su divina sabiduría y a su divino poder y hoy son. Él es el Creador de los mundos perfectos de Havona, obedeciendo así a los pensamientos y deseos asociados del Padre y del Hijo. Es así como la tercera persona de la Trinidad adquiere su título de Creador conjunto con el Padre y el Hijo. Y el Espíritu Infinito es uno con el Gran Universo

Central. Y ambos fueron a un tiempo y ambos son eternos. Havona es, pues, "simultáneo" al "nacimiento sin nacimiento" del que Actúa. A diferencia del resto de la creación, el universo perfecto y central, el "corazón" de todo lo creado, existe desde el principio sin principio del Espíritu Infinito. He aquí el insondable y misterioso "punto de partida" de la historia de lo visible y de lo invisible. Y "antes del antes" sólo se abre el abismo ignorado de la Deidad.»

Una persona para vuestro limitado pensamiento

2 Y muchas de aquellas palabras fueron lejanas e incomprensibles para este humilde siervo del Señor. Pero el espíritu de Dios dijo:

«No temas, Juan, hijo del trueno. A pesar de tu limitado pensamiento, deja que la Palabra se haga una con tu Monitor de Misterio. Él sabe, comprende y guarda. Y ahora, escribe cuanto escuches.»

Y el espíritu de Dios dijo:

«Vuestros profetas y libros sagrados dicen bien: el Espíritu Infinito es también una persona. A pesar de su omnipresencia, a pesar de las legiones de criaturas perfectas nacidas de su esencia, a pesar del misterio impenetrado de su fuerza y energías vivificantes que todo lo llenan y colman, el que Actúa es el Creador Conjunto de todos los universos y de todos los seres. Y su presencia es tan cierta y real como la del Padre y como la del Hijo. Y aunque cada uno desempeña un ministerio personal en la obra de la creación, los tres son uno y sus acciones son una. Y la persona de Dios Padre está en la persona del Espíritu. Y la persona del Hijo es igualmente cierta y segura en la persona del Dios de Acción. Y el Espíritu Infinito es el reflejo de ambos. Y ha sido escrito: "Que lo que tiene oídos escuche lo que dice el Espíritu." Es en su condición de persona divina, la tercera de la Deidad, como Él invade y dirige vuestro espíritu, vuestra alma y vuestros pensamientos. Él está tan cerca de las criaturas evolucionarias del reino como lo están el Padre y el Hijo. Y es el Espíritu quien intercede por vosotros. Es su infinita misericordia la que todo lo cubre y por la que son posibles todas las cosas. Fue Él quien descendió en Pentecostés, derramándose

sobre cada corazón. Él es la presencia viva del Hijo Creador de vuestro universo. Él encarna la presencia espiritual
del Hijo Eterno y Original y despierta vuestra inteligencia
hasta haceros comprender que sois templo y habitáculo de
la chispa divina del Padre. Aquellos que eligen hacer la
voluntad del Padre Universal han sido tocados por el Espíritu. Él está en ellos. Y Él, desde el silencio de la auténtica misericordia, dirige también los pasos de los confusos
y de los rezagados en el amor.»

Lo espiritual, la auténtica realidad

3 «El actual estatuto material y evolucionario del hombre le impide descubrir en plenitud la gran verdad de
la creación: la esencia y la realidad de la obra divina no
son la materia, ni tampoco el tiempo y el espacio. Éstos,
dentro de lo creado, constituyen —a pesar de su grandeza— una parte insignificante y limitada de la realidad cósmica. La realidad, la verdad y el soporte de la creación es
siempre de naturaleza espiritual. La Deidad no es materia, ni tiempo, ni espacio. Y sólo la Deidad ostenta el título de cierta. Son los reinos del espíritu y los propios espíritus los que forman y conforman la realidad cósmica. Ése
es vuestro camino y vuestro destino. Y la materia que
ahora os encarcela y retrasa quedará olvidada tras el primer sueño de la muerte. Es el hombre quien, en su limitación, comete el grave error de considerar la materia como
la gran realidad de lo creado. Los mundos, universos y Superuniversos físicos y materiales sólo son una prolongación de la divina y majestuosa realidad intangible del Paraíso. Es la Isla Nuclear de Luz el "centro" de la Deidad y
de todo lo creado. Y su naturaleza no es material. Para
las criaturas evolucionarias del tiempo y del espacio, el espíritu y el pensamiento son una consecuencia y una deri-
vación de la materia. En el orden universal, el espíritu es
el fundamento y la realidad primera y última de cuanto
existe. Es por ello que comprenderíais mejor al Espíritu
Infinito si lo interpretaseis y admitieseis como la Gran Realidad Universal. Realidad, en la suprema realidad, equivale a espíritu, de igual forma que la personalidad humana
no puede ser identificada con un brazo, con un rostro, ni
tan siquiera con la totalidad de vuestros cuerpos finitos y

temporales. Y esa personalidad, de naturaleza divina y enteramente espiritual, sí es identificable con el auténtico YO SOY de cada criatura: aquel que procede del Padre, aquel que nada ni nadie puede modificar y aquel que encierra en sí mismo el germen de la inmortalidad. Son vuestros sentidos físicos los que yerran, interpretando lo visible y tangible como la única y definitiva realidad. Abrid los sentidos del alma y del espíritu y comprobaréis que la realidad interior y espiritual es infinitamente más sólida, sabia y eterna que la que os envuelve. Y esa realidad cósmica es infinita porque infinito es su Creador, el que Actúa.»

El Espíritu, único camino hacia el Hijo y el Padre

«Es por el Espíritu Infinito y sus asociados en la creación por los que el hombre y todas las criaturas evolucionarias del tiempo y del espacio descubren al Hijo y al Padre. Él cae sobre los corazones y abre los ojos de la inteligencia, haciendo comprensibles los mensajes y la realidad de las encarnaciones de los Hijos Creadores. Él, ahora, está haciendo posible esta revelación. Él, con su misericordia, eleva al espíritu humano y le ayuda en el gran hallazgo de su Monitor de Misterio. Él, sutilmente, empuja al hombre a elegir hacer la voluntad del Padre de los Cielos. Y cuando esto sucede, Él potencia los circuitos espirituales del Hijo Eterno y Original que envuelven a las criaturas del reino. Son los Micael quienes revelan al Hijo y Éste, a su vez, quien os revela al Padre amantísimo. Pero nada de ello sería posible sin la decisiva acción y misericordia del Espíritu Infinito. Él, pues, es el camino para la revelación del Dios Padre y del Dios Hijo a todo lo creado. Y a través de esta doble revelación, el Espíritu Infinito se revela a sí mismo. Y se revela como el Dios que envuelve a la Deidad, como el primer Dios que os sale al encuentro en el peregrinaje hacia el Paraíso. Él está en el centro de todas las cosas, pero su huella es invisible. Él administra el Poder del Padre y lo hace material en los universos. Y en coordinación con el Hijo Eterno, Aquel que Actúa modela y dibuja los universos, delegando en los Micael y en los llamados Espíritus Creativos —Hijos del Espíritu Infinito— la última creación material y el sostenimiento de los universos locales de los Superuniversos. Y sobre toda esa magnífica obra planea el espíritu del Padre. Y Padre, Hijo Eterno y Espíritu Infinito son una misma persona y tres personas distintas. Dios Padre mantiene. Dios Hijo mantiene y revela. Dios Espíritu mantiene y revela y conduce lo creado hacia el Hijo y el Padre. Dios Espíritu es el Gran Administrador del plan divino, tanto en lo creado como en lo deseado por la Deidad. Y el Dios Espíritu es, sobre todo, la faz benevolente, misericordiosa y paciente de la Trinidad. El Padre Universal crea la personalidad de las criaturas, habitándolas físicamente. El Hijo, conjuntamente con el Padre, las envuelve en su amor y les proporciona la buena nueva de su filiación divina. El Espíritu las llena y les muestra el sendero hacia el Paraíso. Y lo hace, conjuntamente con el Padre y el Hijo, demostrando la infinita misericordia de que es capaz la Deidad. Ésta es la sagrada esencia del Espíritu Infinito: socorrer, auxiliar y servir perpetuamente al pensamiento y al espíritu de los hombres.»

Él no encarna: desciende en su divinidad

4 «Y ahora, hijo de la tierra, escucha lo que muy pocos conocen. En tu mundo y en otros mundos del tiempo y del espacio, el Espíritu Infinito es considerado como una fuerza omnipresente. Aquellos que habitan cerca del Paraíso y los "peregrinos" de la Perfección saben que el Espíritu Infinito es también una presencia personal en todo Havona. Él participó activamente en las siete "encarnaciones" del Hijo Eterno en los siete circuitos que rodean la Isla Eterna del Paraíso. Y Él y sus asociados se han convertido así en fieles servidores y ayudantes de todos aquellos que peregrinan y cruzan los últimos círculos del Universo Central. Y esto mismo sucede con los Micael. Cuando un Hijo Creador acepta convertirse en el guía y soberano de un universo local, Aquel que Actúa y sus asociados le acompañan en su empresa como infatigables apóstoles y servidores. Y tras el paso encarnado de un Micael, el Espíritu Infinito y Supremo Instructor le sustituye y representa, colmando los espíritus de esa raza. Éste fue el misterio de vuestro Pentecostés. El Hijo Creador de Nebadon reina ahora en vuestro mundo, a través de la misericordiosa presencia del Dios Espíritu. El Espíritu Infinito no encarna en las creaciones materiales como lo

hacen los Hijos Creadores. Él no se hace hombre, pero desciende y se instala en vuestro espíritu, "rebajando" su divinidad. Y así permanece en vosotros hasta el primer sueño de la muerte. Y esa "degradación" es una prueba más de su infinito amor y de su inagotable misericordia. Y todo ello sucede sin que su divina personalidad se vea alterada. Y así está escrito: "Yo seré parte y todo. Yo habitaré en la miseria sin dejar la gloria de mi Padre."»

El Espíritu Santo y el Espíritu Infinito

«En vuestra limitada percepción mental, y como consecuencia de los graves errores de vuestros libros sagrados, habéis confundido al Espíritu Infinito con el llamado Espíritu Santo. El segundo no es Aquel que Actúa, sino un circuito espiritual de vuestro universo local de Nebadon, dependiente del Hijo Creador del Paraíso. El Espíritu Infinito es Dios y se halla presente en toda la creación. El Espíritu Santo no es omnipresente, salvo en los espacios limitados de vuestro pequeño universo local. El Dios Espíritu, en cambio, lo impregna todo, de uno a otro confín de los universos creados e increados. El Espíritu Infinito es el pensamiento universal de la Trinidad. Llega allí donde llega la presencia del Padre y del Hijo. El Espíritu Infinito es una acción eterna, un poder cósmico, una santa influencia y una personalidad. Y Él es visible a las personalidades e inteligencias superiores de Havona, al igual que el Padre y el Hijo. Él es la Suprema Realidad que vosotros, por ahora, no podéis ver, aunque sí sentir. Y está escrito: "El Espíritu sondea todas las cosas. Incluso, las profundidades de Dios." Todo se halla trazado y bien trazado en los supremos designios de la Deidad: el Hijo Eterno y Original es el divino guardián del plan universal del Padre para la ascensión de las criaturas hasta la Isla Nuclear de Luz. Y tras haber promulgado su mandamiento universal —"sed perfectos como yo lo soy"—, el Padre confió la ejecución de esta grandiosa obra al Hijo Eterno. Y el Hijo comparte la carga de semejante empresa con su coordinado divino, el Espíritu Infinito y tercera persona de la Trinidad. Ésta es la forma en que la Deidad coopera en la creación, control, evolución, revelación, rehabilitación y apostolado de todo lo que ha sido, es y será.»

5 Y el espíritu de Dios me mostró después los títulos del Espíritu Infinito. Y dijo:

«Aquel que Actúa es llamado el Espíritu Omnipresente. Como el Dios Padre, está en todo lugar, en todo momento. Pero su gran título es el de Dios del Pensamiento. Con el Padre y con el Hijo comparte la omnisciencia. Pero es en el universo del pensamiento donde su poder es total. El Espíritu Infinito lo conoce todo. Nada se oculta a su mirada. Antes de que nazcan a la luz de la realidad, Él conoce ya vuestros más recónditos pensamientos. Y a través de su misericordia, el Padre concede y satisface vuestras necesidades materiales y finitas. Es la omnisciencia del Dios Pensamiento la que vela por vuestra seguridad. Por ello ha sido escrito con verdad y justicia: "Antes de que pidáis al Padre de los Cielos, Él ya os lo ha concedido." ¿Por qué os atribuláis entonces por el hoy o por el mañana? Dejad en manos del Espíritu todo lo concerniente a la materialidad de vuestras vidas. Bregad por sobrevivir, pero hacedlo en la confianza y en la seguridad de que Él llega siempre allí donde la criatura mortal no puede llegar. No agotéis vuestras fuerzas e inteligencia con el "qué comeré o qué beberé". Se os ha dicho que eso es consecuencia del amor del Padre, no de vuestras súplicas. Y el amor del Padre es infinito.

»La tercera persona de la Trinidad es el Administrador Universal de los universos del pensamiento. El Dios del Pensamiento es el centro intelectual de todo lo creado. Él, como Pensamiento Infinito, no está sujeto al tiempo ni al espacio. Sólo el pensamiento cósmico está condicionado por el tiempo. Sólo el pensamiento de las criaturas evolucionarias está sujeto al tiempo y al espacio. La suprema realidad de la creación —lo espiritual— no necesita del pensamiento, tal y como lo interpretan los seres humanos. El espíritu puro y perfecto —la gran realidad de la creación divina— es espontáneamente consciente y capaz de identificar e identificarse. La conciencia es parte natural de lo espiritual. No precisa, por tanto, de pensamiento. El espíritu es inteligente por naturaleza y por definición y, aunque puede ser dotado de una cierta forma de pensamiento, su forma de expresión poco o nada tiene que ver con la de las criaturas imperfectas del reino del tiempo y del espacio. Es el Dios y Administrador Universal del Pensamiento quien distribuye el pensamiento cósmico en los universos materiales. Y cada Superuniverso recibe sus propias formas de pensamiento. Y cada universo local, la suya. Y ninguna forma de pensamiento del tiempo y del espacio es igual a otra. De ahí que la verdad y la lógica sean siempre relativas. No confundáis la energía con el pensamiento o con el espíritu o con la personalidad. En los seres en evolución, el pensamiento acompaña siempre a la energía y al espíritu. Pero la energía pura no precisa del pensamiento. Fl espíritu es el designio divino, y el pensamiento espiritual, el designio divino en acción. La energía es una entidad material. El pensamiento es una significación. El espíritu, un valor. Sólo en los reinos materiales y evolucionarios existe la posibilidad de intercomunicación e interdependencia entre energía, pensamiento y espíritu. Después del primer sueño de la muerte, es el espíritu quien se transmuta, alzándose sobre el pensamiento y la energía. Entonces seréis en verdad una "realidad". Ahora sólo sois una promesa de "realidad". Y es el Dios del Pensamiento quien prepara y cuida esa promesa de "realidad espiritual". Es Él quien, antes de que el Monitor de Misterio os habite, hace germinar en el prehombre y en el hombre la semilla del intelecto, vitalmente necesaria para el arribo de la chispa pre-personal del Padre. Dios no habita en las bestias. Dios Padre desciende tan sólo en las criaturas previamente dotadas de pensamiento y de voluntad. Y ésa es la misericordiosa labor del Espíritu Infinito, la tercera persona de la Deidad. Y por su divina orden, legiones de criaturas a su servicio recorren los vastos dominios de la creación, impartiendo infinitas formas de pensamiento en otras tantas infinitas formas humanas y mortales. Y cada pensamiento evolucionario es uno, siempre distinto a los demás.

»Mas no confundáis el pensamiento con la Deidad. Aquellos que adoran el pensamiento están venerando su propia imperfección. Al igual que la perfección está en la naturaleza, la perfección también ha sido sembrada en el pensamiento. Pero ninguno de los dos es Dios. El pensamiento procede en verdad de Dios, pero los vuestros, como criaturas sometidas a la limitación de la carne, no han sido revestidos aún de la dignidad divina. ¿Creéis que vuestros oscuros y torpes pensamientos son dignos de un Dios? El plan concebido para vuestra evolución intelectual y espiritual es en verdad sublime. Pero esa suprema realidad apenas si puede ser intuida en la cárcel de la carne y de la sangre. Examinad vuestros pensamientos humanos. ¿Cuántas veces los truncáis por falta de sinceridad y de rectitud? ¿Cuántas veces los rebajáis al círculo de la animalidad? ¿Cuántas veces los ahogáis en el miedo y en la ansiedad? Aquel que en verdad elige hacer la voluntad del Padre ve con asombro cómo sus pensamientos van soltando las cadenas del miedo animal, elevándose entonces hacia asuntos y preocupaciones infinitamente más dignas. Aquellos que en verdad profundizan en el pensamiento humano sólo pueden postrarse, desolados y humillados, ante la inmensa imperfección de los mismos. Desconfiad de los pensadores que hacen del pensamiento un motivo de culto. Se engañan y os engañan.

»Y al igual que el Padre crea y atrae hacia sí a todas las personalidades y el Hijo crea y atrae hacia sí toda realidad espiritual, el Espíritu crea y atrae hacia sí toda forma de pensamiento. Y de la tercera persona de la Deidad parte un circuito "mental" que recorre la creación, ejerciendo una atracción absoluta y universal sobre aquellos pensamientos que merecen ser salvados. Y este misterioso circuito es independiente del circuito espiritual del Hijo y del circuito puramente gravitacional que mana del Paraíso.»

El Dios de la Energía

6 Y el espíritu de Dios me mostró después el segundo título del Espíritu Infinito. Y dijo:

«Aquel que Actúa es llamado el Manipulador Universal: el Dios de la Energía. Él y sus agentes asociados penetran en la creación física y material de los universos, controlando, provocando o anulando cuantas energías han existido, existen y existirán. El Espíritu Infinito no es la energía, ni tampoco la fuente de la energía. El Dios de la Energía es su eterno y universal Manipulador. Por Él y en Él se desarrolla el movimiento de los astros, de los universos y de los reinos estrellados de los Superuniversos. Es el Dios de la Energía y sus criaturas asociadas quienes cohesionan las fuerzas que sostienen los mundos en la nada, los que provocan los cambios en las entrañas de los soles o en las órbitas de las lunas. Ellos tienen el poder y el contrapoder. Ellos multiplican el fuego y el agua. Ellos anulan, coordinan, estabilizan o impulsan todas las corrientes energéticas físicas visibles e invisibles de los universos creados o increados. Ellos trascienden la fuerza y neutralizan la energía. Ellos condensan y reducen la energía hasta materializarla o la expanden como un viento divino.

»Y en el Dios de la Energía y Supremo Manipulador reside un poder único en lo creado: sólo Él puede desafiar y anular la fuerza que cohesiona mundos, sistemas de mundos, constelaciones, universos locales y Superuniversos. Y ese poder único y sorprendente —que en el futuro de tu mundo será conocido como "antigravedad"— es transmisible a determinadas personalidades elevadas del Espíritu Infinito. Y este divino poder no es observable en el Padre y en el Hijo, sino en el Espíritu. Y ha sido escrito: "Él hace avanzar y retroceder los mundos con el solo movimiento de su mirada."

»Y esta acción del Dios de la Energía es una en coordinación con el Padre y el Hijo Eterno y Original. Y todas ellas son fruto de la conciencia y de la sabiduría infinitas del Manipulador Universal. No juzguéis equivocadamente: los aparentemente erráticos movimientos de los astros no son consecuencia de la casualidad o de leyes físicas nacidas del azar. El Gran Manipulador de las energías no permite la casualidad. El azar es fruto de vuestra ignorancia o de vuestros sueños. Todo obedece a la suprema inteligencia de la Deidad. Y el Espíritu Infinito, en este caso, es la gran palanca que activa y anima esa inteligencia. Quien tenga oídos, que oiga.»

Los siete sueños de la muerte

El primer ángel resucitador

1 Y yo, Juan, el hijo del trueno, Presbítero de Éfeso, tuve una última revelación. Y es éste un apocalipsis de vida y de esperanza. Y por ello escribo y por mandato de quien me dijo: «Ven y te mostraré lo que sucede tras el sueño de la primera muerte.» Y en mi visión me vi a mí mismo, en mi casa de Éfeso, cumplida ya mi existencia y escribiendo cuanto aquí escribo. Y frente a mí se hallaba el primero de los ángeles resucitadores del Señor. Y me dijo: «Ven. Es la hora.» Y mis ojos se cerraron y fui presa de un dulce y apacible sueño. Y una voz que no era mi voz habló dentro de mí y dijo: «Éste es el primer sueño: aquel que precede a la verdadera vida.» Y después de esto, todo fue negrura y silencio. Y yo sentí un gran espanto, porque no sabía dónde me hallaba, ni qué había sido de mí. Pero el primer ángel resucitador me condujo hacia la luz. Y al despertar no supe dónde me hallaba. Mi cuerpo no era cuerpo de carne ni de sangre, pero era un cuerpo. Y el ángel resucitador me mostró cuanto me rodeaba y dijo: «Está escrito por ti, Juan: "En la casa de mi Padre hay muchas mansiones." Ésta es la primera mansión de la vida. Éste es el Templo de la Vida Nueva. Éste es el primer mundo de Moroncia.»

Y así supe que, tras la muerte, los humanos son transportados a los siete mundos que llaman de Moroncia, muy próximos a la sede-capital del Sistema de mundos en el que habitamos. Y esa sede-capital es Jerusem. Y el espíritu adormecido de cada hombre y mujer es depositado en el Templo de la Vida Nueva. Y del tabernáculo de ese Templo parten siete alas radiales. Y en todas ellas se abren las sagradas salas de resurrección de todas las razas humanas de todos los mundos habitados del Sistema. Y cada ala del Templo está destinada a una de las siete razas del tiempo y del espacio. Y cada una de las alas dispone de cien mil habitaciones personales de resurrección. Y allí, en cada habitación santa, los ángeles resucitadores del Señor reconstruyen la personalidad de cada humano. Y al despertar a la nueva y verdadera vida, cada hombre y cada mujer reemprenden esa nueva vida en el punto exacto en el que fue quebrado por la primera muerte. Y todo en aquel mundo era igual al anterior. Sólo mi cuerpo no era como mi anterior cuerpo pues, aun viéndolo, palpándolo y sintiéndolo, no supe reconocerlo.

Y después de esto me vi en medio de una multitud que tampoco se reconocía. Y los ángeles resucitadores nos condujeron a la gran ciudad de Moroncia. Y el primer ángel resucitador dijo:

«Ésta es la ciudad de Melquizedek, vuestro nuevo hogar. Aquí seréis instruidos y educados en la carrera ascensional hacia el segundo mundo de Moroncia.»

Y durante diez días del nuevo tiempo, los resucitados son libres de conocer cuanto les rodea y les ha sido dado por la gracia del Señor. Y allí están muchos de los que nos han precedido en el sueño de la muerte. Y llegado al undécimo día, los nuevos pobladores de la ciudad santa de Melquizedek se reúnen en torno a los maestros y son instruidos en las cosas del primer mundo de la Vida. Y esa sagrada educación parte del punto exacto en que se vio truncada por la muerte. Y el primer ángel resucitador habló de nuevo y dijo:

«Ésta es la gran experiencia del primer mundo de la Vida: aquí serán corregidos los muchos defectos y la herencia terrenal que arrastra cada mortal del reino del tiempo y del espacio. Seréis estudiantes de vosotros mismos. Seréis vuestros propios jueces. Éste es el juicio particular.»

Y el tiempo de permanencia en el primer mundo de la Vida es medido por uno mismo.

Y en mi visión supe que no me era dado traspasar los límites del primer mundo de Moroncia. Y el primer ángel resucitador dijo:

«Escribe, Juan, hijo de la nueva vida, lo que muy pocos conocen. Esto es lo que te aguarda en el segundo Templo.»

Y esto fue lo que escribí:

2 «Concluido el tiempo de permanencia en el primer mundo santo, los peregrinos de la Perfección son nuevamente adormecidos y transportados por las órdenes seráficas hasta el segundo mundo de Moroncia. Y allí despiertan tras el segundo sueño de la muerte. Y cada criatura ascendente dispondrá entonces de un nuevo cuerpo, que en nada se asemejará al primer cuerpo mortal. Y ese cuerpo será nuevamente glorioso. Y en él, como en los cuerpos de los sucesivos mundos de Moroncia, vuestra memoria será respetada y enriquecida. Pero esa memoria nada tiene que ver con vuestro cerebro físico mortal. Será la memoria cósmica la que prevalecerá. Y esa memoria no será bloqueada jamás. Y, aunque glorioso, vuestro nuevo cuerpo será alimentado. Y ese alimento será un reino de energía viviente. Lentamente, de mundo en mundo, seréis cada vez menos materiales, hasta que, definitivamente, en la última de las esferas de Moroncia, ni siquiera preciséis de un cuerpo glorioso. En el primero y en el segundo mundo de Moroncia olvidaréis y perderéis todas vuestras deficiencias biológicas, así como los terrenales apetitos sexuales. Y seréis limpios de las limitadas concepciones de asociación familiar y de parentescos, para asimilar y hacer vuestros los reales conceptos de familia espiritual y cósmica. Ésa será vuestra sagrada y genuina realidad. Y a lo largo de vuestra permanencia en este segundo Templo, todos vuestros esfuerzos y los de vuestros instructores irán encaminados a la definitiva corrección de la desarmonía mental. Será aquí donde se extinguirán todos vuestros conflictos intelectuales. Y una extraña paz, como jamás hayáis soñado, reinará para siempre en vuestro espíritu.»

El mundo de la clarividencia

3 Y el ángel resucitador habló de nuevo. Y esto fue lo que dijo:

«Escribe, Juan. Esto es lo que te aguarda en el tercer mundo de Moroncia.»

Y esto fue lo que escribí:

«El tercer Templo es la morada de los Instructores de todos los mundos de Moroncia. Y su número es legión.

Ellos serán vuestros educadores y vuestros guías. Ellos os reciben y ellos os despedirán. Y será en compañía de estos sublimes querubines con quienes aprenderéis y viajaréis hasta la sede-capital de Jerusem. Y en esta tercera morada, en la que ingresaréis tras el sueño de la tercera muerte, seréis adiestrados en las grandes realizaciones personales y colectivas; en especial, en aquellas que no conocisteis o que quedaron inconclusas en vuestros respectivos planetas natales. Mientras que en los dos primeros mundos de Moroncia la educación de los recién llegados es básicamente restrictiva, anulando la pesada carga de limitaciones y defectos de toda vida encarnada, en el tercer Templo se os abrirán los ojos a la auténtica clarividencia cósmica. Y las verdades del universo empezarán a brillar en vuestros corazones. He aquí el inicio de la gran educación universal y divina. He aquí, en la tercera morada moroncial, la iniciación a las inmensas verdades y secretos de la Creación. Y vuestro espíritu se sentirá pleno de sabiduría y de gratitud hacia la Deidad.»

El mundo de la fraternidad

4 Y el ángel resucitador habló y dijo:
«Juan, esto es lo que hallarás en el cuarto mundo de los peregrinos de Dios. Escribe para que otros conozcan la verdad.»

Y esto fue lo que dijo:

«Y seréis nuevamente sometidos al sueño de la muerte y desde la tercera morada se os conducirá a la cuarta. Éste es el mundo de los superángeles y de las Brillantes Estrellas de la Tarde. Vuestra experiencia será ya larga y sublime. Y aquí, tras recibir el nuevo cuerpo glorioso, entraréis a formar parte de la gran fraternidad de peregrinos ascendentes hacia el Paraíso. Aquí seréis instruidos e iniciados en los placeres y exigencias de la auténtica vida de hermandad en el cosmos. Y participaréis en actividades comunes que no tienen su fundamento en el egoísmo individual o en los triunfos personales. Seréis entonces introducidos en todo un nuevo orden social, basado en el amor y en el servicio mutuo: la gran norma del universo. Sólo entonces seréis plenamente conscientes del destino común y supremo de todas las criaturas: la búsqueda del Paraíso.

Sólo entonces empezaréis a intuir la prodigiosa realidad del Padre Universal. Aquí será donde aprenderéis igualmente la lengua de vuestro universo local de Nebadon, así como la de Uversa, la sede-capital de vuestro Superuniverso. Y el conocimiento de esas dos lenguas os acompañará hasta las puertas del Paraíso.»

El mundo de la conciencia cósmica

5 Y el ángel de la Resurrección me habló de nuevo. Y dijo:

«Escucha, Juan, cuanto acontece en el quinto mundo de Moroncia. Éste, como los anteriores, también será tu hogar.»

Y esto fue lo que escribí:

«Y los transportes seráficos os conducirán desde el cuarto al quinto Templo de la Nueva Vida. Y allí, tras el sueño de la quinta muerte, se os mostrarán las nuevas maravillas del Señor. Ésta es la antesala de Jerusem, la sede-capital de vuestro Sistema de Mundos de Satania. Y aquí tendréis cumplida información de muchos de los grupos y órdenes de hijos perfectos del Hijo Creador. Y seréis uno con ellos. En la quinta morada de Moroncia recibiréis las primeras instrucciones en relación a vuestro segundo gran salto: el mundo de las Constelaciones. Y vuestras visitas a Jerusem serán mucho más frecuentes, familiarizándoos con la sede del Sistema. Será aquí donde, al fin, asistiréis al despertar de vuestra conciencia cósmica. Será en el quinto Templo de la Nueva Vida donde empezaréis a pensar cósmicamente. Y vuestros horizontes espirituales se ensancharán hasta límites inimaginables. Y entonces seréis en verdad conscientes del gran plan de la Divinidad. Y os sentiréis dichosos, plenamente dichosos, por el privilegio de formar parte de la gran familia del Padre Universal. Será entonces cuando comprenderéis la magnificencia de vuestro destino y la inmensa misericordia del Espíritu Infinito. Es en el quinto mundo donde el peregrino hacia la Eternidad toma la iniciativa en su ascendente camino hacia Havona. Y se vuelve audaz. Estas criaturas ascensionales son ya "cuasi-espíritus".»

6 Y en mi visión vi al ángel resucitador. Y esto fue lo que dijo:

«Juan, hijo del trueno, escribe lo que muy pocos conocen. Así es la sexta morada: la que hallarás tras el sueño de la sexta muerte.»

Y esto fue lo que escribí:

«Un nuevo cuerpo glorioso será vuestro en la sexta morada de Moroncia. Pero ese cuerpo será como un no cuerpo. Y el sexto Templo de la Vida Nueva será recordado por el peregrino hacia Havona como el gran momento de su definitiva fusión con el Monitor de Misterio. He aquí una etapa brillante en la carrera ascensional de las criaturas evolucionarias del tiempo y del espacio. El alma inmortal del nuevo hombre se hace una, al fin, con la chispa prepersonal del Padre. Y aunque este histórico suceso pudo haber ocurrido, incluso, en la vida encarnada, es en el sexto mundo donde, en general, alma y Monitor se reconocen y funden. Y en ese histórico instante, los superángeles proclaman: "He aquí un hijo muy amado, en quien mi alma se complace." Y esta sencilla ceremonia marca el ingreso oficial de un mortal en el camino sin retorno hacia el Paraíso. Y el peregrino hacia la Isla Nuclear de Luz recibe entonces su verdadero nombre cósmico y el secreto de su nombre cósmico. Y así fue escrito: "El que tenga oídos, oiga lo que el Espíritu dice a las iglesias: al vencedor le daré maná escondido; y le daré también una piedrecita blanca, y, grabado en la piedrecita, un nombre nuevo que nadie conoce, sino el que lo recibe."

»Y estos peregrinos serán entonces como superhombres y algo inferiores a los ángeles. Pero su futuro es ya espléndido. Y los que "proceden de la gran tribulación" habrán dejado atrás todo vestigio de carne y de sangre mortal y toda impureza y toda limitación.

»Y será en la sexta morada de Moroncia donde las criaturas del tiempo y del espacio serán iniciadas en las cosas y en los secretos de la gran administración del universo local al que todavía pertenecen. Y será aquí donde conocerán al Soberano Sistémico. Y Él les hablará de los Padres de las Constelaciones y del Gran Micael, el Hijo Creador de Nebadon.»

7 Y así habló el ángel resucitador:

«Escucha, Juan, el final de la carrera ascensional por los mundos desmaterializadores. Esto es el séptimo Templo de la Vida Nueva.»

Y esto fue lo que escribí:

«Ésta es la morada sin muerte. Ésta es la esfera de la culminación. En el séptimo mundo de Moroncia, los peregrinos del tiempo y del espacio no necesitan ya de un cuerpo. Han alcanzado finalmente su auténtico estatuto espiritual. Son espíritus, dispuestos a vivir la gran aventura de la Divinidad. Al llegar al séptimo mundo no quedará en vosotros el menor rastro de vuestras limitaciones pasadas. La herencia de la Bestia habrá quedado borrada. No seréis ya hombres, sino ángeles. Y seréis adiestrados e instruidos en vuestros derechos y deberes como futuros ciudadanos de Jerusem, la sede-capital del Sistema: vuestro inminente hogar. De mundo en mundo habréis transitado como individuos. Ahora seréis preparados como grupo. Y aquel que así lo desee podrá permanecer en el séptimo Templo, en misión de ayuda y socorro de los peregrinos retrasados en el camino ascensional.

»Y un histórico día, los nuevos ángeles serán reunidos en el mar de cristal del séptimo mundo de Moroncia. Y los transportes seráficos los conducirán a su destino final, aunque siempre transitorio: Jerusem. Entonces seréis definitivamente inmortales.

»Pero vuestro camino hacia el Paraíso no habrá hecho sino empezar... Y nuevas eras y nuevos lugares y nuevos misterios os serán revelados por la gracia del Padre amantísimo. Quien tenga oídos, oiga esta nueva revelación.»

Epílogo

Y yo, Juan de Zebedeo, Presbítero de Éfeso, el último de los siervos del Señor, escribo para recuperar la paz y por mandato de quien está por encima de mí. Hijos amantísimos de las siete Señoras elegidas, escuchad esta segunda revelación, que no brota de la carne ni de la sangre, sino del Espíritu que a todos nos envuelve y conduce.

Y dice el que da testimonio de todo esto: «Yo he visto y escuchado. Yo escribo cuanto me fue revelado.

»Que la gracia de Micael sea con todos.»

Otros títulos de la

Biblioteca **J.J.Benítez**

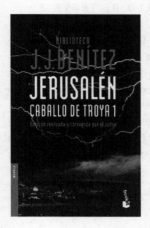

JERUSALÉN.
CABALLO DE TROYA 1

El autor pone al descubierto una
documentación secreta —clasificada
como *top secret* por el Pentágono—
que aporta nuevos y sorprendentes
datos sobre la figura y la obra de
Jesús de Nazaret.

MASADA.
CABALLO DE TROYA 2

Este volumen estudia dos oscuros y
fascinantes capítulos de la vida de
Jesús de Nazaret: sus apariciones
después de muerto y su infancia.
Como en el volumen anterior, las
revelaciones que aporta son tan ri-
gurosas como sorprendentes.

SAIDAN.
CABALLO DE TROYA 3

En esta tercera parte, el lector encontrará la respuesta a una de las grandes incógnitas de la vida del Hijo del Hombre: su infancia. «Algo» que los evangelistas silenciaron, privándonos de una perspectiva más auténtica sobre la más grande figura de la Historia.

NAZARET.
CABALLO DE TROYA 4

El autor reconstruye una de las más oscuras y fascinantes etapas en la vida del Maestro. Todo un período —de los catorce a los veintiséis años— decisivo para comprender en su justa medida la experiencia humana del Hijo de Dios.

CESAREA.
CABALLO DE TROYA 5

El lector soñará, cabalgará por la Palestina del año 30, sufrirá, se emocionará... Descubrirá, por ejemplo, entre más de dos mil datos, la verdadera personalidad de algunos de los personajes que rodearon a Jesús de Nazaret. *Cesarea. Caballo de Troya 5*: no apto para cardíacos. Así lo define el autor.

HERMÓN.
CABALLO DE TROYA 6

El ansiado tercer «salto» en el tiempo y la apasionante aventura del reencuentro con el Maestro. Un libro duro, valiente y tierno en el que el Hijo del Hombre aparece de nuevo, fascinando con sus palabras y su irresistible humanidad.